何家好媳婦

4 完

文創風 903

不歸客 著

目錄

第三十一章

回到昆明，四娘好好歇了一日，不知道是因為在小呂莊走山路走多了還是怎麼回事，後腰總是隱隱的瘆疼。

涂婆婆拿了芍藥油讓鶯歌給四娘揉一揉，年紀輕輕要是腰落下病根，那可不是好玩兒的。

「周濤大哥回來沒有？」四娘問道。

孫小青頂著一腦門汗從外面進來，四、五月的天氣，昆明中午熱得簡直冒煙了。

「周侍衛回來了，在院子裡候著，東家現在要見嗎？」

四娘起身掩好衣襟。「去書房。」

一到書房，周濤還沒來得及見禮就被四娘攔住了，她急著問：「大軍如何？消息可給睿侯他們傳遞過去了？」

「大軍都駐紮在羅平城外，一切都好。消息傳給睿侯和何將軍後，他們便派了一隊斥候與咱們買糧食的人會合了，何將軍說，要不了幾日，想來就能有泗王和那批私兵的消息了。」

「如此便好，李昭大哥那糧食都買齊了嗎？」四娘又問。

「李東家說都齊了，正往大軍那裡運送。對了，何夫人，此次見到大軍，人人腰上都繫著一個荷包，裡面裝著仁丹和口罩，軍中的兄弟們說多虧了何夫人捐贈的這一筆藥材，幫了他們大忙了。」周濤真是佩服四娘這高瞻遠矚的性子，準備的都是極實用的東西，若是沒有這些，大軍在西南仗還沒打起來就不知道要折損多少人了。

「能幫大軍少些折損就好了，西南天氣就是如此，早晚溫差大，林中又多瘴氣，我也是提前了解過這裡的情況，才決定準備這批藥材。麻煩周大哥把李昭大哥尋來，我有事跟他說。」

周濤領命下去了，四娘心裡十分掛念何思遠。軍中條件艱苦，又是在完全陌生的環境作戰，那個憨人一上戰場必定奮不顧身的拚命，如今自己能做的只有多賺銀子，盡力的把後勤顧做好。

李昭進屋就喊著讓鶯歌把冰盆挪近一些。「昆明的氣候真要命，中午熱得恨不能什麼都不穿，到了晚上又涼涼的，這太陽也太曬了，瞧我這幾日又黑了一圈。」

「鶯歌，給李大哥端杯冰好的西瓜汁來，解解暑氣。李大哥，我這次去小呂莊，把香料的契書簽了，並且一簽就是十年，這十年內，小呂莊所有出產的香料，咱們都全包了！」

「當真？雲南本地的香料可是比咱們的進貨價低多了！若是能用這裡的貨，質量好不說，一年能省下不少銀子呢！」

「還有些芳華用不著的香料，但也是極好的，平常人家每年都要買些做調料，我想著這些都交給你們李氏商貿去賣，你看如何？」四娘問道。

「那當然好，鋪子都是現成的，只要有貨，拉出去多少就能賣多少！」李昭接過鶯歌遞來的西瓜汁，一飲而盡，暑氣瞬間一掃而光。

「我想著，咱們鋪子多，光是小呂莊一年的出產也不大夠咱們用的，這樣，這幾日你若是無事，順道打聽打聽別的香料莊子。昆明周圍，除了小呂莊這種專門種香料的莊子，還有些零散捎帶著種香料的地方，雖然出產不能和小呂莊相比，但是把那些都集合起來，也是不小的數量。咱們要買鋪子了，按照西南香料的市價收這些香料，若是第一年咱們賣得好，那些出產不多的莊子看這樣情景，定會擴大香料的種植量，兩年後，西南的香料市場就是咱們的天下！」

四娘此話一出，李昭頓時撫掌大笑。「西娘啊四娘，妳這是打算一步步把西南的生意蠶食掉，不知道那些有意擠兌咱們的商會東家們知道了，會不會氣得吐血？」

「任會長親口跟我建議讓我做香料生意，我怎能辜負了他的一片心意？李大哥，咱們開業那日，記得一定要提前知會任會長一聲，畢竟是幫了咱們大忙，若是沒有任會長，我又如何能把小呂莊的香料談下來呢！」四娘嘴角含笑，慢悠悠的搧著扇子說道。

「好，我下午便去找鋪子，定要找個位置好、門臉大的地方！」

「若是有成片的鋪子，一同買下來，不要嫌多，以後都有用處。我帶出來的芳華的銀子用得差不多了，後面就該李大哥掏銀子了。現銀回流之前，我可是要靠李大哥吃飯了，可別嫌我吃得多！」四娘笑道。

「不怕不怕，吃再多妳李大哥都不嫌棄。有妳這個會賺銀子的金鳳凰在，就是想吃山珍海味我也找來給妳。這樣，為了生意方便，我一會兒就把銀子也交給孫小青那丫頭，帳目記好就行，西南的生意我準備單列出來，到最後也好算帳。」

四娘點點頭，她和李昭生意上早就牢牢的捆在一起密不可分，從芳華和李氏商貿合作的第一日起，兩家便榮辱與共了。

「如今咱們絲綢生意做了，香料生意也做了，妳又讓我多買鋪子，下一步四娘準備做什麼？難不成要做木材生意？」李昭興致勃勃的問。

四娘喝了一口西瓜汁，冰涼的汁液順著喉管一路滑下，隱隱覺得小腹有些刺痛，四娘撇撇眉，讓鶯歌把西瓜汁撤了，泡杯熱茶來。想來是小日子快到了，這些涼的還是不喝了。

「李大哥知道雲南產茶嗎？光茶葉就有好幾十種，下一步我準備做茶葉生意。」

李昭擰起眉頭。「雲南產茶是不錯，可是雲南向來沒有什麼名貴品種的茶，都是一些大葉子茶，口感極澀，一般都抬不上價錢，遠遠不比綠茶的味道好。據我所知，雲南那些茶，都是本地人喝，很少聽說有外地願意買的。」

「那是他們不懂得如何泡製才能讓雲南茶出味，加上雲南那些製茶工藝還有進步的空間。我準備整合一下那些茶葉，挑幾個品種好的打造一下。李大哥你信不信，我能把這雲南的茶賣出一個你不敢想的價格來！」

四娘前世就聽過雲南普洱的大名，甚至有幾年，一些茶餅被炒出了天價，人人爭相收藏。如今雲南的製茶工藝還很落後，加上不懂得包裝，本地人喝茶也只是隨意掰下一小塊，放進一個大杯子裡倒上開水，就那樣泡來喝，當然喝不出味道來。

四娘已經畫好了前世記憶裡泡普洱茶的工具，準備先限量生產一批，把這種喝茶的方式打造成有品味、有內涵的一種行為，先在京城裡推廣，在京城達官貴人的帶動下，不怕普洱茶不火。

四娘腳上的傷還沒有好透，這事還是要交給李昭去辦，先去雲南的各座大山裡收集各式普洱的品種，帶回來讓四娘試味道，從中挑選出幾種味道好的茶葉，再讓茶農按照她的方式去製作茶餅。等茶餅製好，再給茶餅包裝一下，剩下的，就是推廣了。

和李昭大概談好接下來的步驟，李昭精神百倍的去忙了。要知道，最賺錢的幾種生意就是茶、鹽、絲、酒，若是能把西南的茶葉市場打開，這銀子賺得海了去！

四娘站起身，揉揉後腰，也不知道怎麼回事，這腰痠疼連帶著小腹也隱隱作痛。自己身子一向被乾娘和榮婆婆調理得挺好，來小日子的時候很少腹痛，這回也不知道是不是來了昆明有些水土不服，還是最近事情多累著了，趁著這幾日沒自己什麼事兒，乾脆好好歇幾天。

羅平城，派出去的斥候其中一人回來報告消息，據說他們跟著那買糧食的一路下來，發現大批糧食被運到了羅平附近的五姑娘山。

睿侯和何思遠圍著看地圖，五姑娘山距離羅平大概三十公里，是附近為數不多的高山，山上密林多，野獸也多，即便是羅平本地最好的獵人也極少進山，尤其是迷霧升起的時候，一進去便會迷失方向，許多入山的人都留在了那林子裡，屍骨無存。

五姑娘山因有五座連綿起伏的山峰而得名，大概算一算，這樣大的山頭，若是藏五萬私兵，那還真是個好地方。

剩下的一隊斥候已經到了五姑娘山，只是並不熟悉路徑，所以沒敢貿然跟進山。那回來的斥候說，糧食運到山腳下後，便有一隊私兵下山接應，領頭的看起來像是本地人，個子不高，說的是土話，聽起來倒像是夷族人。

「找個本地的獵人來，咱們先了解一下情況再說。」睿侯吩咐道。

沒過多久，便有士兵帶著一個當地的獵戶來了，那獵戶是土生土長的羅平人，據說從生下來會走路便常跟著家中長輩進山，家裡世世代代都以打獵為生。

「稟大人，那五姑娘山小的只進去過兩次，也都只在山腳下轉轉，並不敢更往裡面走。我祖父曾經告訴我，五姑娘山極凶險，不但有大獸，進去後還極容易迷失方向，一個不小心，就會折在裡面。」

「你可知五姑娘山裡是否有夷族居住？」何思遠問道。

「有的，若說誰能出入五姑娘山，也只有那些夷族人了。聽說他們有獨特的辨別方向的能力，還能驅使山中猛獸為他們所用，更有甚者，還會使蠱。」

「你可見過五姑娘山裡的夷族人？」

「見過幾次，夷族生活在山林中，並不種糧食，所以他們有時會下山拿獵物換一些糧食和布疋食鹽，因為他們不愛去熱鬧的地方，有幾次是把東西給小的，讓小的幫忙換東西。只是上次見他們是去年了，今年一年還沒怎麼見過他們下山。」

睿侯和何思遠對視一眼，若是如此，已經大致可以肯定泗王的私兵就藏在五姑娘山裡，泗王可能已經和夷族達成了某種協議，夷族這才讓他的那幾萬人都駐紮在五姑娘山。

賞了那獵戶一錠銀子，又告知他，若是最近再見到夷族人的蹤跡，要趕緊的來報信，獵戶接過銀子，連連答應著退下了。

此刻帳篷裡只餘睿侯和何思遠兩人，何思遠盯著地圖又看了半日，睿侯見他看得出神，不由得問道：「可是發現有什麼不妥？」

何思遠出聲道：「侯爺，五萬人不是小數目，若是轉移到五姑娘山，這麼大的動靜，總會有人發覺。可是咱們來羅平這麼久，打探了一圈，沒聽說有人見過這麼多人的蹤跡，那麼這些私兵是從哪裡進山的呢？」

睿侯也不由得面色鄭重起來。「說得對，這五萬人如此之多，進山時不可能一絲動靜也無。」

「除非，他們沒有從羅平或者附近鎮子上經過。」

「那會是哪裡？總不能憑空便進了山了。」睿侯緊緊皺起眉頭。

何思遠手指不住在地圖上摩挲，忽然手指在一處停下了。

「或許，他們運糧的路線是故意讓咱們發現的，其實他們進山的入口根本不在五姑娘山！」

羅平附近以五姑娘山為首，全都是連綿不絕的山脈，在五姑娘山再往南一片相連的山叫斷頭山脈，斷頭山再往南，就是老撾了。

老撾是個極小的國家，那裡的人十分貧窮，比不得大越朝地大物博。大越朝的農民即便是沒有那麼多銀子，靠山吃山靠水吃水，總也不至於餓死。但老撾就不一樣了，那裡天氣比雲南還要熱，許多農作物不適合耕種，百姓過得十分清苦。

睿侯眼睛順著何思遠手指的方向一路往南看，當看到老撾時，瞳孔不由得狠狠縮了一縮。

「我說那泗王五萬私兵哪裡來的，難不成都是從老撾招來的？老撾跟羅平中間只隔著幾座山，那斷頭山並不險峻，從斷頭山脈中穿行，再到五姑娘山，這行蹤無論如何咱們都不會發現！」

何思遠點頭。「若是咱們猜得不錯，這事可不是平叛這麼簡單了。泗王從老撾招了這麼多人，老撾的皇帝知不知道此事？不知道還好說，若是知道，老撾存著何心思？難不成想等著泗王反叛成功，再分上一杯羹不成？這便是兩個國家的事了，咱們得上報朝廷知道。」

睿侯沈吟一會兒。「我這便上摺子，用最快的速度送到京中。」說罷便揮筆寫字。待摺子寫完，兩人又商議了一番後面該如何行事。目前來看，泗王不會不知道朝中派了大兵來剿滅他，此時他不露面，定是在計劃著什麼。

他們即便此刻找不到泗王的蹤跡，也得先派人在斷頭山和五姑娘山之間探探路，若是能在泗王有動靜之前端了那些私兵的老巢，那可省了不少事。

昆明黃府，李昭在外忙忙叨叨的跑了五、六日，從山裡帶回來十幾種他覺得還不錯的茶葉。說來巧了，這些茶葉都是李昭在跟一些村民們談香料生意時發現的。

雲南天氣炎熱，這些山民上山勞動出汗多，需要補充大量水分，但只喝白水味道太過於寡淡，這山上正好有許多野茶樹，村裡人便把茶葉採下來，按照代代相傳的法子製成茶磚，便於保存，於是李昭正好兩項生意一起談。

四娘叫木匠雕的茶具也好了，見李昭茶葉都帶回來了，便在花園裡尋了個開闊之處，擺上茶盤，開始泡茶。

紅泥小炭爐，一壺山泉水靜靜等待燒沸。隨意從一堆茶磚裡取出一塊，用小巧的茶針和錘子敲下一角，放進一個天青色茶碗裡。

水沸騰後，輕輕注入茶碗，蓋上碗蓋。待水中茶葉舒展開來，四娘伸出三指輕抬茶碗，把第一遍茶水倒掉。當地的普洱茶喝起來苦澀，便是因為在發酵過程中茶葉表面會分泌出一種物質，這物質用開水泡過倒掉，後面再沖泡出來的茶水口感便會更加香醇，這便是洗茶了。

第二遍注入開水，茶葉起起伏伏，枝葉舒展，金色的茶湯慢慢成形，一股濃郁的茶香飄散開來。

李昭使勁抽抽鼻子。「這茶葉真是特別，聞起來好像還有花香在裡面。」

四娘把第二道茶水倒入公道杯中，再從公道杯倒進小茶杯。只見那小茶杯做成個有趣的花朵形狀，裡面也就是一口的量，琥珀色的茶湯映著碧色的花朵茶杯，賞心悅目。

兩指拈起茶杯，送至李昭面前，四娘示意李昭嚐嚐。

一口茶湯入口，醇香的普洱茶味道夾雜著些許的花香，唇齒芬芳。茶湯並不苦澀，咽下去反而有一種奇異的回甘，花香起初並不明顯，但咽下茶湯許久，那花香還在鼻端縈繞。

「好茶！真是讓我大開眼界！這泡茶的法子四娘怎麼想出來的？一套做下來，行雲流水一般，賞心悅目！」李昭不由得大聲感嘆。

四娘把第一種茶葉倒掉，又取出別的茶磚準備接著試。「不是很難的法子，我查了許多古籍，自己鑽研了一段時間。普洱茶極好，不但醇香無比，還有消食輕體減肥的功效，再配上這一套茶盤茶具，京中一旦流行開來，李大哥說，這普洱茶要賣多少銀子一兩才好？」

「京中文人都愛喝茶，加上四娘妳創造的此種泡茶方式，一旦流行開來，那將掀起一股普洱茶的風潮！我看，咱們這一塊茶餅賣五十兩銀子也有人買！」李昭激動的說。

「不止，這茶我只準備走高端路線，回頭我告訴那些茶農，把這茶磚改改樣式，做成好看又精緻的茶餅，再設計整組包裝，加上盒子，每盒都附上一份書箋，上面寫明此茶的出處、茶餅發酵年分、此茶的味道和特點以及沖泡方式。這樣一來，每一套茶餅我準備賣一百八十兩銀子，李大哥覺得如何？」

李昭擊掌大笑。「可真有妳的，這樣的包裝，加上如此口感的普洱，莫說是一百八十兩銀子一套，估摸著這茶一到貨，便會被搶購一空，還會有人買去高價倒賣的！四娘啊四娘，這茶葉生意一做，咱們可是要發大財了！」

「別急，到時候茶餅做好，往外發貨之前，你派兩個聰明好學的掌櫃的來，我教一教他們泡茶的手法。等咱們的貨一到京城，我再教你個法子，包管不用宣傳，咱們這茶葉便會被一掃而光。」四娘胸有成竹。

四娘和李昭試了一下午的茶，最後從這一堆茶餅中挑出了五種口感最好的茶磚。

四娘在紙上寫下普洱茶製作成茶餅過程中需要注意的地方，然後交給李昭，告訴他先跟那些茶農簽好契書，再告知他們這些法子。

說起來，製作茶磚的法子自古便有，只是後世有了先進的技術後，又加以改良，能讓普洱的味道更好。四娘畢竟在訊息大爆炸的時代生活過，對這些方法還有印象，用到這裡倒是正好。

契書上寫明，若是洩漏製作方法，賠償金將是他們一輩子都賠不起的數目，還要坐牢。

李昭接過這薄薄的紙張，彷彿重若千斤。「四娘，這方子便這麼交給我了？妳就不怕我拿著這方子另起爐灶？」

四娘一雙鳳眼在李昭面上掃過。「你要是想以後賠成個窮光蛋，便拿著這方子另起爐灶去吧。再者說，便是不做茶葉，我也還有別的生意可以做。李大哥這麼聰明，怎麼不知道和我長期合作才是最好的選擇？殺雞取卵這樣的事情，可不是李大哥會做出來的。」

李昭笑成個喇叭花。「妹妹高讚了，哥哥我就知道跟著四娘有銀子賺，妳只管交代，我負責落實便是，反正咱們這麼多年的感情，跟親兄妹也沒什麼區別了不是？」

「別廢話了，天都要黑了，趕緊去忙吧。我喝了一肚子的茶水，肚子裡刮得慌，得趕緊吃點東西墊墊才好。」四娘沒好氣的趕李昭離開。

鶯歌趕緊端來一盤雲片糕遞給四娘。「姑娘先墊墊，我讓廚下給端碗野雞燉菌湯來如何？」

四娘皺皺眉。「倒是想吃點爽口的，問問廚房還有沒有醃酸筍，那個開胃。另外呂大嫂給帶的羊奶果可還有？給我洗一盤子來。」

「姑娘，茶喝多了胃裡本就空，再吃這些酸的，胃裡該更難受了，還是喝點湯吧。再說，那羊奶果早就被您吃完了，又不耐放，哪還有剩呢？」鶯歌問道。

四娘也不知道自己怎麼了，就是想吃點酸的。「那讓廚下往雞湯裡放些酸菜一起煮，勉強喝一碗好了。」

鶯歌匆匆下去了，跟廚下交代過後，心裡還是不放心，一溜煙的找涂婆婆去了。

涂婆婆正在房外廊下照看一株茶花，還是四娘進山時在山上看到的，花開得極漂亮，於是便挖回來種在院子裡。

鶯歌衝著涂婆婆行了個禮。「涂夫人，我總覺得姑娘這段時間不太對勁，可是又說不上來哪裡不好，您要不要去看看？」

涂婆婆聞言放下手中的水壺問：「怎麼回事？身子哪裡不舒服嗎？」

「姑娘這段時間十分能吃，又日日睡得香甜，本來我瞧姑娘吃得下睡得著的還十分開心，可是姑娘這口味也太不正常了些，總想吃一些酸掉牙的東西。那東西我嚐上一口咽都咽不下去，也不知姑娘來到西南怎麼就愛上了，以前姑娘也沒這麼愛吃酸啊！這麼吃下去，會不會把胃吃壞了啊？」鶯歌面上一副憂心忡忡的樣子。

能吃、嗜睡，還喜食酸，這種種現象，四娘該不會、該不會是有喜了吧！

涂婆婆一個激靈，急忙問：「妳家姑娘小日子上一次什麼時候來的？」

鶯歌掰著手指頭算了算。「上個月，咱們來西南路上時候，當時還沒下船，我記得清楚。就是上次小日子只來了兩天，姑娘說或許是路上太累了，我看姑娘無甚大礙，就沒放在心上。」

「祖宗喲！」涂婆婆把手裡的澆水壺一扔，提起裙子便往前院跑，一邊跑還一邊喊豆兒趕緊去找李昭，讓他找個善女科的大夫來。

鶯歌見涂婆婆一向沈穩的一個人都慌成了這樣，嚇得眼淚都出來了。

姑娘該不會是得了什麼重疾吧！顧不得擦眼淚，她也跟著涂婆婆趕緊跑去前院。

四娘正對著一大碗酸菜雞湯吃得香甜，手邊還放著一盤子廚下剛烙的油餅。撕下一塊酥得掉渣的油餅浸到雞湯裡，等油餅泡軟，一口油餅一口酸菜，香得四娘差點咬到舌頭。

正吃著呢，看著自家乾娘和鶯歌跟火燒眉毛一樣衝進來，嚇得四娘一迭聲的問：「怎麼了怎麼了？可是有什麼事發生？」

涂婆婆在距離四娘五公尺遠的地方止住步子，平復了一下呼吸說道：「無事，娘只是來看看妳，妳吃妳的。」

這孩子沒有經歷過，大夫確診之前說出來怕會嚇到她，還是等大夫一會兒來了把過脈再說。

四娘眨巴眨巴眼。「那娘怎麼跑成這樣子？咱們日日都見，我有什麼好看的？這雞湯可真香，娘要不要也來一碗？」

涂婆婆走近端起碗聞了聞，也不知道這雞湯裡加了多少酸菜，這一股子酸味直衝鼻子。

「四娘，妳不嫌酸嗎？娘聞著這味道牙都要倒了。」

四娘又喝了一大口。「酸什麼？我還覺得味道有些淡呢，天氣熱，酸的吃了好！」

涂婆婆心裡點點頭，看來十有八九，四娘這是懷上了！

沒過一會兒，豆兒帶著一個老大夫就趕到了，後面還跟著剛才離去的李昭。

聽豆兒說涂夫人讓找個大夫給看看，四娘好像哪裡有些不對，李昭不敢大意，四娘可是所有人的定海神針，她要是倒了天可就塌了。

才來西南沒多久，這外面的大夫也不相熟，他們來西南時為了防備有人生病，隊伍裡也是帶著大夫的，據說還是個醫術不凡的。一聽他們要來西南，這老大夫一直都想來西南溜達溜達，所以便跟著來了。

四娘吃飽了正在院子裡圍著那棵藍花楹樹溜達呢，見到李昭帶著大夫來了，不由得問：「娘，誰不舒服嗎？怎麼還把大夫叫來了？」

「快坐下，讓大夫給妳把把脈。」涂婆婆一把扶過四娘，把她摁在椅子上坐下。

「我沒事啊，能吃能喝也沒哪兒不舒服，這是幹什麼？」四娘一臉疑惑。

大夫見多了年輕的媳婦兒不知道自己懷了身子的，面前的小娘子雖穿著一身家常衣裳，卻是面頰紅潤，看起來並沒有什麼妊娠反應。

一刻鐘後，大夫收回手，笑著說：「小娘子有孕兩個多月了，脈象摸起來倒是穩固，暫時沒什麼大礙。」

大夫的話一石激起千層浪，四娘張著嘴呆愣在當場。

「兩個月？姑娘上個月小日子還來了呢！」一旁的鶯歌說道。

涂婆婆也一臉擔憂。「您確定脈象正常嗎？這孩子什麼都不懂，身邊也沒個有經驗的伺候著，最近又是出遠門又是爬山的，不會虧了身子吧？」

大夫摸著鬍子笑道：「老夫行醫數十載，這喜脈還是不會摸錯的。小娘子大概在十歲前傷過身子，營養不大跟得上，後來精心調理過，並無陳疾。至於上個月的小日子，若是老夫所料不錯，應該只就來了兩日，且量少稀薄，兩日後就沒有了，是也不是？」

鶯歌不住的點頭。「就是這樣，我們還以為路上累著了，並沒有往心裡去。」

「有些懷孕的婦人是這樣的，並無大礙。老夫摸著脈象十分有力，這娃娃結實得很！」大夫說。

「那還需不需要吃些補藥調理一二?」涂婆婆又問。

「是藥三分毒,能不吃便不要吃,老夫反正就住得不遠,有什麼事情喊個丫頭叫我一聲便是。我看,少夫人這胎好得很,不必擔憂。」說完,老大夫便收拾藥箱準備告辭了。

李昭顧不得再送大夫回去,叫了個身邊的小廝送一送大夫,自己倒是一臉喜色的留下了。

「我說四娘,回回神,妳這都要當娘了,我按輩分也要做舅舅了,妳怎麼還傻愣著呢?」

四娘慢慢回過神來,自己這肚子裡揣著娃娃了?兩個多月,算算日子,差不多就是在何思遠大軍出發前那幾日有的。自己胃口極好,沒什麼不妥當的地方,所以也沒有忌口,這會兒想起來心裡還有些後怕,前幾日還騎馬爬山的折騰呢,這孩子竟然還穩當著,一點出血的跡象都沒有。

涂婆婆捨不得罵四娘,於是扭頭數落鶯歌。「妳也是,跟著妳家姑娘也不知道上心些,扛著肚子還亂跑,別以為我不知道,從小呂莊回來走路一瘸一拐的,定是腳上都磨得沒好地方了!在外不知道勸誡著姑娘,要妳何用?」

鶯歌不敢回嘴,低著頭拿腳尖蹭地。姑娘這身子懷得真是一點預兆都沒有,以往她也曾見過婦人懷孕時的樣子，不是吐得翻天覆地就是臉色蠟黃起不了床，哪裡有姑娘這樣都兩個月身子了還生龍活虎的，若是姑娘和肚子裡的小少爺出了事，那鶯歌真是一百條命都賠不起！

「別怪鶯歌了娘，她也是個大姑娘家，哪裡知道婦人懷孕是什麼樣子呢！剛才大夫不是說沒事嗎，您就別擔心了。」四娘幫著鶯歌求情。

「妳呀妳，心可真大！妳也不想想，妳背著何思遠來到西南也就算了，肚子裡孩子再有個好歹，妳就沒想過女婿心裡什麼個滋味？若是沒有看顧好妳，回頭我可如何跟親家和女婿交代！」涂婆婆心裡一陣後怕。

四娘想像一下何思遠知道後的樣子，不由得也有些發怵。這個倔驢，之前說自己做什麼都可以，但要先保證自身的安全。這次事情有點大，若是他知道了，不知道是個什麼情形。

「我這不是知道了？以後再也不會做那些危險的事情了，娘放心吧，我保證好好在家養胎。如今生意的事情都已經穩當，也沒什麼需要我出面的事了，您別生氣了好不好？」四娘不住的衝著涂婆婆撒嬌，只求她別再嘮叨自己和鶯歌了。

涂婆婆是真拿四娘沒法子，這麼個寶貝，打不得罵不得，只能盯緊了她。

「妳給我消停些，三個月胎象穩固之前，哪裡都別想去！」

四娘聽著這禁足令，不由得還想掙扎一下。「我不騎馬不爬山，出門只坐轎子還不行嗎？」

「不行！」這次李昭和涂婆婆兩人異口同聲的回答。

「姑奶奶，妳可安生點吧，要是妳和肚裡孩子有個萬一，何思遠得生吞活剝了我妳信不信！有什麼事吩咐我去做，大哥做事妳還不放心嗎？就在家待著吧，也沒幾天就滿三個月了。」李昭說道。

「妳李大哥說得有道理，妳不要任性。女子第一胎大多凶險，雖然我和妳榮婆婆幫妳調理了這麼多年，但以防萬一，前三個月過了再說。」涂婆婆一臉嚴肅。

四娘不由得嘆氣，李昭也臨陣倒戈了。也罷，就在家好好休息十幾天也就是了。只是她本就是女扮男裝來西南的，三個月後是能出門，可是這肚子也就大了，這穿男裝出門也是個事兒啊。

涂婆婆留四娘在院子裡坐著，把鶯歌拎走了。孕婦有許多不能吃不能做的事，必須要給鶯歌交代清楚了，免得兩個沒有經驗的女孩子亂來，到時候出了事哭都來不及。

還有就是四娘這胎要在昆明生，必須提前找穩婆，還有照顧孩子的乳母和丫鬟，都要提前備下。樁樁件件都是事情啊，涂婆婆甚至有些懷疑自己和四娘來西南到底是不是正確的選擇。

四娘百無聊賴的在院子裡和李昭大眼瞪小眼，李昭嘴角帶著笑說：「也不知道是男娃還是女娃，我這做舅舅的得提前準備禮物，孩子爹也不在妳身邊，少不了我這做大舅的要多操操心了。」

四娘白他一眼。「你又不是第一次當舅舅，晴姊姊不也懷著嗎？」

李晴婚後很快就有了身孕，如今算算也快生了。

「那可不一樣，晴兒在夷陵，爹娘公婆都在身邊，什麼都不缺她的。倒是妳，在這西南邊陲之處待產，我在一旁得好好看著，我還沒當過爹，這孩子從在妳肚子裡開始，一直到他落地，我都看在眼裡，以後有了媳婦兒，媳婦兒懷孕的時候我也好有點經驗不是！」李昭說道。

「去你的，合著拿我累積經驗來了！」四娘啐李昭一口，又說：「我這十幾天是沒法露面了，外面的事情都要交給你，千萬要小心，特別是叫人盯緊了西南商會，他們若是要起么蛾子，趕緊來告訴我。」

「放心吧，妳那些老兵分給我一半，有他們盯著，比什麼都好用。」李昭來西南之後發現，這些老兵真是好用。身手就不說了，全是在戰場跟突厥人真刀實槍幹過的，身手一般的早死了。更難得的是他們的警覺性，有個什麼風吹草動的，都跟獵豹似的靈敏得很。

「我如今這樣，玉脈的事情只能暫時擱下了，本來還打算香料、茶葉的事情弄好就先準備一下，如今看來，只能等我生完孩子再說了。」四娘本來打算先讓那些山裡種香料的農戶給帶個路，拜訪一下夷族首領什麼的，先送些禮探探虛實再說。

西南夷族大多聚集在深山裡，他們人並不很多，卻有著讓人聞風喪膽的本事，種蠱便是最讓人色變的一種。四娘這個從現代穿來的人雖然並不是很懼怕蠱蟲，但夷族人防備心極強，加上他們手中掌控著玉脈，所以四娘並不打算與他們交惡。

「妳還是先別動作這麼快，把眼前的幾件事情做好就是。等這些生意都平穩了，咱們大筆資金也該回流了，到時候手裡那麼多銀子，便是砸也能砸出一條路來！」李昭勸四娘。

四娘搖搖頭。「李大哥，按說這些夷族人都是咱們大越朝人，可是他們手中掌握的玉脈卻是大多數賣給了老撾，如今大越朝那些有名氣的玉石商人不是老撾人便是與老撾人有牽扯的，你可知為何？」

李昭搖頭，這還真是不清楚。

「夷族人有傳說，他們的祖輩是生活在老撾的，因為天災還是什麼原因，所以他們遷徙到了與老撾毗鄰的西南大山裡。夷族人的語言和老撾的語言是一樣的，但是卻與咱們大越朝不同，語言不通的情況下，他們和西南人之間沒少起衝突，又由於大越朝人多，他們人少，所以才會越來越往深山裡遷徙。這樣一來，他們對我們當然沒有對老撾人友好。」

這些事都是四娘在山裡找香料的時候跟呂威打聽到的，據呂威說，他們小呂莊附近的山裡就有夷族人，只是除了派人下山跟他們換一些糧食和鹽，很少露面罷了。

李昭撓撓頭。「如此說來，這玉脈的事還不太好辦了？」

「慢慢來吧，反正我也出不去。你說得對，咱們先把眼前事情做了就是，整日往裡面扔銀子，孫小青那丫頭看著我的眼神都冒綠光，趕緊多賺些錢回來堵她的嘴！」四娘笑著說。

太陽落山，夜幕四起，院子裡也被驚歇點上了薰蚊蟲的草藥。花叢裡一群群螢火蟲翩翩起舞，天幕上星子閃爍，一輪下弦月掛在夜空。

微涼的夜風吹起，帶來藍花楹的細微香氣，細碎的藍色花瓣落在四娘腿上蓋的薄毯上面，指尖拈起一枚花瓣，另一隻手扶上小腹，四娘悠悠嘆了口氣。

也不知何思遠這會兒在幹麼？若是他知道她肚子裡有了孩子，不知道該有多歡喜呢！只是此時還不能告訴他這個消息，免得暴露了自己在西南的行蹤。但願，這場戰事快些結束，兩人以後也好過安生日子……

六月十八，昆明天氣正炎熱。

白日的昆明城沒有黃昏時的喧鬧，強烈的陽光曬在人皮膚上，不一會兒便火辣辣的疼，倒是有風吹過，只不過這風也是滾燙的，風裡還夾雜著暖薰薰的鳳凰花香氣。

今日是四娘的香料鋪子開業，為了避免西南商會起疑心，所以西南的生意四娘沒有掛芳華的牌子，而是另起了一個「芳瓊」的字號。

四娘在家安胎，並沒有露面，一切都是李昭和孫小青帶著手下忙活。

算好了開業的吉時，一掛一千響的鞭炮聲響起，整條路上都翻滾著紅色的紙屑和煙霧。李昭早就往西南商會遞了帖子，出於禮節和看熱鬧的心情裡，西南商會不少東家在任會長的帶領下，拎著禮物前來祝賀。

李昭領著任會長為首的一眾人往裡走，任會長依舊是一副乾巴巴的黑瘦模樣。

「李掌櫃辛苦，這芳瓊短短幾日便開起來了，還是在昆明最繁華的大街上，聽說連著幾個鋪子都被你們黃東家買了下來，看來黃東家準備在西南大展身手啊！怎麼不見黃東家？」任會長問道。

「誒，前前後後忙了幾日，我們東家身嬌肉貴，哪裡吃過這樣的苦？所以剩下這些事情便都交給我和孫掌櫃張羅，加上最近昆明天氣太熱了，老夫人有些苦夏，任會長前來，本該我們東家親迎，只是我們東家奉母至孝，還請任會長見諒。」李昭不慌不忙的打著馬虎眼。

「應該的應該的，黃東家是個孝順的。這鋪子裝修得不錯，後院可是存放香料的庫房？」任會長問。

「不錯，後院有十幾間房子，收拾收拾便做了庫房，還有個後門在巷子裡，也好運貨。」李昭領著眾人往裡參觀。

孫小青一身天藍色長衫，站在櫃檯後盤帳，稚嫩的臉上滿是嚴肅，指尖飛舞，算盤打得風生水起。

「呦，這才開業，難道便有香料生意上門了？」一個也是做香料生意的東家問道。

孫小青頭都沒抬，依舊打著算盤。那香料東家臉上漸漸有些掛不住了，這年輕蛋子，連鬍子都沒長出來，一副小白臉的模樣，倒是敢在他們這些前輩面前拿大。

正在此時，門外大街上響起一陣陣馬蹄聲，還有車轆在青石板上軋過的聲音，門口的夥計探頭一看，大聲叫道：「李掌櫃，孫掌櫃，香料送來了！」

孫小青不慌不忙的放好算盤，把珠子撥回原位，手裡拿著帳本走到門口。

只見青石大街上滿滿當當來了幾十輛馬車，一包包裝好的貨物整齊的碼在車上。聽到動靜的西南商會眾人也紛紛走到門口圍觀，怎的這黃東家這麼快就有貨可收了？幾個香料東家更是面面相覷，不是都跟那些香料莊子說好了，不賣給他們貨嗎？這是怎麼回事？

孫小青在為首的馬車前面站定。「開始驗貨，一個個來，驗好的便抬到後院倉庫去。驗好一家在我這裡畫押，然後去櫃上領銀子。」

有夥計抬來秤重的秤，就在芳瓊香料行大門口開始驗貨，路邊圍滿了看熱鬧的人。香料行的錢東家一臉扭曲的跟任會長耳語。「小小年紀，會驗個屁的貨！咱們這些做一輩子香料生意的行家，還要兩個掌櫃的一起掌眼呢，他這一個乳臭未乾的小子，架子不小！」

任會長沒有吭聲，只是盯著孫小青瞧。

只見她先打開一包香料，手指在痲袋裡面翻轉兩下，感受一下這批香料的乾度。若是沒有曬乾，香料極容易受潮變質。

這一包是肉豆蔻，顆顆飽滿緊實。拿起一顆，指尖用力捏破外殼，放在鼻下輕嗅，一股醉人的氣息傳入鼻腔，這是上好的肉豆蔻成熟的味道。

孫小青點點頭，讓夥計上秤秤重，秤好之後，貨物有序的搬進倉庫。短短一個時辰不到，門口排隊的馬車只剩下幾輛，孫小青依舊是一副冷淡的面孔，只有額頭上的一片汗水沾濕了她的鬢髮。

接過身後小廝遞來的一塊手絹，隨意擦了擦汗。小廝道：「孫掌櫃，不如先歇一歇，這天也太熱了。」

孫小青一面示意下一個一面說：「沒多少了，趕緊驗完也好給他們結帳，大熱天的，都不容易。告訴後院廚房熬一鍋涼茶，各位都喝上一碗，也好解解暑。」

很快的，最後一輛馬車的貨物也都驗完了，孫小青長吁一口氣。身後一眾西南商會的東家都已經看傻了眼，沒想到，人家竟然是行家。這驗香料的架勢，一出手便知道有沒有，黃東家手下這都是什麼幹將，年紀輕輕便有如此本事，真是讓人羨慕！

孫小青把一眾人面上的表情都看在眼裡，其實她心裡也是有些虛的，還好今日送來的都是一些常見的香料，芳瓊開業前，四娘對她做了特訓，務必讓她開業當日在西南商會眾人面前露一手，震震那幫人。待下一批名貴的香料送來，這驗貨的活還得四娘親自來，免得她經驗不足，看走了眼。

芳瓊後院，各色香料已經歸類擺放好，十幾個莊子前來送貨的漢子們都蹲在樹蔭下喝茶，一人手裡一個大碗，裡面是灰褐色的藥材熬出來的涼茶，可以消暑，石桌上面還擺著一罐子白砂糖，誰要是喜歡吃甜的，自己往碗裡加。

呂威此次也來了，正和附近莊子上的一個漢子在說話。

李昭此時來到後院，眾人見掌櫃的來了，紛紛站起身問好。

李昭擺擺手。「這麼大熱的天，辛苦諸位了。這批香料都已經驗過了，品質都不錯，歇好了的就跟我去前面，找孫掌櫃結銀子。」

聞言漢子們都幾口把碗裡涼茶喝完，裡面可是加了不少糖呢，不喝完多可惜。抹抹嘴，便一個挨一個的排著隊去前面櫃上領銀子去了。

孫小青一筆帳一筆帳算得清楚，問清楚是要現銀還是要銀票，銀子發到手裡，再讓他們在帳目上摁個手印。

領了錢的漢子興高采烈的出了門便趕著馬車去買東西，好不容易進城一趟，可是要給家裡婆娘小子們買些禮物。往日賣香料哪裡有今日的好景象，那些香料東家都是把貨款壓了又壓，有的甚至都壓到年尾，拿不到銀子不說，一趟又一趟的往城裡跑，耽誤多少事呢！

還是芳瓊做生意實在，早前便付了三成定金，今日貨一入庫，剩下的銀子便也痛快給了。以前那些難纏又黑心的香料東家，誰願意和他們做生意誰去吧，反正他們這些嘗到甜頭的，以後只認芳瓊。

香料鋪子忙忙叨叨一上午，好不容易把銀子都結算清楚，整個鋪子裡都清靜了起來，孫小青一邊把帳目最後寫清出入，一邊安排人在後院看好倉庫，等下批貨齊了便要運送出去。

西南商會的一眾人都還沒走，一個個猶如入定般坐在椅子上喝茶，只少了幾個香料行的東家。

他們親眼見著往日自己收香料的那些莊子上的人把香料都拉來芳瓊賣了，哪裡還坐得住，紛紛追上去要問個究竟。

李昭對著任會長抱拳道：「對不住，一時間忙起來，怠慢各位了，中午鳳凰樓，在下做東，咱們不醉不歸！」

任會長笑呵呵的說：「李掌櫃開業第一日便生意興隆，老夫雖然不飲酒，但也願陪著諸位一起賀一賀芳瓊開業之喜。」

李昭交代孫小青留守鋪子，又叫上手下幾個能喝的，加上周濤，陪著西南商會諸人往不遠的鳳凰樓走去。

昆明城內的一個小市場，今日賣出香料的漢子們大多聚集在此，這裡是本地人常來的地方，不少物美價廉的飯食，幾個銅板便能飽餐一頓。

呂威和幾個漢子正坐在路邊的桌子上等著老闆上飯，這家的紅油餌絲做得好，每次來都要吃上一大碗。

錢東家幾人找了半晌，終於找到了呂威眾人。在呂威面前站定，錢東家臉紅脖子粗的大聲問道：「呂莊頭怎地出爾反爾，答應我等的事情，為何扭頭卻又跟黃東家簽了契書，把香料都賣給了芳瓊？」

呂威不慌不忙道：「我與幾位東家又未白紙黑字簽好契書，怎能說我出爾反爾？再說，我們辛苦種地的，一年就指著這些香料收成好過日子，黃東家給的價格地道，先給三成定金，收了貨當場付餘款，幾位東家捫心自問，要是你你們怎麼選？」

「對啊，誰給的銀子公道我們賣給誰，難不成這西南的香料都只能賣給你們不成？你們往日倒是別壓咱們的貨啊？如今人家黃東家大氣，做生意又講良心，咱們以後的香料只往芳瓊送！」旁邊的漢子也紛紛出聲。

「你、你們這些刁民！」錢東家不由得氣結。

「我勸錢東家客氣些，我們不偷不搶，正當買賣，刁民兩字不敢當！還要告訴幾位東家一句，以後我們小呂莊所有的香料都與芳瓊簽好了契書，十年內，暫時沒有香料能賣給幾位東家了，還請幾位東家以後莫要再來我們小呂莊談生意了，十年後再說吧！」呂威義正言辭的說。

「你們莫要以為那黃東家是京城裡來的有人撐腰，便不把我們放在眼裡了，強龍還不壓地頭蛇呢，你們可是道地的雲南人，就不怕……」

錢東家話沒說完，幾十個送香料的漢子都紛紛站起身來盯著他。來送貨的都是各個莊子上挑出來的強壯漢子，天熱，雲南民風開放，所以這些漢子都光著膀子，身上曬得黝黑發亮。

見這些人目露凶光，幾個東家瞬時不敢再放狠話了。山裡漢子都蠻橫，打起架來不怕死，何況面前一群人，怎麼打得過？

匆匆扔下一句。「你們別後悔！」錢東家幾個落荒而逃。

而此時的鳳凰樓，李昭叫了一大桌珍饈佳餚，並讓店家搬來十幾罈最烈的酒，李昭、周濤，並幾個人對視一眼，這是要把西南商會的人灌趴下的架勢了。

任會長見此情態，知道李掌櫃是準備給西南商會眾人一個下馬威。今日本就見識了黃東家不動聲色便把雲南當地出產香料的莊子全部都收買的本事，心裡有些震撼，於是便藉著自己年紀大了，只等他們喝完前三杯酒便起身告辭了。

李昭並不阻攔，起身依舊作出恭敬的樣子，把任會長親自送到馬車上，便回去繼續灌那幫孫子們去了。

任會長上了馬車，伺候香煙的丫頭便趕緊迎了過來，見任會長面色不好，一聲不響便打開白瓷盒開始往煙泡裡裝膏子，點好火，把煙槍遞給任會長。

任會長忍了一上午，又被黃東家這一手暗渡陳倉給鬧得動了氣，狠狠吸了幾口鴉片，右手捏住那丫頭的衣襟一個使勁，本就輕薄的夏日紗料應聲而破，露出一大片雪白的山丘。

任會長這次並沒有上手，卻是低頭含住一塊嫩肉牙根使勁，直咬得牙床都酸了也不鬆口，丫頭疼得不由得慘叫起來，一縷鮮血順著胸脯流下。

趕車的車夫聽到後面的動靜也不敢出聲，只是加快了回府的速度。老爺子心氣不順的時候便是如此，他已經見怪不怪了，只可憐了那丫頭，嬌花一樣的年紀，只能任由宰割。

第三十二章

芳瓊開業當天，震驚了整個西南商會。

先不說李昭帶人把西南商會除了任會長之外的人都給灌翻了，到最後個個喝得腰都直不起來，更有甚者當場在鳳凰樓大發酒瘋，當李昭把他們一個個送上馬車之後，一雙晶亮的眸子還十分清醒。

再者，西南商會終於認清，京城來的黃東家黃四，並不是傳言中的二世祖、敗家子，人家雖然年輕，但做事手段老辣高明，不聲不響便在西南打下一片江山。

周濤搭著李昭的肩膀說：「沒想到李東家酒量也如此之好，竟能和咱們軍中兄弟不相上下。」

「小意思，跟這幫龜兒子喝沒有意思，改天咱們兄弟單喝！」李昭豪氣干雲，到了昆明這麼久，一直都在西南商會面前藏拙，今日終於揚眉吐氣一回，他心裡高興著呢。

又過了兩日，第二批名貴香料也送來了，這次必須要四娘親自出面驗貨，沒法子，四娘在涂婆婆跟前求了又求，最後還把老大夫給搬來了，涂婆婆終於鬆口，只給兩個時辰的時間。

四娘換上男裝，一溜煙的去了芳瓊。

因為四娘有孕，李昭不敢讓她在太陽底下站著，於是這次驗貨的地點便換到了後院的樹蔭下。孫小青站在四娘一邊，仔細瞧著四娘如何分辨這些香料的品質種類。

從開立芳華初始，四娘無數次的參與配方研製，在榮婆婆的教導下，對各種香料都了解甚多，簡單的從看到聞，極少有拿不準的，所以速度極快便把這批貨驗完了。

孫小青生怕自己記不住，還拿筆把四娘特意交代的重要之處記下來。年底之前，各香料莊子還能再送一批貨，到時候四娘便要孫小青獨當一面了。

如同上次一樣，收完貨，莊子上來送貨的漢子很快便結了貨款離開了，四娘百無聊賴的坐在樹蔭下有一搭沒一搭的搧著扇子，炎熱的空氣讓人昏昏欲睡。

此時老崔來到四娘身邊小聲稟告。「東家，這兩天兄弟們總看到有鬼鬼祟祟的人在咱們後門附近的巷子裡轉悠，好幾次了，不知道是不是有人要使壞，咱們要不要把他們抓起來？」

四娘眼睛瞇成一條縫。「這會兒給人家抓起來，沒憑沒據的，人家說不定還要倒打一耙。咱們香料最怕火，若是他們真是來使壞的，也就這兩日趁著貨物拉走之前便要動手。叫兄弟們盯緊點，若是他們露出要放火的樣子，人贓俱獲的抓一回。」

老崔點頭下去安排了，四娘不由得感嘆。「真是沒意思，來來回回就是這些上不了檯面的小動作，煩死人。」

「姑娘，咱們回吧，眼看要吃午飯了，您要是再不回去，涂夫人回頭可是再也不放您出來了。」鶯歌在一旁勸道。

四娘無奈的站起身來，肚子裡揣著這麼個寶貝疙瘩，真是沒辦法！

羅平城，睿侯收到了京中的回信。信是明王親筆所書，上言：若此事與老撾皇室無關，那便只捉拿泗王與私兵，這場仗只是平叛。可若有證據顯示老撾皇室參與其中，踏平老撾，讓他成為大越朝的一個省！

睿侯得了準信，便也不再掛心，反正聖上和明王說怎麼打便怎麼打。恰巧撒出去斷頭山一帶巡查的斥候有了消息傳來，發現了幾個山洞，在周圍仔細探勘過，若是所料不錯，這山洞貫通老撾與斷頭山。

於是睿侯和何思遠召集了所有將領，商議下一步的動作。

何思遠的意思是宜先確認那五萬私兵如今是否在五姑娘山內藏著，最好能有自己人喬裝成當地人，混進去看一看。等摸出了路線，後面大軍也好攻打。

可是派誰去是個問題，此人必須要會說西南話，不能露出破綻。思來想去，還是何思遠給出了個主意。

若是單獨一個本地人，很清楚斷頭山和五姑娘山是不能去的禁地，硬是往裡闖，定會引起懷疑。不如兩個人一起，便說是外地來的玉石商人，聽說這兩座山裡有玉脈，便在當地找了一個嚮導，進山來想闖一闖。

眾人一致同意了這種法子，何思遠自告奮勇要進山一探。至於本地帶路的，睿侯直接去羅平府衙尋了個會說夷族話的當地衙役，當作嚮導，帶著何思遠進山。

兩人行了半日，終於到了斷頭山山腳下。那衙役叫羅宏，是土生土長的山裡人，年紀十八、九，是個聰明孩子。

先是交代何思遠繫緊了袖口褲腳，說是這山裡毒蟲極多，一個不小心便會鑽進衣服狠狠叮上一口；又拿出藥粉往兩人身上撒了一把，何思遠聞了聞知道這是雄黃，為了讓蛇聞到味道遠遠避開。

因為怕被泗王的人發現，何思遠並沒有用四娘準備的口罩等物，只拿了條巾子圍在口鼻處，手裡持著匕首，往深山中前進。

午時進山，直到太陽快落山的時候，才順著之前斥候留下的記號，找到一處極寬闊的山洞。

此時光線已經暗下來，遮天蔽日的原始樹木擋住了天幕，只能大概算著時間，已經到了晚飯時分。

兩人在山洞口藉著餘光吃了點東西，歇息片刻，羅宏從附近的林子裡砍了兩根粗壯的枝椏，削乾淨枝葉，點燃後遞給何思遠。「這東西油脂豐富，耐燒，可以當火把使用。」

何思遠接過火把，二人向著深不可測的山洞裡面行進。甫一走進山洞，一陣陰冷的風吹來，二人不禁瑟縮。羅宏看了眼火把上方火苗飄動的方向道：「這山洞果然是連通的，咱們順著走，應該能找到出口。」

藉著火把的光亮，二人走了大約半個時辰，此時前方似乎有瑩瑩的綠色光芒亮著，何思遠攔住羅宏，暫時停下腳步。

站在原地半刻，看前方那光線似乎並沒有什麼變化，便再次提步前行。

轉了個彎，面前露出的景象讓何思遠與羅宏二人瞪大了眼。

只見這段山洞的石頭全是碧色，深綠淺綠到墨綠，形成了一副壯觀的景象。在火把光亮的照映下，彷彿來到一個奇幻世界。

羅宏不禁開口道：「還真是個玉礦洞，原來羅平的玉脈就在這裡！」

兩人還沒從震驚中回過神，一陣紛亂的腳步聲從洞中傳來，大約二、三十人手裡拿著弓箭兵器靠近，對著二人露出戒備的神色。

只見對方穿著褐色短襟，手中拿的兵器何思遠一眼便能認出是大越朝所製。

為首的一個漢子操著生硬的大越朝話問道：「你們是何人？來此處做什麼？」

羅宏此時反應過來，急忙答話。「小的是羅平人，這位東家說要來羅平找玉礦，給了小的銀子，讓小的帶他進山一探，所以才來到此處。」

何思遠抱拳問道：「我從夷陵來，想做玉石生意，曾聽一個玉石商人說羅平山中藏著大批的玉礦，便想來尋一尋，好不容易找到這裡，難道說，這玉礦已經有主了？」

那漢子與身邊的人對視了一眼，揮手道：「搜身！」

何思遠二人沒有反抗，乖乖的舉起手來讓他們搜身，幾個夷族人搜了一遍，除了二人手中拿著防身的匕首，還有一些乾糧水囊並一些防蟲藥材，並沒有搜到可疑東西。

領頭的漢子用夷族土話跟身邊的人說了幾句，便有人上來把兩人綁了，並在眼睛上蒙了布，挾持著兩人往更深的洞裡走去。

何思遠一邊掙扎一邊喊：「我們是來找玉脈的，若是這裡有主了我們走便是了，為何還要綁了我們？這是要帶我們去哪裡？」

「想活命便老實些，如今我們王有要事要做，不管你們是不是來找玉脈的，先帶走再說。若是後面查出來你們說瞎話，定要讓你們嚐嚐萬蟲穿心的滋味！」回答何思遠的是一句陰狠的威嚇。

何思遠心知，這算是進入泗王巢穴的內部了，眼下跟著他們，但願能找到他們的大本營。

走了不知多久，何思遠只覺得在山洞裡不停的拐彎。突然，眾人停下來，隱隱聽到不遠處人聲喧鬧，還有隱隱烤肉香傳來。

眼睛上蒙的黑布被掀開，何思遠慢慢睜開眼睛適應光線。

這裡是一處山谷裡低凹的平地，身後是森林，有大大小小幾十座木屋搭建在古樹半腰處，大概有百十個夷族長相的士兵分批十幾人圍坐一起，架起火堆烤肉。

穿梭其中的還有夷族打扮的少女，手裡拿著瓦罐，不停的往那些士兵面前的碗裡倒酒。

下令綁他們的那個夷族漢子彷彿是個頭領，此時對著何思遠二人說道：「漢人一向狡猾，寧可都抓了也不能放過一個，如今到了我的地盤，你們便先老實待著。若是想耍花招，正好寨子裡的蟲蟲還缺飼料！」說罷扔下二人便去了一隊士兵的隊伍裡喝酒去了。

何思遠與羅宏背靠背坐著，何思遠悄聲問：「你會土話，聽一聽他們都在說什麼。」

羅宏靜下心聽了一會兒道：「大概在說新的糧食已經送到了，明天要去一個叫古寨的地方領糧食，正在商議派多少人去。看來，這裡只是個小小的分支，並不是他們的大本營。」

何思遠點頭，已經來了這裡，要再想個法子找到大本營才好。只是如今這樣，有什麼方法能讓他們明日也跟著去呢？

這時，那個領頭的漢子接過手下遞來的一塊烤肉，咬了一口，隨即吐了出來，嘴裡罵罵咧咧的說著什麼，剩下的十幾個士兵們苦著臉，不發一語。

何思遠問羅宏，那領頭的罵什麼呢？

羅宏側耳聽了一會兒答道：「好像說這肉烤得太難吃了，他們這裡會做飯的廚子好像被毒蟲咬死了，最近這些日子天天都吃烤肉，吃得滿嘴都是泡。」

何思遠轉轉眼睛，開始大聲呼喊。「哎！來人啊！來個人！」

聽到何思遠的喊叫聲，一個夷族人拿著刀罵罵咧咧的走來了，何思遠急忙讓羅宏翻譯給他聽，說他會做飯，願意給大家露一手。

那夷族人回去跟領頭的一說，領頭的打量了何思遠一眼，或許是最近天天吃烤肉吃得都膩了，那領頭的竟然揮揮手讓人給何思遠鬆綁，示意他做頓飯來嚐嚐。

羅宏不禁疑惑的瞅了何思遠一眼。「你還會做飯？一個大男人還有這手藝？」

何思遠摸摸鼻子。「我媳婦兒愛搗鼓吃的，我跟著看過，沒什麼難的，糊弄糊弄這些蠻子，還是容易的。」

說罷在夷族人的帶領下來到他們的簡易廚房，裡面雜七雜八的放著一堆東西。

何思遠一邊隨手挑揀能用的食材，一邊跟盯著他倆的兩個夷族人搭話，羅宏在一旁打下手做翻譯。從聊天中得知，那個夷族的領頭士兵叫阿罕兒，主要負責這一區的防衛。

找了個瓦罐，加入山泉水，何思遠拎起一塊烤肉時落下的沒什麼肉的骨頭放進去煮，水滾後把血沫撇出來，然後加入一把丁香、桂皮等香料，蓋上蓋子慢慢煮，又切了一堆野山菌，等骨頭差不多煮熟時，把野山菌扔進去一起煮。

又找了個罐子當炒鍋，看一旁有一些青菜，隨意拍了兩顆蒜，扔進去一塊動物油脂，待油脂慢慢煉化，放入蒜瓣、青菜翻炒幾下，放鹽出鍋。

不到半個時辰，飯菜的香氣隨著夜風傳到阿罕兒的鼻中，阿罕兒忍著口水瘋狂的分泌，靜等著手下把做好的飯菜端來。

何思遠也不去問味道如何，眼看著阿罕兒一人把一大盤青菜和一鍋肉湯吃完，拍著肚子意猶未盡的樣子，便知道阿罕兒這頓飯吃得極滿意。

阿罕兒吃飽喝足，揮手讓何思遠二人過來。何思遠到了面前，作出一副謙卑的模樣來。

「你手藝不錯，不如就留在我這寨子裡給我做飯如何？一個月，許你一大塊玉石，若是伺候得我舒坦了，還有更多獎賞。」

何思遠聽羅宏翻譯過後，露出一副又驚喜又擔憂的模樣。「願意是願意，可是小的還有家人在老家，總不能一輩子留在這裡給大人做飯吧？」

阿罕兒一邊剔牙一邊說：「別擔心，等我們金鵬大王打完仗，便可以放你回家尋你的家人，最多在這裡留一年。這一年我吃你做的飯，你得到你想要的玉石，咱們雙贏。如何？」

何思遠將計就計如願留了下來，暗暗等待著機會找到泗王全部私兵的大本營所在。

昆明城內，這日夜裡出了件大事。

大家都知最近城中新開張了一家香料鋪子，叫芳瓊。剛開業便生意紅火，西南當地出產的香料幾乎都被芳瓊收了去。據說人家的生意在京城，這些便是都送去京城也不夠賣的。

不知是誰眼紅芳瓊生意紅火還是怎麼著，就在芳瓊準備運貨的頭一天夜裡，一群鬼鬼祟祟的人半夜企圖往芳瓊倉庫後院放火，誰料卻被芳瓊守夜巡邏的人發現了。

先是捉住歹人一頓好打，在身上搜出火摺子、明油等一些作案工具，然後敲鑼打鼓要把那些被打得跟豬頭似的歹人送去衙門。

此時挨著芳瓊的左鄰右舍還有對門的東家都前來道謝，直言這天乾物燥，若是讓他們得手去，恐怕這一條街都得燒起來，他們這些臨近的鋪子也不能倖免於難。

李昭陪著幾位鄰居客套了幾句，便讓周濤帶著人送衙門去了。

大半夜的，府衙大門被敲響，任誰也一肚子火氣，正摟著小妾睡得香甜的孟知府被驚醒，沒好氣的吼了一句。「大半夜不睡覺，嚎喪呢！」

前來報信的小廝不敢怠慢，慌忙著遞給孟知府一塊腰牌。孟知府拿起一看，睡意瞬間去了個乾淨。這是大內的腰牌，什麼大人物到了昆明不成？

慌忙穿戴好，孟知府匆匆到了前衙。周濤靜靜站在大堂等侯，地上捆著幾個鼻青臉腫看不清模樣的漢子。

見到孟知府出來，周濤不緊不慢的行了一禮。「見過知府大人，深夜打擾，多有得罪。」

「快快請起。那腰牌是何人所有？」孟知府問道。

周濤上前在孟知府耳邊耳語幾句，孟知府露出一個果然如此的表情。

四娘私下交代過周濤，如今他們放開手腳去做生意，算是和西南商會徹底撕破了臉，也就不用再掖著藏著了，該放的風聲要放，該有的架子和排場也要有。

所以周濤便半真半假的與孟知府說：「這芳瓊的東家黃四，是奉聖上之命來做玉石生意的，這玉石生意裡有聖上的分子，所以派了一隊大內侍衛貼身保護，今日遇到這些宵小作亂，企圖放火燒了芳瓊的貨物，請孟知府嚴查。」

孟知府也是個官油子，在官場上做老了的，本想著這一輩子做到知府已經到頭了。昆明雖然比不上蘇杭之地，但還算富足平靜，便安安穩穩的做兩年然後隱退罷了。誰料到還有機會遇見這事？若是和那黃東家處好關係，說不定他這官位還能再升一升！

想罷，孟知府露出一個威嚴的表情來。「朗朗乾坤，竟然有人敢在本官治下做此惡事。來人啊，押入大牢，嚴加審問，一定要查出幕後主使來！」

第二日周濤與四娘說起昨夜之事。「崔大哥他們不愧是戰場下來的老兵，那眼神絕了！離得老遠，便看出那群歹人的動靜，等著他們把火摺子掏出來點燃那一剎那，飛撲出去抓了個人贓並獲。如今那七、八個人都在牢裡待著呢，我也已經和孟知府表露了我的身分，不過我看那孟知府是個油滑的，最後這事能不能查出主使來也不好說。」

四娘揉揉眉心。「主使是誰不重要，重要的是他們沒能得手。這事咱們心裡都清楚，除了西南商會的人還會有誰？如今生意步入正軌，咱們的實力也一點一點展露出來，任會長該著急了。孟知府油滑有他油滑的好處，這樣的人貪生又怕死，有點腦子又不是很精明，只要不給咱們扯後腿便罷，把人交給孟知府，咱們就不必管了。」

周濤應了是。「今天一早，所有庫存香料已經啟程，路上行幾日便能上船，等上了李氏商貿的商船，這批貨便穩了。」

「有崔大哥他們護送，沒什麼好不放心的。李大哥這兩日忙些什麼，怎麼都見不到人？」四娘問。

「李東家忙完香料又忙茶葉的事，芳瓊旁邊的茶葉鋪子也差不多裝好了，跟香料鋪子左右的格局，第一批按照夫人說的法子製作的茶餅就快好了，李東家這兩日正在琢磨包裝的事，昨夜又處理那起縱火的歹人，估計這會兒還在補覺。」周濤答道。

「辛苦周大哥了，你也一夜沒睡，快回去補個覺吧。如今你們都忙著，就我一個閒人，都快發霉了！」四娘抱怨。

「屬下跟崔大哥手下的孟峰交代一聲再去睡，夫人的院子不能離了人。」說罷便行禮退下。

這周濤也是有意思，能在宮裡當侍衛的都不是什麼普通人家。四娘原以為他們被聖上派來保護自己一介女眷心裡定會不滿，誰料到來了西南之後，看他們倒是幹得挺高興。不論是保護安危還是跑腿，都辦得有模有樣，甚至跟著她進山跑生意也津津有味。

四娘哪裡知道周濤本來就是個跳脫性子，在京城待著是體面，可是男兒在世，哪裡就只安於關在京城那個繁華的籠子裡，趁著年輕，多出來見識見識才好，再者聖上親口交代要他們保護的人，怎能不重要？說不定還能立個功什麼的。

李昭下午睡醒了，打著哈欠來尋四娘，手裡還拿著個盒子。
「剛送來的，妳瞅瞅，這包裝可還行？」
四娘接過盒子細看，一尺來長的檀木盒子，打磨得油光水滑，上面用篆體字刻著「芳瓊普洱」四個字，打開蓋子，裡面有內襯，分成了幾格，正中格子裡放著一塊圓圓的茶餅，用油紙整齊包裹，下面墊底用的是曬乾的茅草，旁邊小格子裡分別放了分割普洱茶餅專用的茶針和錘子，還有一枚書箋放置其中，上面紅色硃砂字跡，介紹這茶餅的產地及味道、特色，還有普洱的泡法。
四娘點點頭。「不錯，這包裝直接便能大批生產了，就按這個來，放置書箋時一定要看清楚，莫把不同品種的普洱介紹弄混了。」
李昭掛著黑眼圈，一副睡眠不足的樣子。「四娘，哥哥快熬死了，妳動動嘴，我跑斷腿啊！」
四娘掩住嘴笑。「我倒是想跑斷腿，我娘瞅著我連門都出不了一步，這幾日吃了睡睡了吃，跟養豬一般，愁煞我也！」
「等妳肚子裡小子出來，我可是得認個乾兒子，不然也太虧了些！」李昭抱怨。
「想要兒子自己找媳婦生去，別惦記別人家的。對了，再有幾天我這便滿三個月了，趁著肚子不顯還能出門，咱們還是要去一趟任會長那裡。我總覺得，他不會這麼善罷甘休，定是還有後手。」四娘說道。

「那老小子，面上看著笑呵呵，做出一副為人長輩大公無私的樣子，私底下壞著呢。妳可知我最近幾日叫人打聽他的底細，打聽出來什麼了？」李昭喝了口茶想提提神，誰料到鶯歌給他倒的是和四娘一樣的果茶，裡面不知道是什麼，酸得李昭眼淚都下來了。

任會長說來在西南也是一介風雲人物，任家老太爺那一輩便開始做玉石生意，當時只是小打小鬧，並沒有做得很大。到了任會長祖父那一輩，偶然間尋到一處玉礦，出產玉料品質極好，從此任家聲名大噪，玉石生意做得風生水起。

任會長父親這一輩，祖上留下的那玉礦已經被開採得差不多，再沒有什麼好料子出世，任家眼看便要沒落下來。

任會長二十歲時，父親去世，只留下幾個鋪子，裡面也並無什麼珍貴料子，就在大家都以為任記玉石行即將關門大吉的時候，年輕的任會長揹著個包袱，一人進了深山。幾個月後，任會長帶著個媳婦兒回來了，一同回來的還有幾大車上好的玉石籽料，塊塊都不是凡品。

從那時起，任記玉石行便恢復了往日的輝煌，甚至比之前還要顯赫，任家的玉石料子再也沒有斷過貨，在西南穩穩的立下了不敗之地。

有人傳說任會長從那山裡帶回來的小媳婦是夷族一個首領的女兒，那女子的嫁妝便是夷族大山裡的玉脈。只是那女子嫁進任家後極少露面，給任會長生了一兒一女便沒了動靜，如今大概在後宅待著吧。

聽李昭把任會長的往事講完，四娘不由得發問道：「難不成那任會長真娶了個夷族女子做太太，便是為了任家玉石行以後能有源源不斷的玉石料子？」

李昭嘆氣。「咱們以前沒做過玉石生意，不知道這玉石生意有多賺錢，一塊拳頭大小的上好玉料，若是雕工精湛的玉雕師傅，能掏出一對手鐲，還能再雕出一副耳墜子和幾塊玉珮來。這些玉器賣到京城去，所賺頗鉅，其中的價值不可估量。若是娶那夷族女子能得到源源不斷的玉礦，這划算生意任會長怎會不做？」

四娘默默想了一瞬。「那任會長如今年紀大了，按說家中長子該幫著打理生意，以後也好接管事務。怎的咱們來了昆明這麼久，都沒有見過任會長長子露面？」

「我也納悶呢，打聽了一圈，只說那任家大少爺估摸著是身子太弱還是怎麼的，不大露面，他那女兒也待在深閨，無人見過。」

四娘手指不住敲擊桌面。「不對，這事情不大對，任家任會長身上，說不定有大秘密。」

李昭挑眉。「怎地？妳可是有什麼想法？」

「任會長年事已高，不會讓自己身後這一攤子家業落個無人繼承的下場，便是他家大公子身體不好，那也該有繼承人是任會長早已經看好培養的，再者，任會長抽那鴉片，可他身子並無什麼病痛陳疾，是誰送他鴉片，並讓他上癮的？這一樁樁一件件，讓人忍不住往深裡去想。」

四娘有個隱隱的直覺，任會長會不會和泗王有某種聯繫？泗王藏身在夷族的深山裡，任會長的玉石生意和夷族人有千絲萬縷的關係，任會長那一雙從來不露面的嫡生兒女，還有那未知來源的鴉片，這一切讓四娘陷入了一個巨大的疑團。

「叫人盯緊了任會長，找善隱藏打探的去查看看，我要知道任家到底有什麼秘密！」四娘按下心底的不安，正色對李昭交代道。

任家的大廳裡，任會長瞇著眼睛默不作聲，下首兩人站在前面回報著什麼。與客廳一牆之隔的裡屋，伺候任會長抽煙的丫頭正低頭擺弄著那裝煙膏的白色瓷盒，忽然窗外響起了兩聲杜鵑鳥鳴聲，丫頭忽地站起身，走到窗邊掀開了紗簾。看到窗外的後院站著那個蒼白消瘦的男子，丫頭嘴角一撇，大顆眼淚忍不住滴落下來。

兩根瘦弱纖長的手指輕輕抹去丫頭面上淚水，放進嘴裡輕嚐。「朵朵兒，莫哭，這眼淚太苦了，爺不喜歡。」

說話的男子看起來大約三十歲左右年紀，或許因為瘦弱的緣故，面色有些不太正常的青白。一雙眼睛眼窩極深，那眼睛又是狹長的形狀，看起來彷彿眼中有藏不住的陰鬱一般。

「大少爺怎地出來了，老爺此時正在前面見人，您是怎麼繞過那些人走到這裡的？」朵朵兒壓低了聲音問。

男子嗤笑一聲。「我若是想來，隨時都能來，沒什麼大不了的。一見到我便哭，可是那老東西又折磨妳了？」

朵朵兒咬咬飽滿的唇，隨手解開前襟的盤扣，一塊泛著青紫的可怖咬痕就那麼呈露出來。

「可斯，你瞧，他咬的，疼得朵朵兒哭了好幾日！」

眼看著朵朵兒說著說著眼淚又要下來，任可斯急忙捏住朵朵兒臉頰。「好不容易見妳一面，別再哭了，讓我怪心疼的。那老東西煙膏子是不是快沒了？」

朵朵兒點點頭。「正想找機會去後面告訴大少爺一聲，那煙膏子還剩下兩、三回的量，估計明日就沒了。」

任可斯露出一抹莫名的笑。「好朵朵兒，快了，咱們很快就能解脫了。忍一忍，到時候那老東西死了，咱們便不用再躲著了，我娘、我妹妹的仇也就可以報了。明日，抽空到我房裡，我再拿給妳。」

聽著前廳的動靜小了，那兩人告退的聲音響起，朵朵兒急忙推了任可斯一把。「大少爺快走吧，老爺又要抽煙膏子了，明日我去尋你。」

剛告辭的兩人正是錢東家與另外一位香料東家，昨夜使人放火燒芳瓊倉庫的事便是這兩位找人做的，只是沒想到芳瓊不僅逃過一劫，還把他們的人全抓進了大牢。往常沒少收銀子的孟知府口氣卻是前所未有的強橫，定是要撬開那幾人的嘴，抓出一個幕後主使來，無奈，兩人只好來找任會長想法子。

罵走了兩個東家，任會長氣得直拍桌子。「黃四！好一個黃四！且讓你得意幾日！」

任會長默默在心裡籌算，等到背後那人事成，自己那寶貝兒子有了功勞在身，還怕什麼明王！早晚，早晚那黃四得跪在他腳下求饒！

「來人！死了不成？伺候煙！」任會長朝著後面吼了一句，朵朵兒低著頭抱著托盤趕緊出來。

點上煙膏子，任會長吸了幾口，藉著這煙膏子的勁，壓下心中的不快，看一旁伺候的丫頭一臉的驚恐，不由得動了些惻隱之心。

「朵朵兒，莫怕，上次可是把妳咬疼了？老爺使人給妳送的衣服首飾可還喜歡？」任會長放輕了語氣問道。

朵朵兒點點頭又搖搖頭。「快好了，勞老爺記掛，東西朵朵兒很喜歡。」

任會長伸出乾瘦的手掌，捏住朵朵兒豐潤的臉頰，盯著朵朵兒彷彿瞧見了另一個人一般。「妳這脾氣，倒是跟妳娘不像。當年妳娘，跟著夫人從那大山裡出來，最是個嬌蠻性子，辣得很。若是當時聽了夫人的話，從了我，如今妳便是我的女兒了，這做小姐和做丫頭，可是天差地別！」

朵朵兒咬住唇，想起了娘去世之前說的話——

「朵朵兒，娘沒本事，護不住夫人少爺小姐，更護不住妳。如今娘去了，剩下的事情娘便交給妳了，一定要幫娘護好了大少爺。那任鳳谷不是個好東西，莫要相信他的任何一句話！」

朵朵兒咬咬牙，露出個嬌憨的笑，她知道任會長最喜歡看她這樣笑。「老爺，朵朵兒不知道做小姐是什麼滋味，大概是跟吃了蜜糖一般？」

任會長哈哈大笑。「傻丫頭，比蜜糖還要甜一百倍！不過做了老爺的女人也不虧，妳娘沒嘗到的滋味倒是讓妳嘗到了。再等幾個月，等爺的大事定了，賞妳個姨太太做，從今往後，妳也算是咱們任家的半個主子了！」

「朵朵兒謝過老爺賞。老爺，大事定了，二少爺是不是也該回來了？奴婢前幾日路過二少爺的院子，瞧著裡面都荒了，要不要使人打掃一二？」朵朵兒輕聲問道。

任會長想了一會兒。「是該打掃打掃了，說不定，老二很快便能回家了！」說罷便又拿起了煙槍，吧嗒吧嗒抽了起來。

斷頭山與五姑娘山相連的山脈裡，何思遠扛著一口鍋吭哧吭哧的和拎著一堆食材的羅宏走在隊伍的後方。

趁著前面的人不注意，每次走到拐彎處，何思遠便悄悄的從荷包裡拿出什麼東西隨手往草叢裡一撒。

羅宏小聲念叨。「這狗屁阿罕兒還真他娘的是個吃貨，你這二把刀的做飯水平，倒是被他相中了。」

相處兩日，何思遠發現這羅宏是個實在性子，並不會那一套曲意奉承的把戲，即便是對著自己這個二品的副帥，依舊是坦言相交。

「誒，他們一群蠻子整日待在山裡，除了拿火把肉給烤熟了，哪裡吃過什麼好吃的？別看我這手藝一般，可是能糊弄住這一幫龜兒子。咱們趁這機會跟著他們找到泗王的藏身之處，消息傳回去，來他個甕中捉鱉！」

一路上何思遠倒是真的見識到了夷族人特殊的認路方式，或許是他們祖祖輩輩都生活在山裡，對山裡的風和氣味總能分辨出來，什麼路口該拐彎、什麼地方有猛獸巢穴都一清二楚，行進的速度一直很快。

七繞八拐的走了大半日，中間還在一處平坦的地方吃了頓午飯，何思遠讓人打了幾隻野雞，燉了一大鍋野雞菌湯，又從羅宏的一袋子食材裡拿出小半袋麵粉，隨手攪了一鍋麵疙瘩湯，阿罕兒和手下吃得簡直要把鍋底舔乾淨，那鍋到最後，竟是連洗都不用了。

黃昏時分，又穿過一處山洞，走出山洞的一瞬間，一座巨大的寨子展現在何思遠面前。

此處應該是在五姑娘山內，兩座山峰的交接處，並不是平地，而是在半山腰山勢稍緩的地方，一座座整齊的吊腳樓掛在山間，一眼望去，密密麻麻。

山上人來人往，瞧著大多是夷族面孔，不過也有可能是老撾人，何思遠並不能分辨清楚。

一隊隊穿著褐色粗布衣服的男子正在操練，看他們操練的架勢，何思遠大概能看出路數跟大越朝士兵訓練的招式差不多。此刻已經大概能肯定，這裡就是泗王私兵的大本營了。

阿罕兒到了之後，自有人去稟告。等了片刻，便有人帶著阿罕兒去了山上一處較為宏偉的竹樓，剩下的人就在原地等候。

何思遠撓撓頭，讓羅宏問一問阿罕兒隊伍裡的人，這裡哪處能如廁，何思遠想藉機轉上一圈，看看這寨子的大概內容。

阿罕兒的人和羅宏交代了半天，指著斜對角一排竹房子，大概意思是警告他們不要亂逛，也不要隨地大小便，金鵬大王是個愛乾淨的人，若是被抓到隨意撒尿，是要被打棍子的。

何思遠與羅宏二人往他所指的方向走去，一路上悄悄的四處觀察。何思遠觀望一圈，心裡感嘆，泗王還真會找地方藏，任誰也想不到，這外人看來危機四伏的五姑娘山內，還能藏五萬人在此。

敷衍著撒了尿，為了避免引起懷疑，何思遠與羅宏很快歸隊。阿罕兒手裡拿著張條子，叫上隊伍裡的人去搬糧食。

泗王放糧食的地方在山腳下一處極大的山洞裡，這山洞並不是通的，裡面堆著老高的麻袋，全部是米糧。阿罕兒憑著手裡的條子，領到他們所該領的糧食，吆喝著叫上人，準備離開寨子。

就在快要走出寨子的時候，一個二十來歲的漢人從寨子口進來，這寨子裡漢人極少，男子一露面何思遠便注意到了。

捅一捅羅宏，羅宏會意，用土話問一旁已經混熟了的夷族士兵。「這裡怎麼也有跟我們一樣面孔的漢人？難不成也是金鵬大王找來做飯的廚子？」

那士兵緊了緊背上裝糧食的背簍。「你說那人，那是咱們金鵬大王的手下，聽說他爹是昆明有名的財主，給咱們大王提供了不少的軍餉。他又識字，所以跟著金鵬大王幹些書寫的活計，在金鵬大王面前頗有幾分面子。」

羅宏翻譯給何思遠聽，何思遠心內一沈。看來，雲南商人中也有泗王的爪牙，回去要派人好好查一查西南商會的底細。若是他們每年給泗王暗中提供軍餉，那這些商人恐怕所圖甚大！

回程的山路似乎更難走，夜色四起，樹林裡霧氣升了起來，月光穿不透層層的密林，還有野獸的嚎叫聲時遠時近。

阿罕兒跟手下交代回程不要歇息，夜裡山中野獸要出來覓食，還是盡快趕回去為好。

看著新來的廚子和翻譯被帶著瘴氣的霧氣給薰得臉色都變了，阿罕兒怕做飯這麼好吃的新廚子再給這瘴氣薰死了，自己還要繼續吃那難吃的烤肉，便讓手下士兵給了二人兩瓶藥膏。

打開瓶子，一股清涼的氣息傳來，被瘴氣薰得肺管子火辣辣直疼的二人瞬間得到了緩解，把這藥膏抹在鼻下和太陽穴上，頓時便不受這瘴氣影響。

大概快到下半夜的時候，一行人才回到斷頭山所在的營地。

何思遠一邊讓羅宏生起火好給阿罕兒準備宵夜，一邊在心裡想著，阿罕兒這般的寨子應該算是泗王那座大本營外面的哨所，以大本營為中心，不算鄰接老撾的那面山，這樣的哨所應該不少於十幾處。他們一定有特殊傳遞訊息的方式，好讓大本營裡的泗王很快能得知山外的風吹草動。

看來得再在這裡多待些日子，總要把他們傳遞消息的方式摸清楚才好。

四娘數著日子，直到孕事終於滿了三個月，這意味著她可以出門走走，不用整日的關在宅子裡吃了睡睡了吃。

恰好李昭說茶葉鋪子也已經裝修好了，開業就在這兩日，一早讓老大夫把了脈，得了胎象穩固的話後，四娘一雙鳳眼亮晶晶的盯著涂婆婆瞧。

涂婆婆無奈的嘆了口氣。「去吧，就知道這些日子把妳憋壞了，只是出門不要往人多的地方去，一定要坐馬車，不許去遠的地方。鶯歌，看好了妳家姑娘，若是姑娘有什麼事，我拿妳是問！」

鶯歌不住的點頭，四娘終於鬆了一口氣。老崔把香料送上船，已經折返回來了，四娘帶上他和周濤十來個人，這才終於邁出黃府的大門。

來到自家的茶葉鋪子，只見新鋪子裝修得極清雅，所有桌椅裝飾都用上好的原木，只刷了一層清漆。四娘沒有在前面多逗留，徑直往後面倉庫走去。

茶葉保存極為關鍵，特別是發酵製作而成的普洱，一個保存不當，就會走了味道。倉庫到後院門口，一群漢子正熱火朝天的往馬車上裝貨，第一批貨四娘準備只供給京城，只有五千塊茶餅。

看著他們仔細的把裝著茶葉的箱子結實捆好，又檢查了一遍，這批貨便啟程了。李昭看著車隊走遠的身影，問四娘。「妳說的那法子真可行？咱們這普洱不用怎麼推銷，便能一搶而光？」

「等信兒吧，告訴茶農，加緊準備好第二批茶，很快你就能知道咱們這茶葉生意會多賺錢了！」四娘得意的對李昭說。

半個月後，掛著李氏商貿旗幟的貨船停在天津港口，幾十口箱子被小心的搬下船，馬不停蹄的運往京城方向而去。

京城有條街專賣各種茶葉，大家稱這條街為君子街。近些年在大越朝賣得火的茶葉不外乎有毛尖、大紅袍、鐵觀音、太平猴魁等，其中大紅袍的價格一直是被炒得最高的，最上等的好茶能賣到五兩銀子一兩茶葉。

京城六、七月的天氣已經到了最熱的時分，大中午的太陽火辣辣曬得人頭皮疼，君子街街口處有一棵極大的銀杏樹，不知多少年歲，三人合抱那麼粗，每日傍晚時分，總有人會在此處石桌石凳上乘涼聊天。

這日是個好天氣，夕陽漸漸跌落雲層，給雲彩鑲上碎金般的花邊，恰好有徐徐微風吹來，帶來茉莉花的香氣，沁人心脾。

就在躲了一日大太陽的人們準備出門溜達溜達的時候，突然發現街口銀杏樹下的石桌上有人擺了茶盤，正在煮茶。

這煮茶的姿勢跟以往見到的不同不說，重要的是那茶跟以往見到的不同。褐色的圓形茶餅，用一把小錘子並一根茶針砸開，取出一塊茶餅放入茶碗，靜靜的等一旁的紅泥火爐煮沸後泡水。

煮茶的是位中年雅士，瞧著一副文士相貌，一身月白色長袍，靜靜坐在石凳上，不言不語，自有一股仙氣。

這條街上來來往往的不是開門做茶葉生意的掌櫃，便是常來買茶喝茶之人，見此情景，紛紛站定看那中年雅士煮茶。

水漸漸沸騰，中年雅士一套行雲流水的動作做下來，一杯色澤清亮的褐色茶湯也泡好了。

周圍有人問出聲。「怎麼這喝茶的法子咱們以往沒見過，茶葉不放到杯子裡泡著喝，還要單獨把茶湯倒出來？」

「不知啊，不過我看這茶湯顏色真是好看，不知道是什麼品種的茶，看起來一個圓圓的餅子，怪裡怪氣的。」

中年雅士不聞周圍聲音，只淡定的自己飲了三杯，然後起身。一旁伺候的小廝趕緊來攙扶自家主人，二人上了不遠處一輛馬車，絕塵而去。

圍觀的人半晌沒有反應過來，看著石桌上剩下的茶餅，不由得陷入沈默。

一個長得胖乎乎圓滾滾的中年男子站得最近，伸長了脖子往那石桌上看，有認識的知道這是君子街最大門臉兒的富源茶樓的東家，生平最愛茶，乃是個茶癡。

「老陸，你認不認識這是什麼茶？怎麼我聞這味道如此醇香？」另一個一起看熱鬧的茶樓東家問。

叫老陸的胖子搖搖頭。「沒見過，不過瞧著應該是紅茶的一種。這還有半塊茶餅，不如……」

兩個東家對視一眼，老陸眼疾手快，伸手便把那半塊茶餅連盒子一起揣到懷裡。

「哎喲我說，老陸你怎麼還是如此不要臉，別光你一個人嚐新鮮，大家一起瞧見的，叫你家夥計把茶盤擺出來，就在這裡泡，見者有份！」一邊另外幾個東家都按捺不住紛紛譴責老陸。

被眾人圍住去路的老陸出了一腦門的汗，無奈實在是擠不出去，索性一屁股坐在石凳上不走了。「嚐就嚐，今天讓我老陸親自給你們泡一回茶，咱們也開開眼界，看看這到底是什麼茶。」

老陸店裡夥計拿來一套茶具，老陸便擺開架勢開始泡茶，腦子裡一邊回憶剛才那中年雅士的泡茶方法，一邊依樣畫葫蘆的有樣學樣。

剛泡好第一道，老陸端起茶杯準備嚐的時候，一旁一個年紀大的老茶客開口道：「不是這樣的，我瞧剛才那男子把第一道茶水倒了，第二泡才開始喝。」

這老茶客君子街的人都認識，乃是皇室一個老勛貴，一輩子沒別的愛好，就愛喝個茶遛個鳥的，整日都泡在君子街的各大茶樓。

老陸想了想，依言把第一泡茶水倒掉，又接著泡了第二泡。隨著第二泡的茶湯緩緩注入公道杯，一陣茶香伴著微微的花香，從裊裊熱氣中飄散開來。

離得近的都聞到了這香氣，什麼茶葉如此奇特？這茶碗裡泡開的茶葉可不見有什麼花瓣摻雜其中，性子急的便開始催促老陸趕緊把這茶湯分一分，讓大家都嚐嚐。

老陸從公道杯裡分了七、八杯茶湯出來，分給離得近的幾位掌櫃，那老勛貴也分得一杯。

老勛貴先端起這小杯子放在鼻下輕嗅，醇香的茶葉夾雜著芍藥花的香氣，讓人聞之忘憂，再輕啜一口褐色茶湯，入口後驀地睜大了眼。

「好茶！老夫喝了一輩子茶，第一次喝到這樣的好茶！」

另外幾人飲下茶湯後，也不由得紛紛都被這香氣醇厚的味道給征服。「老陸，快看看這裝茶葉的盒子裡有沒有什麼別的東西，也好知道這到底是什麼茶？」

老陸把那盒子仔細的打量了一番，此時注意到盒子頂端刻著的「芳瓊普洱」字樣，又仔細的搜羅了一遍盒子裡的小格子，在格子底部發現了一張青色書箋。

那書箋上寫著這茶餅的名字，叫芍藥普洱，介紹乃是長在雲南深山中的野茶。因這茶樹伴著野生芍藥而生，摘取茶葉的時候正是芍藥花開放時節，所以這茶葉帶著芍藥花的清香。

知道了這茶葉的來處，君子街的幾個東家眼睛都直冒綠光。這樣的新品茶葉，味道獨特，若是推出，定會掀起一股喝普洱的新風潮。

「老陸，再找找，看看有沒有什麼東西可知道這茶葉從哪裡能買到。」

「這盒子外面有一層油紙，油紙上印著李氏商貿的戳呢，該不會是李氏商貿進的貨吧？」

老陸站起身，顧不得說話，推開七嘴八舌的人群就往外跑去。

「哎喲，快跟上，老陸定是去李氏商貿了，這個老陸，咱們也快去，不能讓他一人把這新貨都給搶了！」

這日的李氏商貿格外熱鬧，君子街的幾位東家齊聚一堂，一個勁兒的要見大掌櫃的。

大掌櫃剛盤完新到的貨，顧不得抹把汗，便快速的來到了外廳。

「什麼風把幾位東家都給吹來了？真是蓬蓽生輝！」大掌櫃對著幾位東家團團抱拳道。

「大掌櫃，你這是不是新進了一批雲南的茶葉？快拿出來讓咱們瞧瞧！」老陸開門見山直接明瞭。

「陸東家消息怎麼如此靈通？這不是我剛忙完，就是盤點那批茶葉去了。」

「老夥計，怎麼這麼好的茶葉還藏著掖著的，今日若不是咱們偶然看到有人泡這普洱來喝，還不知道竟然有新茶面世了。酒香還怕巷子深呢，你這樣做生意可不行！」老陸打趣道。

「不是不告知幾位東家有新茶的消息，實在是這茶數量太少。不瞞幾位東家，這茶葉來自雲南，每年攏共也出產不了多少，這一批也只到了五千塊茶餅，本來東家交代是讓我先給京中各家送一些嚐嚐鮮，誰料到你們這幾位得了消息就來了！」大掌櫃一臉歉意。

「五千塊怎麼夠？我老陸一人便能全包了！」陸東家一雙被肥肉擠得快要找不到的眼睛都瞪大了不少。

「老陸，別什麼好事都讓你給占了，大家一起來的，合該人人有份！」另幾位掌櫃的聞言不樂意了，紛紛出言指責。

「幾位東家莫急、莫急，這樣，若是幾位實在喜歡這茶，我便和我家東家商量商量，只留下一部分送禮，其餘的你們分一分便是了，只是，這茶葉名貴，價格極高。」大掌櫃出言安撫幾位東家。

「能有多高？難不成比大紅袍還要高？」

「一塊茶餅八兩重，一百五十兩銀子。」大掌櫃一句話說出來，幾位東家都被這價格給驚住了。

老陸見大家都不吭聲，立刻張嘴道：「我全要了，一百五十兩就一百五十兩，我現在付銀子，馬上叫人來拉貨！」

反應過來的幾個東家立刻就不樂意了。「我說老陸，誰說不要了？這麼好的茶葉，每年出產這樣少的量，賣得貴些是應當的，買回去便是賣到一百八十兩也是可以的。大掌櫃別聽他的，還是各家把這貨分一分吧。」

老陸知道今日這幾位東家都在，自己想把這批茶葉全包是不可能的了，於是又問大掌櫃。「下批普洱什麼時候能到？我可以先給定金，有多少我定多少！」

大掌櫃被君子街幾位茶葉東家給磨得頭暈腦脹，五千塊普洱很快被瓜分，又簽下了幾份預定的契約。

大掌櫃跟幾位東家說分明，這普洱茶貴有貴的道理，首先野生茶葉和種植茶葉最大的不同便是產量少，還要看當年的天氣，再者，這普洱乃是發酵茶，有輕體減肥的功效，具有藥效價值。

這批五千塊的茶餅，有五個不同品種的普洱，各有千秋。幾位東家每種茶餅都分了一些，也不嫌少，這會兒覺得能拿到貨便是賺了。老陸死皮賴臉的非要拿大頭，幾位東家拗不過，誰讓人家是君子街最大的茶樓東家呢！

送走幾位東家，大掌櫃擦擦汗，立刻給李昭寫信，告知普洱剛到貨，還沒一天便都賣完，下批貨可以準備發來了，同時附上銀票和一份幾位東家簽的預定數目。

第三十三章

隨著第一批五千塊的茶餅銷售一空，從京城起始，掀起了一股飲普洱的風潮。開茶樓的幾位東家以老陸為首，齊心協力的把普洱茶餅炒到了二百多兩銀子一塊的高價。茶樓裡的茶博士以這普洱長在深山、產量低、極其難得為噱頭，又說這普洱長飲可以有消食健脾輕體的功效，加上不同品種普洱茶若有似無的各種花香，甚至在一干貴婦中也極為暢銷，如今京中誰家辦詩會若有普洱茶招待，那可真是有面子。

昆明，李昭拿著京城李氏商貿傳來的信和銀票，一大早的來找四娘顯擺。

「哈哈哈哈哈，茶葉果真賺錢，瞧這一疊銀票，這才五千塊茶餅，竟然賣了這麼多銀子！四娘啊四娘，妳果真是棵搖錢樹！」

四娘捏著鼻子灌下一碗燕窩粥，又喝了口清水漱口。自從診出有孕，每日早上一碗燕窩粥雷打不動，這是涂婆婆給定的。四娘喝得直膩歪，但涂婆婆說這燕窩滋陰潤燥，對胎兒好，只當喝藥了。

「如此看來，我那法子奏效了。既然普洱的名頭已經打出去，剩下的事都交給李大哥了，只是一定要記住，卡著點出貨，不能讓市面上積壓太多存貨，否則物以稀為貴的噱頭就沒什麼用了。」

李昭連連點頭。「都聽妳的，今年就先出這五種普洱，回頭我讓那些茶農再想想法子，看看明年還能不能有其他的品種出世。」

「這些銀子讓小青入帳吧，老規矩，刨去要買軍需的，剩下的按分成掛在咱們兩家帳上。」

孫小青早就等著銀子回流呢，整日看著被掏空的帳本，百爪撓心。這回一下子回來好幾十萬兩銀子，終於不用再整日愁眉緊鎖。

那些香料也已經全部賣出去，如今加起來帳面上也有個小百十萬兩，此時才算是身家豐厚，在西南當之無愧的站穩了腳跟。

「咱們也該去任會長那裡感謝一二了。備上厚禮，讓人送帖子，明日去見任會長。」四娘吩咐道。

此時在任家，朵朵兒正伺候著任會長抽煙。這批煙膏子是任可斯新給的，朵朵兒聞著這味兒，似乎比之前的濃了許多。

管家來稟報，說黃東家遞了帖子，明日想上門感謝任會長。

任會長心內明白，之前自己看走了眼，以為這黃四只是個草包紈袴，小瞧了他。如今香料生意他做活了，搶了西南商會不少生意，更厲害的是，他折騰的什麼普洱茶，竟然在京城賣出了天價，供不應求。

如此下去，下一步恐怕要蠶食的便是玉石生意了。任會長心裡火氣極旺，卻無可奈何，眼下只盼著身後的那位主子趕緊成事，也好就著他的手把這黃四收拾了。

「給二少爺傳個信，找時間回來一趟，就說下一批銀子我這裡已經準備好了，等著他來拿。」任會長交代道。

管家應了後退下了，任會長覺得心裡的火越燒越旺，想找個什麼出口發洩。看到一旁低眉順眼給他捶腿的朵朵兒，任會長從臥榻一側的小盒子裡拿出一丸藥來，放在嘴裡慢慢嚼了，然後對著朵朵兒露出一個扭曲的笑。「把衣服脫光！」

一個時辰後，朵朵兒掩好衣服，蹣跚著從任會長房裡走出來，四下看看無人注意，悄悄的往後院走去。

繞過花園，出現一條小路，順著小路走到最後，一扇小門出現在面前，輕輕敲了三聲，門很快打開，朵朵兒一閃身進了門。

「大少爺，那煙膏子可是加了東西？我瞧著這兩日任會長越來越不正常了。」朵朵兒一邊忍著小腹傳來的疼痛一邊問。

任可斯看朵朵兒臉色蒼白，忙扶著她坐下。

「沒有加別的東西，只是把那東西的濃度提高了。他可是癲狂起來又傷了妳了？疼得厲害嗎？」

朵朵兒咬唇，不知道該怎麼啟齒。任會長吸食這東西已經許多年，從五年前，任會長便已經不能人道了，只是那煙膏子的勁兒一上來，任會長無處發洩，便想法子的折騰朵朵兒，每當聽到朵朵兒或是痛苦或是嬌媚的呻吟聲，便能讓他得到一種變態的滿足感。

後來，任會長不知從哪裡得了一盒子玩意兒，朵朵兒對那盒子裡的東西十分恐懼。但那些東西並不常用，只在任會長極度癲狂的時候才會拿出來，每在朵朵兒身上用一次，朵朵兒便要好幾天才能緩過勁來。

可是從換了煙膏子後，短短幾天時間，朵朵兒已經被那盒子東西折磨三次了，這次甚至都見了血，如今小腹一攪一攪的疼，疼得渾身冰涼。

眼看著朵朵兒的臉色越來越不對勁，任可斯慌忙對著屋內呼喊。「阿娘，阿娘快來看看，朵朵兒這是怎麼了？」

一個滿頭銀絲的婦人扶著門一步步挪出來，那婦人雖滿頭白髮，面上卻一絲皺紋也無，輪廓深邃的面龐與任可斯有七、八分相似，但一雙眼睛卻是霧濛濛的樣子，是個瞎子。

摸索著走到朵朵兒跟前，兩指搭上脈搏，片刻過後，婦人臉上出現震驚的神色，隨之便是滿面怒火。

「阿娘，朵朵兒這是……」任可斯話沒說完那婦人一巴掌搧了過去，任可斯面上瞬間浮起五個指印。

「罪孽！罪孽！為了你、為了咱們，竟然害得朵朵兒如此！我欠骨朵兒的竟是無論如何都還不清了！」婦人眼中竟然流下一道血淚，襯著她那滿頭的銀髮，看起來可怖至極。

「夫人，不要責罵可斯，朵朵兒心甘情願的，這也是我阿娘的心願，只要能幫夫人和大少爺報仇，朵朵兒怎麼樣都可以！」朵朵兒忍著一波波的疼痛，對著婦人露出祈求的神色。

「妳可知……妳已經有兩個月身孕了？那老畜生竟然把妳折磨得有了小產跡象！妳可知若是繼續下去，恐怕妳會母子俱亡！」

婦人的話讓任可斯瞪大了眼。

「朵朵兒，妳有了孩子為什麼不告訴我？這是我的孩子，這是咱們的孩子啊！若是告訴我，無論如何我也會想辦法讓妳脫身，怎麼可能再讓妳和他虛與委蛇？」任可斯心疼得都快窒息了。

打從他生下來便不被那老東西認可，任家嫡出的大少爺不過是一個笑話，被親爹關在破舊的園子裡便也罷了，拿他和他娘來換任家滔天的富貴也罷了，如今，他連他愛的女人也護不住。

不，不能再等下去了，他沒有時間再等一切都佈置好，他必須想別的法子，他要這老東西去死，越快越好！他要拿回本該屬於他的東西，他要堂堂正正的護住朵朵兒，護住他們的孩子！

「阿娘，幫幫我，我要這個孩子，這也是妳的孫子，求求妳了阿娘……我這就想辦法，咱們不能再被關在這方寸之地任他拿捏了，咱們得出去！」任可斯跪下，不住的對著婦人叩頭，額上很快便見了血。

朵朵兒見此心疼得拉住任可斯。「可斯，或許，你想法子去見一見京城裡來的黃東家，說不定，他能幫咱們……」

昆明氣候十分奇特，出太陽的時候熱氣騰騰，但若是一下雨，那溫度瞬間便冷得讓人打哆嗦。

四娘緊了緊披風，坐在馬車裡挑起簾子往外看去。今日一早便下雨了，街上行人並不多，只幾個賣果子的小販躲在路邊的廊檐下守著竹筐坐著閒聊，雨幕中一切看起來都像蒙上了一層籠紗，並不分明。

到了任家，遞了帖子，她很快便被迎到了書房。

「許久不見，任會長一向可好？」四娘一進門便抱拳對著任會長行禮。

「託黃東家的福，還過得去。看黃東家這滿面紅光的樣子，最近生意做得不錯！」任會長坐在廳正中，看起來彷彿更瘦小了。

「哪裡哪裡，還要感謝任會長幫忙，若是沒有您，晚輩哪裡能走到今天這一步。」場面話誰不會說，既然這老東西喜歡裝傻，那大家一起裝罷了。

李昭上前去遞上一份禮單。

「這是我們東家為了感謝會長特意挑選出來的禮品，恰好我們這一批普洱賣得不錯，挑了最好的幾塊送給任會長。如今這普洱在京城一塊要買到快三百兩銀子，任會長閒了請嚐嚐看是否合口味。」

四娘心內暗笑，李昭這話聽起來沒毛病，可是明裡暗裡都在和任會長顯擺，虧任會長年老成精，面上還能端得住。

「既然如此，老夫便笑納了。我還記得當初黃東家剛到昆明，還因為一批積壓的絲綢料子來問老夫如何辦，如今接連做了香料和茶葉的生意，真是不同往日了。」任會長慢悠悠說道。

「任會長，咱們便別繞圈子了，你我心裡都明白，當時那絲綢究竟是怎麼回事，便是我不兌給幾位絲綢東家，未必我這料子就賣不出去，只是找個由頭跟任會長親近一二罷了，當然任會長為了我好，這份心意我還是心領的。」四娘忽然厭倦了和這老狐狸繞圈子，不如挑破了，這屋子裡和任會長身上那股鴉片的味道和著腐朽的氣息，讓她隱隱有些反胃。

「後生可畏啊！是老夫小看了你。怎麼，如今黃東家意氣風發，是跟老夫炫耀來了？」任會長喉頭一股腥甜，握住扶手的雙手微微顫抖。

「這些算得了什麼，我黃四眼皮子這麼淺不成，區區兩筆生意便值得我去炫耀？如今這兩筆生意做成了，不是還有玉石生意嗎？在玉石生意面前，其他的都不值一提。」四娘端起杯子聞了聞茶香，並不飲下。

任會長彷彿聽到什麼笑話似的，突然大笑起來。「說你年輕，還不服氣。黃東家，你可知道玉石生意有多難做，我任家拚了幾代，才能在玉石生意裡占得一席之地，你雖然有錢有背景，可這玉脈不在你手裡，沒有玉脈，你只能高價跟別人買料子，這銀子你要怎麼賺呢？」

四娘雙眼直視任會長。「那晚輩倒想問問任會長，您這任記是如何做到幾十年一直都有源源不斷的玉石料子呢？難不成，您在這西南山裡有玉脈不成？」

「這是我任記生意上的事，為何要和你說？」任會長閉口不談。

四娘臉上露出一個古怪的笑。「晚輩聽說，任會長夫人乃是夷族人，這西南的玉脈都在夷族手裡握著，任會長也知道，最近朝廷正在平叛，那叛賊就藏在西南大山裡。據我所知，這幾個月，別家玉石行已經沒有新的料子往外出了，只有任記玉石行，源源不斷的料子從來沒缺過，生意依然紅火。難不成，任會長與那叛賊有什麼勾結不成？」

四娘此話一出，任會長面色大變。「放肆！黃口小兒竟然血口噴人！你有何證據證明我與叛賊有勾結？若是沒有證據，老夫定要告你一個污衊之罪！」

「我有沒有污衊您先不說，前些日子放火企圖燒我芳瓊倉庫的賊人倒是審出來有人指使他們做下此事，這事和任會長彷彿有些脫不開的關係，只是不知為何，其中一個忽然犯了病，竟然把同夥都給殺了，您說這事稀不稀奇？」四娘的笑彷彿像外面細密的雨幕，把這陰鬱的宅子籠罩得密不透風。

任會長看著面前坐著的黃四，心裡有種抓不住的恐慌。一步錯，步步錯。當初、當初就不該放任他在西南坐大，此刻養虎為患，倒擔心被反咬一口。

「老夫混跡商場幾十載，莫說是一群宵小構陷我，便是恨我入骨者也不少，這種事情不稀奇。若是有證據，黃東家只管叫官衙來拿我，若是沒有證據，黃東家說話還是謹慎點好。」

四娘敲敲桌面。「一句玩笑話罷了，瞧任會長臉色難看得緊。在下也是想提醒任會長，別是得罪了誰，小心背後給您使絆子。好了，時候也不早了，任會長好好保重，晚輩下次有時間再來看您。」

四娘站起身不疾不徐的行了禮，帶著李昭逕自離去，身後的任會長卻是面色青黑，噗的吐出一口血來。

剛走出任家大門，上了馬車，馬車起步走了一會兒，才拐了個彎突然停下來，四娘不耐地敲了敲窗戶。「什麼事？為何停下？」

任家那股氣息四娘非常不喜歡，有了身孕後她的嗅覺更加敏感，此刻想趕緊回府洗澡換身衣服。

簾子被掀開，李昭朝外面使了個眼色。「任會長的長子任可斯想見妳，此刻就跪在馬車前面，怎麼拉都不起來。」

四娘瞇了瞇眼，有意思。「帶上，回府再說。」

黃府，花廳。

涂婆婆知道四娘帶了一個人回來，但不知是敵是友，所以讓老崔與周濤二人不能離四娘左右。

任可斯有著蒼白的面孔，五官輪廓極深，倒是和任會長長得一點都不像。

「任公子，你攔住我的馬車，所為何事？」四娘問道。

任可斯走到四娘前方，忽地跪下，重重的叩了一個響頭。「求黃東家助我，幫我報仇，我願把任家所有家產雙手奉上作為報酬！」

「任家家產雖多，我卻未必放在眼裡，同樣是做生意的人，我還是比較喜歡做自己的生意，賺自己該得的銀子。」四娘似乎不為所動，只慢悠悠的剔著指甲。

任可斯聽到四娘這樣說，咬咬牙，忽地說道：「我聽說黃東家與明王有親，我這裡有條密報，或許能幫上大忙！」

四娘猛地收緊了手。來了！任家果真有大秘密！

三十多年前，任鳳谷的父親去世，任家從西南第一大玉石商行的神壇跌落，受盡白眼與嘲諷，還有無數等著吞併任記商行的人虎視眈眈。

年輕氣盛的任鳳谷不堪其辱，決定隻身入深山，要為任家尋一條新的玉脈，重振任家輝煌。

做玉石生意的都知道，西南越是深的大山找到玉脈的可能性越大，因為人跡罕至，能進去的人不多，即便進去了，也極有可能出不來，要安然無恙地從無數毒蟲迷瘴猛獸環伺下離開，豈是簡單的事情？

任鳳谷揹著一袋乾糧，就那麼上路了，在山裡走了半個月，乾糧都吃光了，也沒有找到半塊玉料。

就在他又餓又病，就要丟了性命之時，卻被一個年輕的夷族女子阿花刺所救。阿花刺是五姑娘山一支夷人部落首領的女兒，自小生活在山裡，從未見過外人。

阿花刺跟著寨子裡的巫醫學醫術，經常去山裡找草藥，但這次草藥沒找到，卻帶回來一個外族人。

年輕的阿花刺是寨子裡最美麗的那朵花，夷族首領只她一個女兒，自小捧在手心長大，養成了她單純嬌憨的性子。

雖然才跟著巫醫學習不久，但她就是要用自己蹩腳的醫術親自治療她撿回來的外族人，寵愛女兒的首領無奈，只得點頭應下。

任鳳谷其實只是餓太久，加上在山裡受了風寒，身體有些虛弱而已，阿花刺整日端來一些奇奇怪怪的草藥湯，他喝得苦不堪言，但他能看出阿花刺在這裡地位不一般，只得乖乖喝藥。

半個月後，任鳳谷身體恢復健康，也漸漸能聽得懂夷族說的土話，知道了阿花刺的身分。阿花刺對著自己第一個治好的病人，十分欣喜。

「阿鳳，你看起來都好了，我就說嘛，我還是很有天分的。等我告訴阿爸去，以後再不能小瞧我！」

阿花刺頭戴銀冠，歡快得彷彿一隻百靈鳥，拉著任鳳谷便去向阿爸獻寶去了。

夷族首領並未把這個瘦弱的年輕漢族男子放在眼裡，在他看來，任鳳谷同女兒撿回來的一隻貓狗差不多，就是逗女兒開心的玩意兒罷了。

「阿花刺，馬上就是咱們的花朝節，寨子裡要舉行盛大的宴席，妳不要整日瘋跑，安心幫阿爸準備事務可好？」阿坎貝一直把女兒當作下一任夷族首領來培養。

「阿爸，那些事情沒有採藥有意思，我不愛幹。您看我都把阿鳳治好了，我這麼有天分，以後就讓我當個巫醫不好嗎？」阿花刺天性喜愛自由，像一隻不願被關在籠子裡的鳥。

「阿爸的乖女兒，莫要胡鬧，妳既然喜歡在山裡跑，便負責這次宴席上的器具，帶人去採些石頭回來交給族中打磨。花朝節供奉先靈的器皿必須要重視，妳把這事兒辦好，阿爸便許妳兩隻妳一直想要的孔雀，怎樣？」阿坎貝不捨得責備女兒，只得哄著來。

阿花刺一直想要養兩隻孔雀，孔雀是夷族的神鳥，阿花刺眼饞許久了。聽到阿爸如此說，阿花刺高興的應下。

任鳳谷煩透了整日陪著這夷族女子在山裡浪費時間，他急著想找到玉脈重振家族，只是沒有阿花刺的協助，這山他根本就走不出去。

「阿鳳，你瞧，就是這山洞，花朝節要用的石頭只有這裡才有，裡面可好看了，咱們去瞧瞧！」阿花刺拉著任鳳谷跑進山洞。

任鳳谷一進入山洞，便被洞裡的景象給震驚了。這哪裡是山洞，身處之地，四周全是一塊塊碧綠的玉料，火把的光閃爍不定，連帶著這些石頭也散發出迷人的光芒。

任鳳谷雙腿一軟，差點要跪下，這就是他尋了多日的玉脈，原來就在夷族的山洞裡！這麼大一條玉脈，看這顏色，塊塊都是極品，若是能把這玉石帶出去，任記玉石行將會在自己手裡再次發揚光大，以後再也沒有人敢小看他！

阿花刺疑惑的看著他抱著一塊石頭淚流滿面。「阿鳳，你怎麼了？是不是想家了？」

任鳳谷知道這夷族女子心儀自己，他知道女子心儀一個男人是怎樣的，就像自小和他一起長大的那個鄰家女子一樣，只要看見他，眼裡便有光，嘴角便帶笑，無論做什麼事，都想和他一起。

只是從他家生意沒落後，那曾口頭定下親事的隔壁家，很快就給女兒找了個婆家嫁了出去。那女子，再不能用含羞帶怯的目光盯著他笑了。

任鳳谷咬咬牙，這玉脈，他要定了！

接下來的日子，任鳳谷對阿花剌無比殷勤貼心，處處關懷。夷族男子大多粗獷，阿花剌哪裡見過這樣細心又溫柔的男人，本就對任鳳谷有好感的她很快便陷入了愛河。

也該是任鳳谷運氣好，花朝節後不久，阿坎貝這一支夷族遇到了另一支夷族的挑釁，兩個部落不和已久，大大小小的磨擦不知出現了多少次，可是這次尤為嚴重，一個不好，全族上下都將覆滅。阿坎貝看著花朵一樣的女兒，愁容滿面。

此時任鳳谷挺身而出，拉著阿花剌的手跪在阿坎貝面前說：「我願意帶著阿花剌離開此處，回到我的家鄉昆明，在那裡我會護好她，不讓她受到傷害。」

阿花剌看著跪在父親腳下的男人，眼裡滿是淚花。「阿爸，我和阿鳳真心相愛，他會對我好的。」

阿坎貝忍著心痛，看著這個從小捧在手心的女兒，他用了所有的愛來澆灌這一朵花，他的阿花剌，不能受到傷害。

阿坎貝允了阿花剌和任鳳谷的親事，兩人在族裡辦了簡單的婚禮，婚禮第二天，阿坎貝就讓族人送二人下山，跟著一同出去的還有十幾車的玉料和兩隻孔雀，這是阿坎貝給女兒的嫁妝。

阿坎貝雖然把女兒許給了任鳳谷，但仍放心不下，又挑了女兒的好姊妹骨朵兒，做為阿花剌的陪嫁侍女。

臨走之前，阿坎貝吩咐骨朵兒，若是任鳳谷對阿花剌不好，一定要想辦法送信回族裡。

骨朵兒是個孤女，自小被族長收養，跟阿花剌一起長大，對族人忠心耿耿，有她在，阿坎貝放心不少。

阿花剌跟任鳳谷離開的那天，阿坎貝一直站在五姑娘山最高的山峰遙望遠送，直到女兒的身影沒入叢林，再也瞧不見。

阿花剌滿心歡喜地和自己心愛的男人成了親，即將奔赴美好的未來，一路上哼著夷族小調，銀鈴般的聲音傳得好遠，驚飛山間林中一片鳥雀……

隨著任可斯的講述，四娘漸漸和那些傳言對上了，任會長原來真是娶了個夷族女子為妻，怪不得這麼多年來任記在西南做玉石生意風頭無兩。

「那為何這麼多年一直沒有人見過任夫人？你是任會長的長子，聽說還有個妹妹，一直也沒有露過面，這都是為何？」四娘問道。

任可斯臉上浮現出憤怒和屈辱的神色，雙手握拳，指甲深深的陷進肉中。

阿花剌剛到昆明的時光是美好的，雖然她的丈夫回來後便一直忙生意的事情，但每日在家中等他歸來，一起吃一頓飯，再依偎在他懷裡睡著，阿花剌覺得，這樣的日子已十分甜蜜。

阿爸不時會派族人來探望，任鳳谷還在後院蓋了個園子給她，她在那兒養著她的孔雀，並移植來許多山中的花木，每天細心照顧著，過著單純而寧靜的日子。

只是阿花剌一直都很懼怕婆婆，每次任家老夫人看到她時眼中總帶著不明的厭惡，阿花剌覺得可能因為自己是外族人，不懂如何討好婆婆，於是請教了任家的老僕，打聽漢人的媳婦兒都是怎麼做的。

得到了老僕的指導，阿花剌開始學著洗手做羹湯，每天早晚請安、伺候婆婆，只是這樣仍沒能換來婆婆的一句誇讚，阿花剌無比苦惱。每當她問起深夜回家的丈夫，婆婆為何不喜她時，任鳳谷總是安撫她說：「我們家從沒娶過外族女子，娘可能一時心裡轉不過彎，沒事，等娘看到我娶了妳，讓家裡生意更好了，便知道妳是個旺夫旺家的好女子，以後咱們再有了孩子，娘就會把妳當一家人看了。」

阿花剌因此暗自下定決心，一定要幫丈夫把家裡的玉石生意做得更好，於是讓人捎信給父親，之後每回族裡再來人時，送來的玉石數量再加兩成。

一心為了讓丈夫滿意、婆婆開心的阿花剌不知道，這樣做將加快悲劇來臨，在慾望面前，人性總會化身魔鬼，朝著更黑暗的深谷前進……

阿花刺的退讓與殷勤，更讓任鳳谷和任老夫人肆無忌憚。他們開始明目張膽的對阿花刺提出各種要求，不是要她儘量待在家裡不要出門，就是要她多給族中送信，加大玉料的供應。

隨著任記生意越來越好，漸漸的任鳳谷回家的次數也越來越少了，整日陪伴阿花刺的除了骨朵兒，便只有養在後院的那兩隻孔雀。

園子裡滿是山中族裡常見的花草，可兩隻孔雀卻沒有在山裡時那般快活，阿花刺說那孔雀定是想家了，陪在一邊的骨朵兒知道，阿花刺也想家了。

可是族中事情太多了，吉凶未定，此時阿花刺不能回到族中，再者，阿花刺深愛任鳳谷，她也不願離開他。

阿花刺嫁給任鳳谷的第二年，她有了身孕。得知這消息的時候她欣喜若狂，他們終於有孩子了，阿花刺激動得久久不能入睡，還是任鳳谷把她抱在懷裡，拍了半天，才沈沈睡去。

阿花刺不知，她睡著後沒多久，任鳳谷起身來到了任老夫人的院裡。

「她睡了？」任老夫人隨手撥弄著一盆曇花，那花開得極妖嬈，在月光下如同鬼魅般。

「睡了。她知道有身孕的消息很開心，過於興奮了些。」任鳳谷答道。

「這孩子，要生下來嗎？」任老夫人問。

任鳳谷沈默半晌，道：「娘，您也知道，如今咱們任記的玉石料子全靠阿花剌族中提供，若是孩子生下來，可以更加穩固我與她族人的關係。」

任老夫人臉上露出厭惡的神色。「一個夷族女子，竟然懷了我們任家的血脈。鳳谷，你是不是忘了你爹怎麼死的？夷族女子，下賤又骯髒！」

任鳳谷的爹並不是病死的，而是招惹了一位夷族姑娘，後又不敢把那姑娘帶回家去，因為家中妻子凶悍，於是便始亂終棄，和那女子說只當兩人露水姻緣就罷。誰知道那姑娘的族人擅使蠱，在任老爺子的身上下了蠱毒，任老爺子回家後的第二天，因和妻子同房，觸發了蠱毒。

任老夫人眼睜睜看著在自己身上無限溫柔的夫君下一秒眼珠爆裂，耳鼻流血而亡。自此，她恨極了夷族女子。

任鳳谷帶回阿花剌的時候，在任老夫人房裡跪了大半夜，以任家此時需要阿花剌的族人、需要那些玉料來重振家門榮耀來說服娘親，並答應等到任家生意有起色，不再需要阿花剌族人支持的時候，一定會休了阿花剌，不給任家蒙羞。

任老夫人這才終於咬牙答應讓兒子娶了阿花剌，只是每次看到阿花剌那高眉深目的夷族長相，她便不自禁想起自己丈夫慘死那一幕。

阿花刺使人回族中報信，說自己懷了身孕。得到消息無限喜悅的阿坎貝抽空去了昆明一趟，給女兒送去許多她愛吃的水果，並私下與任鳳谷談了話。

阿坎貝話中告訴任鳳谷，自己明白他娶女兒是為了什麼，並且警告他，即便是騙，也要騙阿花刺一輩子，若是敢讓阿花刺傷心難過，他們全族的人都不會放過他。

送走了阿坎貝，任鳳谷砸了一書房的東西。他很明白這樁親事帶給他的是什麼，玉脈、財富、名望，如果沒有這玉脈支持，任記早已經關門大吉。

可是娶了阿花刺換來的這些，讓他心裡有種說不出的屈辱，自始至終他根本不喜歡阿花刺，每次迎向阿花刺滿懷期待歡喜的眼神，任鳳谷心裡壓抑的那頭野獸就不停呼嘯著想掙脫。他一直在忍耐，不知要忍到何時才能不必再對這個夷族女子小意殷勤，不用再受阿坎貝族人的威脅牽制。

阿花刺生下了任鳳谷的長子，她驕傲的抱著孩子，這是她和心愛的男人誕下的愛情結晶，她心滿意足。

她本以為婆婆會因為這個孩子而對她有所不同，畢竟這孩子是任家的血脈，然而任老夫人只是看了這孩子一眼，當她看到孩子和母親如出一轍的那副高眉深目的長相，一言未發便離去了。

任鳳谷說母親是過於激動罷了，年紀大了，就讓母親好好歇著便是。這孩子是可字輩的，任鳳谷為自己的長子取名「任可斯」，意為「斯人在側」。

聽到任鳳谷如此解釋，阿花刺放下心中的不安，一心一意的撫養起孩子來。

任可斯三歲那年，阿花刺又有了身孕。可是這次阿坎貝沒能來看女兒，族中的密道遭洩，宿怨已久的另一個部族乘機偷襲，阿花刺族人幾乎全亡。

得到消息的阿花刺抱著肚子來到書房想求任鳳谷幫族人一把，誰知卻在書房外無意間聽到任鳳谷和手下的談話，這時才知原來密道的位置根本是任鳳谷洩漏出去的，任鳳谷以族中的玉脈為條件，出賣了她的族人。

阿花刺受了刺激，當場暈倒在書房外，這一天便早產生下了任可斯的妹妹。因為早產，女兒生下來便不會哭，孱弱得如同一隻貓崽子。

任鳳谷知曉阿花刺知道了事情真相，便也不再裝出那副溫文爾雅的體貼模樣，只冷冷的撂下一句。「以後妳便在任家好好待著吧，任家不會少了妳一口飯吃。」便揚長而去。

阿花刺看著年幼的兒子和孱弱的女兒，心如死灰。是她害了父親和族人，因為自己的無知和幼稚，滿族都為她陪葬。

阿花刺帶著兒子和女兒搬到了養孔雀的後院住，她不想再見到任鳳谷，這個人面獸心的男人，一點點溫情都不曾給過她。這些年的騙局，讓她看清了這個男人的卑鄙與軟弱。

任鳳谷才不在乎阿花刺如何，他沈浸在終於擺脫阿坎貝族人威脅的快活之中。如今有了玉脈，任記的生意在西南如日中天，他年紀輕輕就將成為西南商會的會長，多麼美好的未來，多麼光明的前途。

小女兒在阿花刺和骨朵兒的精心養育下，終究是活了下來，只是畢竟是個不健全的孩子，都快兩歲了，仍不會走路、不會說話，癡兒一般。

五歲的任可斯還不大明白為何自己要和母親、妹妹住在這小小的後院裡，他是任家的長子，是任家尊貴的主子，應該和父親母親一起住在正院才對，而妹妹，為什麼整日都在生病？只有母親和骨朵兒姨在照顧，母親在花園裡種了好多草藥，總是親自給妹妹配藥。

有一天，任可斯趁著母親和骨朵兒姨不注意，偷偷跑了出去。他一路跑到以前母親住的正院，他想找父親，告訴父親妹妹病得厲害，快點找個大夫來幫妹妹醫治。

可誰知竟在正院裡看到了那一幕——他的父親，懷裡抱著一個小小嬰孩，旁邊一個溫柔的女子正和他一同逗弄著孩子。而他的祖母，那個一個笑臉都不曾給過他的婦人，雙手張開像老母雞一般地護著那孩子。

任可斯站在那裡，如同一隻被遺棄的幼崽，想起母親的眼淚，還有病懨懨的妹妹，突然一股火氣從心裡燒起，燒得他快要炸了。

他忍不住氣憤地一口氣朝站著的女人撞去。他的父親，他的祖母，他的家，這個女人搶了他母親的位置，這個孩子，取代了他和妹妹的位置！

院裡響起一陣混亂的尖叫聲，祖母氣急敗壞的喊道：「把這個狼崽子給我捆起來！賤人生的賤種，想謀害我的金孫！」

任可斯被幾個下人摁倒在地上，任鳳谷拿了鞭子抽他，他不出聲，只是用仇恨的眼光看著父親，多諷刺啊，他的父親，竟然想打死他。

遍尋不到人的阿花刺和骨朵兒在他被打死之前趕了過來，阿花刺跪在地上求任鳳谷，任老夫人對她狠狠的吐了口濃痰。「賤人！妳生的好兒子，若是今日我金孫傷到一根毫毛，我就把他扔到山裡餵狼！卑賤的夷族人，你們就該老老實實別出來丟人現眼，若是覺得我任家待得不舒坦，就都滾回山裡去！」

阿花刺終於崩潰，父親的死，族人的傷亡，摯愛之人的背叛，如今兒子被打得奄奄一息，這些污辱人的每一字每一句都像是刀子一般凌遲著她。

阿花刺把頭深深的抵在冰冷的石板上，咬牙開口問道：「要我怎麼做才放了我兒子？」

任老夫人冷笑。「一條賤命，妳既然這麼在意這小崽子，就把妳眼睛挖出來吧！夷族女子最會用那雙眼睛勾引男人，沒了那雙眼睛，我倒是要看看妳還怎麼勾搭外族男人！」

阿花刺看了一眼任鳳谷。「阿鳳，是不是我挖了眼睛，你便放了我兒子，不再傷害我們？」

任鳳谷點頭。「既然母親要妳挖，妳便動手吧！看在以前的情面上，任家給你們一口飯吃便是了。」

聞言，阿花刺突然出手，雙指做刀，狠狠的插進眼眶，骨朵兒阻攔不及，只能眼看著阿花刺那雙銀丸似的眼珠被她自己生生挖了出來。

阿花刺忍著劇痛，對著任老夫人的方向說：「老夫人可滿意了？骨朵兒，抱著可斯，咱們走。」

任可斯醒來時，發現娘已經瞎了。而從這一天起，曾經在娘親臉上偶爾出現過的笑再也見不到了，一夜之間，阿花刺的頭髮全部花白……

園子裡的兩隻孔雀也死了，脖子被人折斷，靜靜的躺在地上。任可斯知道是娘親手殺了那兩隻孔雀，娘說牠們根本就不應該來這裡，在這裡牠們一點都不開心。任可斯知道，娘也是在說她自己。

任可斯六歲的時候，某天夜裡，喝多了的任鳳谷闖進了園子裡，骨朵兒聞聲出去察看動靜，反而遭到任鳳谷動手動腳，骨朵兒大聲喊叫，驚醒了阿花刺和熟睡的任可斯。

阿花刺走出院子，冷冷的對任鳳谷說：「夷族女子卑賤，你還是莫要沾染，難道你忘了老夫人說過的話，忘了你爹是怎麼死的？」

任鳳谷突然就冷靜了下來，逃也似的離開。夷族人會養蠱，雖然他沒有見過阿花刺用蠱，可是她在族裡跟著巫醫學過醫術，那巫醫養了一屋子的蠱蟲，若是阿花刺真會一二手段，他應付不了。

阿花刺第二日便要骨朵兒離開任府，嫁人過安生日子去，別跟著她把一生都賠在此處。骨朵兒不願離去，她不能把阿花刺和兩個年幼的孩子留下，他們要如何生活？

阿花刺卻在骨朵兒耳邊說了一句話。「咱們的仇還沒報，阿爸在天上看著咱們呢。我會帶著兩個孩子好好活著，妳要幫我，有生之年，定要那人血債血還……」

骨朵兒終究是揹著包袱離開了任家，留下了目盲的阿花刺和兩個孩子。任可斯躲在門口看著骨朵兒一步三回頭的身影，又一次嘗到了無能為力的痛。

阿花刺自己帶著兩個孩子，飯食是不缺的，只不過沒有多豐富罷了。這些年任可斯跟著母親學用藥使毒，甚至在母親身上試毒，而妹妹依舊是那副癡傻的樣子，不會說話，也不會走路，只有相貌像極了任鳳谷。

任可斯無數次的感嘆幸好娘的眼睛看不見，否則日日見到自己的親生骨肉與殺父仇人長得如此相似的面孔，心裡該有多難受？

骨朵兒離開任家之後，嫁給了住在五姑娘山山腳下的一個獵戶，因她長得有幾分美貌，只簡單交代了自己是夷族的孤女，受到族人厭棄才出來謀生，老實的獵戶不疑有他，成親後日子過得還算不錯。

骨朵兒嫁人後開始種一種花，那花兒開得極美，如同一位亭亭玉立的美人兒。獵戶問起來，骨朵兒只說這是家鄉的花兒，因為思念家鄉，所以便把園子裡種滿。

這花兒便是罌粟，她種罌粟並不是因為什麼思念家鄉，她早已經沒有家鄉可以回去了。她種花是為了把這花兒的果實用阿花刺給的法子煉製成藥膏，很多很多的藥膏，然後給他們的族人報仇。這心願，除了她之外，只有她的女兒朵朵兒知道。

十幾年後，任可斯長成了個瘦弱陰鬱的年輕人，阿花刺頭髮早已經白了，只那容貌倒是還像年輕時候一般，沒有半分皺紋。

骨朵兒與獵戶則因一場山洪爆發雙雙喪命，只留下十二歲的女兒朵朵兒。當洪水退去，滿地狼藉，孤身一人的朵朵兒決定完成母親的心願，她依著母親的交代，把埋在園子裡的東西挖出來，前往任家找大少爺和夫人。

此時任府老夫人已經故去，任鳳谷的二夫人也隨之病逝，府裡受盡寵愛的二少爺任可立被任鳳谷視為接班人培養，整個昆明城似乎都忘了任家曾經有個夷族夫人，還生了一兒一女，只知道任可立似乎不在家，不知被送去了哪裡。

朵朵兒到了城裡，心裡牢記娘說過的話，任鳳谷不是好東西，要幫夫人除掉他。她從鄰近後巷破敗的矮牆進了任家花園，找到了阿花刺和大少爺，把東西交給阿花刺。

阿花刺撫摸著朵朵兒的臉，喃喃出聲。「妳和骨朵兒長得真像……」

園子裡來了個外人，任鳳谷怎麼會不知道？他很快得到了消息，知道來的是個長得滿漂亮的小姑娘，似乎是夫人以前那個陪嫁侍女的女兒。

他還記得骨朵兒，她嬌媚的模樣，還有對自己不屑一顧的眼神，讓已經在西南商會翻手為雲覆手為雨的任鳳谷在心裡留下那麼一點遺憾。

娘在世時一直對夷族女子恨之入骨，可是夷族女子確實有勾人的身段。任鳳谷偷偷來到花園看見朵朵兒的時候，心裡不由得感嘆，怪不得爹當年會有那麼一段風流過往，夷族女子自有一種不自知的嬌憨與嫵媚，讓人欲罷不能。

如今娘已經不在，誰還管得了他找女人？阿花刺倒是夷族人，可是阿花刺的存在等於不斷提醒自己過去那段被阿坎貝脅迫的屈辱時光。他永遠不能用正常的眼光看待阿花刺，那會提醒他，沒有阿花刺，便沒有任家如今的風光。

任鳳谷讓人帶走了朵朵兒，任可斯和阿花刺無能為力，蟄伏了十幾年，他們的復仇還沒有開始。

朵朵兒反倒來安慰任可斯。「別擔心，我去了他身邊，就能經常給你們傳遞消息。還有那煙膏子，我想法子讓他用，你只管照顧好了夫人和小姐，我娘留下來的方子還有那些果實，你好好琢磨琢磨。這些煙膏子他吸完了，我再來找你拿。」

朵朵兒自此留在任鳳谷身邊，她展現出一副毫無心機的天真模樣，任鳳谷給金銀珠寶，她便隨手戴了，給絲綢料子，她便裁來做衣服，還無意間告訴任鳳谷，她阿爹曾經得到一個方子，做出來的煙膏子抽了能養顏益壽，飄飄欲仙。

任鳳谷在朵朵兒的誘惑下染上了煙癮，那煙膏子一日又一日的侵蝕著任鳳谷的身子，讓他覺得自己無比年輕，但卻內裡虛弱。

任鳳谷再也離不開朵朵兒的伺候，任家上下都知道老爺寵愛一個丫頭，去哪裡都要帶著她。

常常跟在任鳳谷左右，朵朵兒因此知曉了任家許多秘密，譬如任鳳谷把任可立送去了一個大人物身邊栽培，那大人物住在五姑娘山裡，身邊養了幾萬私兵，任鳳谷還想法子給那大人物提供鉅額的銀兩做為交換，等以後那人成了大事，任家二公子便能帶著任家再上一個新的高度。你說任鳳谷怎麼認識那大人物的呢，哦，那大人物所在的地方，便是聯合了任鳳谷，除掉阿坎貝一族的仇家所在。

任鳳谷除了讓兒子在大人物身邊待著，仍然從那裡得到源源不斷的玉料，他把玉料雕琢成精美玉器賣出高價的同時，又給那大人物豐厚的報酬。

本來任可斯是想等任可立回來後，用任鳳谷的命做要脅，拿到任家的主事權再做打算。可是，他和朵朵兒日久生情，早就有了肌膚之親，如今朵朵兒懷了他的孩子，幾乎被任鳳谷折磨得快要活不成，他不快行動，可能連朵朵兒都無法保住。

他無法，只有聽朵朵兒的話來找京城來的黃四爺想想辦法，或許黃四爺能幫他除掉任鳳谷。

聽了任可斯講完所有的事情，屋內的人沈默久久。

沒想到，西南商會的任會長，在西南境內德高望重素有名望的任鳳谷，竟然有如此不堪的秘密。

「好，好得很！又當婊子又立牌坊這件事，任會長做得十分嫻熟。」四娘恨恨出聲。

即便是當初為了重振任家，不得已娶了阿花剌，但受了別人的恩情，自然就要報答一二，這邊一發家，那邊便要把恩人全部除根，也太不是人幹的事了！若是真有骨氣，當初就不該對阿花剌假作深情款款的模樣。

更何況虎毒不食子，任可斯和他那天生癡傻的妹妹是任鳳谷的親生骨肉，任鳳谷竟然也能狠下心多年來不聞不問，阿花刺一人帶著兩個孩子如此委屈過活，心中該是如何滋味？恐怕早已經被仇恨泡得如同枯木一般。

「你今日來求我，可是做好了任家會覆滅的準備？朝廷一旦知曉任鳳谷暗中金援泗王一事，按律法，任家可是要夷族的！」四娘問。

任可斯咬牙，斬釘截鐵回答道：「我已經想清楚了，任家對於我來說，絲毫沒有留戀的意義，我只想保護我娘、我妹妹還有朵朵兒，只要能答應我保住她們的性命，我什麼都願意做！」

四娘點頭。「如此，我也不能光聽你說便全部信了你，把你所說的寫下來，簽字畫押，我會把此事告知明王殿下。至於任會長那裡，放心，最遲後日，我會告訴你解決的辦法。」

任可斯在口供上簽字摁了手印，四娘派人把他送回任府。

花廳裡，周濤和老崔兩人破口大罵。

「他奶奶的任鳳谷，真他娘的不是個東西！竟然禍害人家全族，虧得人家救了他，還幫他發了家！」老崔氣得面上僅剩的一隻眼睛佈滿紅血絲，一副要吃人的樣子。

「這種無恥之人，真是聞所未聞！你說人再壞也要有個底線，即便婆娘不是心愛之人，但兒女卻是自己血脈，如何就能這樣狠毒！」周濤罵不出太難聽的話，但也氣得不輕。

李昭聽任可斯講這些事聽得遍體生寒，他也是商人之子，爹也有幾房糟心的小妾。可自從他生下來，李家嫡長子的身分便是他身上沒人能撼動的標籤，加上他外祖父在夷陵為官，爹從來不敢虧待娘，而妹妹更是自小便受盡寵愛，要風得風要雨得雨。

他不敢想像，若是任可斯的事情發生在自己身上，自己能不能像任可斯一般等待著機會報仇，那是多麼壓抑又痛苦的人生。

四娘出聲打斷周濤、老崔兩人。「好了，此事非同小可，任會長在背後金援泗王的消息必須讓睿侯他們知道，也好一起想法子。」

「說得對，還是我去，我這就動身去羅平。沒想到咱們在後方也能得到如此重要的消息，希望能幫睿侯他們趕緊平定叛賊，也好早日凱旋。」

見四娘點頭，周濤立刻叫人牽馬動身。

老崔問四娘。「少夫人，任家那邊該怎麼做？」

四娘思考半晌。

「任鳳谷還不能死，咱們得想法子知道任會長聯絡泗王的方式。這樣，李大哥，讓老崔找兩個人帶大夫潛進任家給朵朵兒先治傷，盡力保住胎兒，若是實在不行，那就幫朵朵兒保住命。告訴任可斯，別急，任會長那裡，我們會有法子的。」

四娘如今懷有身孕，對於同樣懷孕的朵朵兒有種發自內心的同情。作為一個母親，有了孩子的那刻起，便想為孩子付出所有一切。朵朵兒何其無辜，上一代的恩怨卻把她牽扯其中，若非如此，那個女孩兒怕是依舊歡快的在山腳下做一個簡單的女子，過她安靜又平凡的一生吧……

第三十四章

何思遠已經進山半個月之久，睿侯派去的斥候在進山的路上找到了他留下的記號，何思遠冒著被發現的危險，把自己的打算和營地的情況想法子傳遞出去。

周濤到了軍中，見到睿侯，向睿侯報告了任家的事。睿侯沒想到這些事情竟然會被在昆明做生意的商人打探出來，上一次買糧時也是，無意間尋到了泗王私兵的蹤跡。

「周侍衛，聖上派你保護的這位是何方神聖？竟然能幫我們這麼多，真是讓本侯佩服！」睿侯好奇的問。

周濤答道：「這位的身分得暫時保密，只讓我告知侯爺安心打仗，不管缺什麼少什麼，告訴咱們便是，一定想法子按時給大軍送來。」

睿侯點頭。「既然如此，那本侯也不再多問了。這樣，若是想知道任會長和泗王的聯繫方式，我讓潛入山裡的人想法子把泗王的糧庫給燒了便是，沒有了糧食，泗王定會再和任家聯絡要銀子，你們派人在任家守著任會長，一定能等到。」

「咱們的人竟然已經摸進了山裡，真是厲害！我聽說山裡情況複雜，許多人有去無回。」周濤讚道。

「不是什麼難事，這事思遠做慣了的，交給他我也放心。」睿侯隨意的答道。

「是何大人？何大人混進了夷人的隊伍？」周濤驚詫的問。

睿侯挑眉。「怎麼？你是意外還是擔心？是思遠毛遂自薦要去的。再說這事情交給他我最放心。」

周濤急忙收斂表情。「當年在京城就聽說過何大人隻身入突厥的事跡，沒想到如今再一次摸進了叛軍的巢穴，真是讓人佩服！」

「思遠從來不會讓本侯失望，泗王的大本營他都去轉了一圈，有此悍將，真是大越朝之福！」睿侯感嘆道。

周濤心裡七上八下，何夫人還不知道何大人已經深入虎穴，何大人也不知道何夫人身在昆明還懷有身孕，這兩口子……叫人怎麼說才好！

周濤回到昆明，告訴四娘睿侯的意思，任家可以讓人盯住了，等睿侯那裡聯絡好，泗王的糧草一旦被燒，山裡一定會派人來通知任會長。

四娘點點頭，點了周濤手下的侍衛，在京城他們幹慣了監管抄家的事，比老崔他們有經驗。安排好，看著周濤一副欲言又止的模樣，四娘不由得問：「周大哥可是還有事？但說無妨。」

周濤跺跺腳。「何夫人，您家何大人如今就在五姑娘山裡呢，他混到夷人裡面去了。睿侯說，這次火燒泗王糧庫的事情，便是要交給何大人來做。」

四娘坐在椅子上愣怔了半晌，嘆息一聲。「我知道了，沒事，夫君他身在前線，身先士卒給戰士們做個表率是應該的。我相信何思遠的本事，他一定會平安無事的！」

周濤帶著人走了，鶯歌擔憂的看著四娘。「姑娘，您懷著孩子呢，別太憂心了，大少爺一身本事，一定不會有事的。」

四娘雙手覆在已經微微隆起的小腹上，孩子一天天在長大，她多想告訴何思遠這個消息，只是他此刻身在前線，不能讓他分心，不知道孩子落地的時候，何思遠能不能在身邊陪著……

「我沒事，擔憂是一定有的，不過擔憂也沒用。如今我能做的就是幫他們收集關於泗王的消息，我就盼著，何思遠保重自身，孩子等著他爹回來見他呢！」

周濤帶著人很快把任家圍了，見到任會長時，他正為了朵朵兒沒有來伺候而發脾氣。「給幾分寵愛便不知天高地厚的賤胚子！死了沒有？沒死就來伺候爺抽煙！」

管家在一旁小心翼翼的回話。「老爺，朵朵兒姑娘確實病得厲害，躺在床上起不了身。」

任會長一杯茶水砸出去。「抬也給我抬過來！到了任家倒是把她養得跟個小姐似的，忘了自己的出身不成？一個下賤的夷族，沒有我任家養著，早就要飯去了！」

「任會長好大的脾氣，年紀大了，當心身子！」周濤一步步走向任會長，身後跟著十幾個一身侍衛服飾的漢子。

任會長認識周濤，知道他是黃東家的人，只是見到這群人如此裝扮，心內瞬間知道不好，連忙衝著管家使了個眼色，讓他想辦法出去報信。

管家連門都沒跨出去，便被一個侍衛扭住了雙臂，動彈不得。

「我勸任會長還是老老實實待著，想給泗王通風報信去？還是想派人通知府上二少爺不要回來？看來任會長很明白自己都做了什麼事呢。」周濤不緊不慢的說。

「老夫不明白你在說什麼，老夫若是犯了事，自有官府來管。無緣無故，黃東家派人來我任府是想幹什麼？想在昆明隻手遮天了不成？」任會長咬牙做出一副義正辭嚴的樣子來。

周濤從懷裡掏出一塊腰牌，在他面前晃了晃。「小小任府，咱們這些御前侍衛還是管得了的，任會長不如配合一點，看在您年紀大的分兒上，我讓手下兄弟們都小心些。若是您非得跟咱們折騰，一個不小心，傷了您，說不定您便等不到您那心愛的小兒子回來了。」

隨著周濤帶著威脅的話語說出口，任會長臉色大變。「你們、你們到底想怎樣？」

「您就老老實實在府裡等著便是，您家二少爺過沒幾日便會回來見您，若是敢往外傳一絲風聲，二少爺必死無疑，任家這偌大的家業，恐怕就得歸朝廷內庫了！」

任會長只能聽從周濤所言，任府被控制得一絲不漏，他心裡焦灼得火燒火燎的。黃四、黃四！沒想到事情會壞在他身上，早知如此，當初在裕水峽就該想盡一切辦法把他除掉，如今悔之晚矣！

任會長便這樣被軟禁了起來，後院的任可斯正守在朵朵兒床邊，四娘派來的老大夫已經幫朵朵兒止住了出血，只是朵朵兒需要在床上躺幾個月安胎。

聽著前面廳裡傳來下人的驚呼聲，還有任鳳谷憤怒的話語，任可斯嘴角挑起。「朵朵兒，不怕了，黃東家派人來了。妳只需要好好靜養，那老東西再也不能折磨妳了。」

朵朵兒此刻彷彿一朵失去顏色的花兒，平日裡飽滿紅潤的唇也變得蒼白。「可斯，等咱們報了仇，咱們回山裡去好不好？阿娘說，她想家鄉的花兒，還有清澈的溪水，我也還沒回去過，想去看看。」

任可斯握住朵朵兒一隻手，放在唇邊小心的親吻。「好，我答應妳，等妳把身子養好，把孩子生下來，到時候咱們帶上娘和妹妹，抱著孩子一同回山裡去。」

周濤來到門外，本不忍心打斷兩人，只是任鳳谷那裡還有要緊事。他煙癮犯了，此刻難受得用頭撞牆，這老東西現在還不能死，無奈之下，他只能來找任可斯想辦法。

任可斯聽周濤說明來意，眼中流露出一絲報復的快意。「勞周大人稍候，我換身衣服，親自去見他一見。」

很快的，任可斯來到正院外，看著眼前那散發出濃濃腐朽氣息的正院廳堂，這個地方，他已經許久沒有來過。

上一次在這院子裡，他被自己的親爹用鞭子打得幾乎半死，也是在這裡，娘為了他親手挖出雙眼，讓他斷了對親爹的最後一絲親情和仰慕。那個小小的少年，世界再也沒亮起來過。

正房的屋裡傳來任鳳谷痛苦的嘶吼聲，往日風光無限的西南商會會長，馳騁商場幾十年的一介風雲人物，如今眼淚鼻涕糊了一臉，蜷縮在地上，如同一隻將死的老狗。

任可斯一步步邁進屋內，手裡拿著一只白玉瓷盒，盒子裡便是讓任鳳谷為之發狂的煙膏子。

任鳳谷聽到腳步聲，抬起頭望向來人。他並沒有認出這人便是被自己遺棄多年不聞不問的大兒子，只是看到熟悉的盒子，眼中瞬間迸發出光芒。「快，快給我點上，快！」

任可斯晃了晃手裡的盒子。「你是說這個？是不是很難受？」

任鳳谷手腳並用的爬到任可斯跟前，一把抓住任可斯的衣襬。「是，就是這個，快讓我吸一口，太難受了，有蟲子在咬我的骨頭……」
任可斯後退了一步，蹲下身來看著他。「你可知道我是誰？」
任鳳谷此刻已經快要瘋癲，煙癮使得他眼前發花，渾身難受得恨不能以頭撞地。
「不管你是誰，給我抽一口，只要能讓我舒坦，要多少銀子我都給你！」
任可斯笑得前仰後合，眼淚都要出來。「沒想到殺伐決斷，為了玉脈能出賣恩人、棄自己妻兒不顧的任會長，如今會變成這樣，看看你這副樣子，真是可憐……」
任鳳谷努力的睜大眼睛，看向面前這個年輕人，高眉深目、輪廓分明，漸漸的，他從這個年輕人的臉上看到了曾經的妻子阿花刺的影子。
「你、你是任可斯？」
「認出來了？看來你還記得有我這個兒子，那你知不知道，這些年我娘和我妹妹過的是什麼樣的日子？老天有眼，終於讓我等到了這一天。這煙膏子，是不是很好抽？若是抽不著，是不是比死還難受？」任可斯面上露出一個殘忍的笑，一字一句從嘴裡說出來如同鬼魅。
任鳳谷不可置信的看著任可斯。「是你，這煙膏子是你故意讓朵朵兒給我抽的？我是你親爹！」
任可斯彷彿聽到這世上最好笑的笑話一般。「親爹？有親爹把兒子往死裡打的嗎？

有親爹會把兒女像垃圾一樣扔在角落幾十年不聞不問的嗎？你這個親爹，可真是好得很哪，恐怕只有任可立才是你心裡的兒子，在你看來，我和妹妹，只是一個恥辱吧！」

「當初就該直接打死你！沒良心的狼崽子，果然是夷族的賤種，忤逆不孝的逆子！我至少養了你和你娘幾十年，你這樣對我會遭天譴的！」任鳳谷忍住心頭的恐慌，破口大罵。

「天譴？你可知道這幾十年我都在受天譴，是老天爺可憐我，才讓我等到了今日。你說你養了我們幾十年，可若是沒有我娘、沒有我外公，任家就沒有如今的日子，你早就死在山裡，骨頭都被野獸叼走了，還能讓你有機會毀了我娘一輩子？你這個無恥的東西，恐怕該受天譴的人是你吧！」

一波煙癮再次襲來，任鳳谷滿身都是黏膩的冷汗，指甲深深的摳入地磚。

「剛開始抽這煙是不是覺得跟神仙似的舒服？只要抽上一管煙，天大的煩惱都沒了，是不是？抽上幾次，便再也離不開這煙了。任鳳谷，我夷族的東西，果真是神奇得很呢！」任可斯恍若地獄裡走出的魔鬼，滿身都是仇恨的氣息。

「求求你，我是你爹，給我一口吧……」任鳳谷再也顧不得羞恥，只要能給他煙膏子，怎樣都可以。

觀賞夠了任鳳谷的醜相，任可斯也不再多言，把瓷盒扔給一旁伺候的下人。下人哆嗦著扶起任鳳谷，裝好煙膏子點上。任鳳谷接過煙槍，狠狠的吸了幾口，骨子裡那股子難受勁兒終於得到緩解。

周濤站在任可斯一旁問他。「這玩意兒真有這麼邪門？我瞧著任會長發作的時候也太可怖了些。」

任可斯冷笑。「罌粟乃是夷族神花，本來是為了給那些外出打獵的勇士們治傷止痛用的，後來才發現用得多了，便會上癮。天長日久，骨頭都酥了，沒有這煙膏子，活著比死了還難受。」

周濤嘖嘖出聲。「我看任鳳谷這樣子煙癮越來越大，一天怎麼也得抽個五、六次，你這一盒夠他抽幾天？」

「以前一天五、六次，如今一天得至少抽十次。這一盒子煙膏，也就兩天的量，若是抽完了，我再送來。」任可斯淡淡的說。

周濤不由得咋舌，任可斯這是算準時間按時按點的來羞辱任鳳谷嗎？

不過任鳳谷毀了人家外家滿族，這樣的下場也是罪有應得。

黃府，李昭和孫小青在書房盤帳，四娘坐在一旁抱著一盤酸梅子吃得香甜。

不過才一個月時間，他們的茶葉和香料生意賺得盆滿缽滿，芳瓊如今在西南聲名顯赫，以價格公道、付款及時受到了廣大的推崇，基本上周邊的香料莊子和茶農都把貨物賣到芳瓊來，並且西南到京城的商路也已經被打通，芳瓊的貨有老崔帶的一眾老兵保駕護航，加上李氏商貿的船運，一路上暢通無阻。

下一批茶葉，四娘瞄準了江南的市場。普洱在京城已經聲名遠播，其餘各地也耳聞風聲，李氏商貿接訂單接到手軟，除了京城，最富庶的地方就要數江南了。

至於香料，只供芳華都有些不足，除去芳華要用的，剩下一些常見的只李氏商貿順手便能銷出去。如今小呂莊在內的幾個香料莊子看到這般勢頭，都紛紛開墾山地，準備明年擴大香料的種植。

「四娘，這梅子我咬一口牙都要倒了，妳吃這麼多，胃不難受嗎？」李昭見四娘啃得香甜，嘴巴裡控制不住口水亂冒。

四娘把盤子裡最後一個梅子啃乾淨，一旁桌子上整整齊齊擺著十幾枚乾淨的梅子核。「我覺得還好，就是想吃些酸的。呂威大哥山裡的果子真是好吃，又香又甜，要是能再酸些就好了。」

呂威是個挺活泛的人，時不時便讓莊子裡的人送些時令果子來，四娘也不白收，總讓人捎回去一些實用的東西，既不會過於貴重，又能用得上。

這一日呂威婆娘私下跟呂威念叨。「你說黃東家這樣神仙似的人兒，怎麼跟個姑娘似的，總愛吃些果子零嘴？」

呂威悶著頭把捎回來的禮物一樣樣拿出來遞給婆娘，每次送東西黃東家都要回送一堆東西，倒是多拿了人家的好東西了。

呂威家的大兒子聽到娘這樣說，從院子裡拿個竹筐就要往外走。呂威婆娘叫住他。

「怎麼又要出門，這都要吃飯了。」

「西山上有片楊梅熟了，我摘一筐，娘做果乾做得好。下次爹再給黃東家送去，他一定愛吃。」話音未落，人就走遠了。

呂威婆娘用手肘捅捅呂威。「當家的，下次再去昆明，我帶著咱兒子去給黃東家見個禮行不行？問問黃東家，能不能讓咱家小子跟著黃東家學學，若是能學到點皮毛，也夠他一輩子用的。」

「人家黃東家生意做得可大，有時間教他一個生瓜蛋子？」呂威有些擔心。

「怕啥？問問又少不了一塊肉。黃東家都說要我去昆明找他呢，我帶著大兒去給他家老夫人磕個頭，謝謝人家對咱們小呂莊的關照。說不定黃家老夫人一高興，就讓大兒留下了呢。」呂威婆娘想得簡單，人情就是相處出來的，有路放著不走，萬一成了那不就賺了。

呂威不吭聲，算是默認了，若是大兒真的能跟著黃東家長見識，以後自己老了，這一攤子大兒也能撐起來。

埋伏在五姑娘山的何思遠接到了軍令，要想法子找機會把泗王的糧庫給毀了，眼看著又到了阿罕兒部落一個月一次領糧食的日子，他暗暗在心中盤算行動的時機。

瞅見一旁的半袋子麵粉，這麵粉還是何思遠教阿罕兒的人製作了個簡易的石磨，一群人輪流推磨磨出來的，他心中漸漸有了主意。

到了領糧當日，依舊是阿罕兒點了幾十人，何思遠和羅宏揹著鍋和糧食跟著一起，走了半日來到泗王私兵的大本營。

到了地方，依舊是阿罕兒領了條子，帶著人去領糧食，何思遠和羅宏按例是不能進糧庫的，只是阿罕兒隊伍裡突然有四、五個人，不知是誤吃了什麼野果子還是怎麼著，拉肚子拉得有些腿軟。

無奈，眼看一場大雨將至，阿罕兒急著領完糧食趕緊回去，便指了何思遠和羅宏兩人一起幫忙搬糧食。

何思遠跟著前面的夷族士兵進了糧庫，一進去先偷偷瞄了一圈。這洞穴並不大，糧食全放在此處，一袋又一袋的疊在一起，堆得極高。

何思遠和羅宏兩人特意往角落裡去搬糧食，趁人不注意，把一個事先裝好麵粉的罐子藏在糧食中間，罐子裡面拉出一條長長的細麻繩，繞了一大圈在地上，離開前何思遠從懷裡拿出火絨，把麻繩的一端點燃。

這算是個簡易版的炸彈，麵粉在密封狀態下，被點著了會爆炸。何思遠算好了時間點燃引信，差不多他們領完糧食出了大本營，這罐子就會爆開，這裡乾燥極了，只要罐子一炸，火勢瞬間便能燒起來。因為這糧庫不大，等泗王的人發現的時候，恐怕裡頭的糧食已經被燒完了。

何思遠料想得沒錯，在他們走後不久，糧庫裡的罐子才爆炸，等營裡的人發現山洞中有煙氣冒出來的時候，再想打水滅火已經來不及了，只能眼睜睜看著五萬人的口糧付之一炬。

泗王得到消息暴跳如雷，如今朝廷的十萬大軍就在羅平整整齊齊的駐紮著，兩軍交戰在即，他們的軍糧好不容易才運來一個多月，這下全沒了。無奈之下，泗王只好把任可立找來，要他回昆明讓他爹再想辦法弄一批糧食過來。

任可立不敢耽擱，收拾東西立刻下山。他這邊剛出現在山腳下，那邊便有消息送到了睿侯案頭。

睿侯立刻派人快馬加鞭去昆明報信，說來也巧，這送信的不是別人，正是張虎。

張虎到了昆明，按照周濤留下的信息，直接去了芳瓊。進了門，恰巧看到孫小青一身男裝，正在櫃上忙碌。

張虎腦子有一瞬間的渾沌，孫小青這丫頭不是應該在京城跟著少夫人嗎，怎麼來了昆明？

「小青姑娘？妳為何在此處？」

孫小青聞聲抬頭，看見張虎一身布衣，風塵僕僕，打算盤的手不受控制的抖了兩下。完蛋，張虎看見自己了，這下東家也在昆明的事恐怕是瞞不住了。

「張、張大哥，你怎麼來了？」

「對了，我有要事找周侍衛，妳先幫我通報一聲。」大事當前，張虎顧不得細問孫小青為何來此，先把消息送到再說。

周濤得了信匆匆來芳瓊，張虎告知任可立已經下山，最遲晚上就會回到任家，讓周濤他們做好準備。

周濤接到消息便回任家安排去了，張虎報完了信，也不急著走，孫小青讓他先待在後院喝茶，他坐在芳瓊的後院，四處打量了一番，心裡暗搓搓的把事情捋了捋，芳華、芳瓊，大概也就知道了這是怎麼回事。

尚在狀況外的四娘剛喝完一碗雞湯，在自家院子裡來回溜達消食。這個孩子極省心，她一點都沒有其他孕婦害口的癥狀，吃什麼都香。老大夫經常來把脈，欣慰的告訴四娘孩子長得很好，四娘身子也沒什麼不妥，只是為了避免胎兒過大，生的時候不好生，還是要多走走。

才四個月不到，四娘小腹已經可以看得出隆起的形狀，於是在家便穿了寬敞的長衫。涂婆婆在一旁跟鶯歌絮絮叨叨說著天氣熱，要盯著四娘不能貪涼，若是因為貪涼受了風寒，孕婦不好用藥，到時候可是受罪。

正說著，孫小青領著個漢子進了院子，涂婆婆還以為是櫃上有什麼事情要跟四娘稟報，招呼著鶯歌去倒茶來。

張虎一眼瞅過去，涂夫人、鶯歌都在，加上孫小青，少夫人這是把家都搬來昆明了！

「多日不見，涂夫人和少夫人一向可好？」張虎出聲行禮。

四娘轉身看到張虎，臉上立刻浮現出一個尷尬的笑來。這也太突然了，看來是瞞不住了……

「張虎兄弟，怎麼來了？」雖然這會兒四娘很想跑到屋裡躲起來，就當沒有見到張虎，只是用腳趾頭想也知道不可能，硬著頭皮，四娘強迫著自己鎮定下來。

「睿侯派我來跟周侍衛報信，沒想到在芳瓊正好看到孫姑娘。孫姑娘一向是不離少夫人左右的，她在昆明，便等於少夫人也在昆明。這不，在下便讓孫姑娘帶著來給少夫人請安了。」

張虎實在是不知該怎麼評價自家大人娶的這位娘子，看著嬌滴滴一個天仙似的人兒，怎麼膽子這麼大？瞞著大人來西南就算了，還又弄出一份這麼大的產業！想來，給大軍提供軍需的商人也是少夫人，就不知自家大人知道了此事，會是什麼反應了。

「張虎兄弟，先坐，鶯歌快去倒茶來，這個時間定是還沒吃飯吧，叫廚下趕緊做些吃食。」四娘忙不迭的吩咐鶯歌。

「嫂子，您來昆明怎麼也不跟咱們言語一聲？咱們也好時不時的來看看妳。」張虎問道。

四娘不好意思的笑了笑。「這不是怕說了就來不了了？你家大人脾氣你也知道，若是一早被他知道我要來西南，恐怕我連京城都出不了了。我想著我又不去前線，就待在昆明這裡，做做生意賺點銀子給大軍供糧草。你們這些日子怎麼樣？可還順利？」

「都挺好，就是大人摸到夷族內部去了，如今在他們寨子裡做廚子呢，我們都等著把山裡地形都摸清楚，然後趕緊把叛軍一舉拿下。」

張虎瞅見一邊孫小青還站著，又慌忙說：「小青姑娘也坐，今日瞧見妳，倒是把我嚇了一跳，還以為在作夢呢！」

孫小青瞪了張虎一眼，張虎瞅見自己才知道東家來了昆明，要不是如此，現在還好好瞞著呢。

四娘給了孫小青安撫的眼神。「無礙，早晚都是要知道的。想來張虎兄弟知道我的難處，不會告訴你家大人的對不對？」

張虎面露難色。「這……若是大人回來，知道我知曉此事故意不說，恐怕在下得挨頓狠打。」

四娘笑。「不瞞你說，我如今來了就暫時走不了了，我身上帶著聖上的旨意呢。如今我可不僅是自己做生意，這生意裡可還有聖上的股份在。等你們把叛軍平定，收伏了夷族，我可是要接管西南三地的玉脈生意。現在這些生意都只是小打小鬧，主要是想著先賺些銀子給大軍買糧草，若是玉脈生意還沒做便要我回京，恐怕要被聖上治一個瀆職之罪。」

一旁的孫小青聽到四娘嘴裡的小打小鬧不由得有些牙疼，小打小鬧啊，幾百萬兩銀子的生意，東家還真是謙虛。

張虎聽到四娘把聖上這面大旗都扯起來了，不由得有些吶吶。嫂子果真厲害，不僅偷偷來了，還在聖上面前請了旨意。如今即便是大人知道了惱怒，也不能把嫂子給送回去了。

鶯歌帶著丫頭端著晚飯來了，順便給四娘帶了一碗奶凍，上面加了些水果，解暑又營養。

張虎還以為這東西是給他的，對著鶯歌道：「鶯歌妹子，哥哥我是個爺兒們，這東西好看不頂飽，給我吃了純屬牛嚼牡丹。」

鶯歌端起碗放到四娘面前。「哪是給你的，想得美。姑娘如今有了身子，這牛乳是好不容易得來的，大夫說多吃牛乳對孩子好。」

張虎瞪大了眼睛，瞄向四娘小腹。「嫂子，這、妳這可太不應該了，懷著身子還跑這麼老遠，大人知道了可還得了！」

四娘扶額。「我是到了昆明才知道有了身孕，若是出京前知曉，便是我娘也不能讓我來不是。」

涂婆婆嘆了口氣。「好了，已經來了，多說無益。放心吧，四娘和孩子都好，老崔他們也都跟著呢，裡裡外外保護得周全，聖上還賜了一隊御前侍衛跟著，四娘心裡有數，不會拿孩子開玩笑。」

張虎見涂夫人也如此說，心裡的擔憂稍稍放下一點。

吃過飯又說了會兒話，張虎便在黃府住下，他還等著周濤那裡把任可立控制住，好回去跟睿侯覆命。

深夜，任府燈火暗淡，夏日夜裡無數的蟲鳴聲遠遠傳來，周濤帶著人埋伏在任府暗處，等著任可立回來。

子夜時分，馬蹄聲響起，一人在任府門口下馬，輕輕拍響了大門。

管家被周濤提前交代過，任可立進大門時候不能露出一絲不妥，否則馬上叫他人頭落地。

大門打開一條縫，任可立看了眼開門的是管家，身影一閃，飛快的進了院。

「管家，我爹在哪兒？此次我回來有要事要跟我爹說。」任可立邊走邊問。

「老、老爺在正院，近日身子有些不大舒坦，躺著呢。」管家低著頭答道。

「我爹怎麼了？是哪裡不舒服？可看了大夫？」任可立緊張問道。

要說任鳳谷對任可斯混蛋，幾十年不聞不問，可是任可立是他一手帶大的，從落地那一刻起，任可立便受到了從任老夫人到任鳳谷對他的無比寵愛。

任可立四歲啟蒙，任鳳谷花大錢延請名師。食衣住行，任鳳谷處處操心周到，更別提任可立風寒感冒小病小痛的，從來都是任鳳谷親自照料。在任可立心裡，任鳳谷是這世上最好的父親。

聽到管家說親爹身子不好，任可立擔心極了，倒是把管家臉上的不自然和緊張，當成了擔心父親所致。

到了正院，任可立急忙進屋，口中喊道：「不孝子回來了，爹身子可好些了？」任鳳谷聽到心愛的小兒子聲音，嘴裡急忙喊出聲。「我兒快走，有埋伏！」

任可立還沒反應過來，一把冰冷的長劍便架在了脖子上。

周濤從暗處走出，嘖嘖出聲。「真是讓我大開眼界，任會長是怎麼做到兩個兒子差別對待的？真是愛之欲其生，恨之欲其死啊！」

任可立回頭，看到周濤帶著侍衛包圍住他，瞬間便身子涼了半截。

「莫要提那畜生，出賣老子，忤逆不孝！我當初就該打死他，如今留著倒成了禍害！」任鳳谷老淚縱橫。

周濤不想跟任鳳谷廢話，拖住任可立便去了一旁的空屋，以任鳳谷的命要脅，沒怎麼費勁便得知了泗王的消息。

當年泗王宮變失敗後，從京城詐死逃走，先是逃到老撾，隱姓埋名生活了許久，後來找機會聯絡上了舊部，想方設法的籠絡了一批人，開始招兵買馬，漸漸的又拉起了自己的班底。

老撾畢竟是個小地方，眼看著自己手下的人馬越來越多，泗王怕目標太大，於是便派人探路，發現了老撾到羅平的路線，悄悄帶兵進了五姑娘山。

五姑娘山原本就是夷族的地盤，如今僅存的也就是在任鳳谷的幫助下滅了阿坎貝族人的夷人，因為擋不住泗王兵強馬壯的軍隊，在泗王的遊說加脅迫下歸順了泗王，後來更是在其中牽線，從而聯合了任鳳谷在西南的勢力，自此任鳳谷得玉脈，泗王得銀子，雙方各得其利，加上泗王願意把任可立帶在身邊調教，更許諾若是大事得成，任家開國功臣的位置是跑不掉的，任鳳谷因此出錢出力，期待光耀門楣，獲得更大的權勢。

就這樣，任鳳谷一直暗中為泗王效力，甚至幫忙調度買賣兵器、糧草，這回山裡的糧庫被燒，泗王自然第一個就要來找任鳳谷。五萬人等著吃喝，任鳳谷得想法子再買一批糧食運過去。

親爹性命要緊，任可立一字不漏把所知道的事情全都交代了，周濤並且讓他畫下五姑娘山的路線圖，包含進出的山洞、暗道，一條都沒有落下。

事畢，周濤把任可立軟禁在任府，按捺不住好奇心問了句。「你可知道你有個親哥哥，就住在後院的花園裡？」

任可立臉上露出了個複雜的表情。「知道，只是爹讓我不要多管，說是他人生的恥辱，所以我不大跟我爹提起，爹年紀大了，順著便是孝了。」

周濤不知道該說些什麼。恥辱，短短兩個字便把阿花刺和任可斯的一生輕描淡寫。

任可斯不知在窗外聽了多久，此時推開門道：「周大人，可否讓在下跟舍弟說幾句話？不會太久。」

反正門外有人守著，加上有任鳳谷在手，不怕任可立出什麼么蛾子，周濤點點頭應了。他依言離開，讓兩兄弟方便談話。

任可立看著面前的人，蒼白的面孔、深邃的五官，這便是自己那同父異母的哥哥了。

任可斯走進屋裡，隨意撿了把椅子坐下，靜靜開口。「你可知道我曾偷偷羨慕過你，在你很小的時候。」

任可立不知該說些什麼，他從小被任鳳谷保護得極好，後來長期跟著泗王待在五姑娘山中，但也只是跟著泗王學一些東西，做做文書的工作。

「你剛才說，任鳳谷說我和我娘是他人生的恥辱。這真是好笑，我今天就讓你知道，任家這偌大的產業是如何來的……」任可斯不待回答，便自顧自的講述起來。

任可立從任可斯口中聽到一個從未有人跟他講過的故事版本，這故事讓他久久回不過神。

看著呆愣的任可立，任可斯自嘲一笑。「我這是在做什麼，如何就變成了個怨婦一般的人？你知道不知道事情真相又怎麼樣，反正在那老東西心裡，我和我娘就只是塊墊腳石罷了，用過了，留著都嫌礙眼。你命好，只是因為你娘不是夷人，這都是命，強求不來……」

離開任可立的房間，任可斯又來到任鳳谷的房間外。

如今夢想全部破滅，連寄予厚望的小兒子也被抓了，任家前途未卜，任鳳谷心中的痛苦可想而知，加上煙癮又犯了，他難受得在地上來回翻滾。

聽著屋裡傳出不成聲調的罵聲，任可斯突然覺得前所未有的茫然。大仇得報，自己和娘籌劃了幾十年，遇到了黃東家便全部解決了。周侍衛說了，等泗王伏誅，任鳳谷所做之事搆得上滿族盡屠，到時候自己和阿娘作為舉報有功者，從此便可以脫離這個骯髒噁心的地方。

只是，他這輩子從記事起便以復仇為目的，復仇以後呢？他該何去何從？

拿到任可立所繪的泗王大本營路線圖以及各處哨所位置之後，周濤極快的和張虎接頭，送交所有情報，張虎也立即速回軍中回報。

睿侯連夜擬出作戰計劃，打算帶一批人偽裝成送糧食到泗王大本營，和何思遠來一個裡應外合，爭取一舉拿下泗王。時間不能拖太久，若是讓泗王察覺出端倪，扭頭往山林裡一鑽，那可真是前功盡棄。

睿侯這裡很快便選出了一支五十人的精銳，喬裝打扮，並找來了一批運糧車，裝上滿滿結實的麻袋，最上面一層是糧食，下面都是麥麩草料。

任可立已經答應幫大軍帶路，條件就是保證他爹任鳳谷的安危，等泗王伏誅後再論罪。

山裡，早已經接到消息的何思遠和羅宏正在阿罕兒的部落緊張的等待著，若是沒意外，任可立帶領運糧車會經過的第一個關卡就是這裡。

早飯，何思遠煮了一大鍋野雞肉粥，裡面放了山裡特有的菌子。山中氣候潮濕，一場雨過後菌子就全都冒了頭，有毒沒毒何思遠當然能夠分得清，只是這次，他偷偷的摘了幾朵鵝膏菌剁碎了放進粥裡。

鵝膏菌外表看起來並沒有毒蘑菇的特徵，常被沒有經驗的人視作無毒，其實這東西毒性極大，一朵鵝膏菌就能毒死一頭牛，何思遠還怕這麼多人毒性不夠，所以放了五、六朵鵝膏菌進去。

在這裡待了個把月，眾人都吃何思遠做的飯吃得極香，加上何思遠總是一副大咧咧不拘小節的樣子，這些夷人早就把他們當成了自己人。

粥煮好，掀開蓋子香氣飄出老遠，先把阿罕兒那份盛好端出來，剩下的不等何思遠出聲，大傢伙便都端著碗蜂擁而上，何思遠被擠出老遠。

何思遠露出笑來，吃吧，多吃點，最後一頓飯，吃飽好上路。

當任可立領著運糧車走到阿罕兒所在寨子的時候，滿寨子一、二百人都已倒下了，只剩下何思遠和羅宏。何思遠一眼就瞅見押著糧車的是自己人，站起身來拍拍手上的泥土。「我的劍帶來了沒有？」

「哪能忘了大人的劍，帶著呢。」說話的是張虎，穿了一身土布衣裳，打扮成老實巴交的農民模樣。

眾人會合後繼續前行，路上張虎跟何思遠交代了睿侯的詳細計劃。等他們到了大本營後，放出信號彈，提前埋伏好的大軍便會一舉攻進寨子裡。他們的任務是找到泗王，不論死活，再不能讓他逃了。

一路上經過幾個如同阿罕兒部落一般的小寨子，這下用不著什麼偷偷摸摸下毒，四、五十個軍中精銳如同切瓜砍菜一般，很快便都收拾乾淨了，任可立哪裡見過這等場面，都快嚇傻了。

張虎拍拍他的肩膀。「就你這樣你爹還盼著你光耀門楣？你這軟蛋樣兒，趁早歇了吧。」

黃昏時分，到了泗王大本營，任可立先遞上信物，寨子裡巡邏放哨的都認得他，聽他說帶著大批糧食回來了，眾人不禁歡呼起來。前些日子糧食被燒，眾人都擔心要餓肚子了，沒想到才短短幾日，任可立便籌夠了糧食送來。

寨子大門被打開，糧車有序進入，泗王聽到通傳，放下手中事務也出門來迎，任鳳谷那老東西靠著山裡的玉脈賺了不少銀子，這辦事的速度倒還讓人滿意。

何思遠與張虎一左一右站在任可立身後不遠處，任可立身子忽然一僵，順著他的目光看去，眾人簇擁著一個身穿玄色衣衫的五十來歲男子走來。想必，這便是泗王了。

「任卿果然是我的左膀右臂，短短幾日便籌措到如此多的糧食，待本王大功告成，或者可以把戶部交給你管理。」泗王開口誇讚，還不忘給任可立一點甜頭嚐嚐。

任可立背在後面的右手作出一個手勢，這是提前說好確認是泗王時的暗號。何思遠接到信息，同張虎對視一眼。

說時遲那時快，何思遠和張虎同時出手，抽出藏在糧車下的長劍攻向泗王，同行的人拿出身上帶的信號彈，點燃引線，一枚紅色煙火竄上空中。

寨子裡頓時響起一陣混亂的叫喊聲，有土話夾雜著漢話大喊。「保護金鵬大王！有刺客……」

泗王後退一步，破口大罵。「娘的，中計了！」

五姑娘山今日注定是個不眠之夜，火把亮光夾雜著兵器相交的聲音，直到天明。

第三十五章

昆明，知曉大軍已攻入五姑娘山，夜深了四娘還沒有入睡。涂婆婆知道她在擔心何思遠的安危，刀劍無眼，加上對山裡地形不熟悉，這場戰事難度極大。

「四娘，咱們乾等著也不是辦法，妳還懷著身子呢，要不先睡會兒？知道妳擔心，我已經跟張虎交代了，若是戰事結束，一定派人趕緊告知妳。」涂婆婆出言安慰。

四娘也知道自己在這裡乾著急也幫不上忙，該做的已經做了，剩下的就只能等消息了。

「知道了娘，我這就睡，您也早點休息。」四娘送涂婆婆到門口便止了步子。

瞧著夜幕深深，遠處傳來不知名的蟲鳴，夜風送來花木芬芳氣息，肚子裡突然動了一下，像是小魚吐了個泡泡一般。

四娘捂住小腹，這是孩子在和她打招呼了？像是回應她的疑問一般，肚皮又輕輕被頂了一下。

四娘臉上露出一個溫柔的笑，孩子這是在擔心她呢。天大地大，如今肚子裡這個最大。不管怎麼說，四娘相信睿侯的軍隊一定會大獲全勝，等何思遠打完仗，自己還要去接手山裡的玉脈呢，不知道到時候突然出現在何思遠面前他會是什麼反應。

若是他敢生氣，自己就帶著娃兒走。看在自己給他懷孩子的分上，諒他也不敢怎麼著。

受到孩子鼓舞的四娘瞬間便恢復了心情，扭頭回屋睡覺去了。

而在山裡的何思遠卻是一夜沒睡，大軍攻上山之後，私兵們也群起回擊。只是這些半路出家的私兵哪裡會是裝備精良經驗豐富的正規軍的對手，只能憑著對山裡的路線熟悉，眼看打不過，四處奔逃。

泗王腿上中了一箭，狼狽至極，在身邊親衛的保護下尚未束手就擒，逃往後山做困獸之鬥。

知道泗王負傷跑不遠，何思遠將戰場交給其餘人，自己和張虎兩人追著泗王往山裡尋去。

雲南溫差極大，一入夜，山裡溫度便直線下降，霧氣也跟著升起，還有許多野獸也會趁夜裡出來覓食。

何思遠推測泗王腿上有傷，為了不讓血腥味引來猛獸，必定得找個安全之處躲起來，因此極有可能是躲在某個隱密的山洞裡，山裡洞穴極多，何思遠等人不熟悉地形，只能一處一處的找。

張虎從懷裡拿出個荷包扔給何思遠，何思遠打開一看，裡面是四娘給大軍準備的一套防瘴氣的口罩還有藥丸。他拿出一粒藥丸含在嘴裡，又把口罩帶子戴上繫緊。

張虎幾次張嘴想要說四娘如今在昆明呢，距離羅平也就半日路程。只是眼下有要緊事要做，還是等忙完了再講吧。

兩人搜山找到下半夜，體力不支，又冷又餓，於是找了個乾淨平坦的山洞，兩人暫時歇息一二，生火拿出乾糧，二人吃些東西補充體力。

何思遠接過張虎遞過來的肉乾咬了一口，這肉乾製得極好，上面還抹了蜂蜜，夾雜著五香粉的調味，十分有嚼勁。

「如今軍中還發肉乾做乾糧？」何思遠邊吃邊問。

張虎突然不知該怎麼回答，這肉乾是前兩日在昆明時四娘給的，說是耐放口感又好，比啃乾糧好多了。

「不、不是，這是前兩日去了一趟昆明辦事，見街上有賣的，便買了一包。整日吃乾糧都吃膩了，想換換口味。」張虎隨便找了個藉口搪塞。

「你嫂子也會做這個，等打完仗，我得趕緊回去，家裡不知道成什麼樣了，你嫂子定是日日懸心呢。」何思遠想起大軍開拔那日，四娘在城外送他時的場景，一身紅衣似血，緋紅的雙唇，還有那句：「你若有不測，我就改嫁！這次我絕不再守。」

小娘子如今在家幹什麼呢？沒有自己夜裡鬧她，會不會睡得不安生？娘的，都說兒女情長英雄氣短，還真是，以後再也不想打什麼仗了，和老婆離得這麼老遠，想抱都抱不著。

就在此時，洞外突然傳來一陣簌簌的聲響，山中夜裡極安靜，聲音會被無限放大，聽著好像就離兩人不遠。

何思遠和張虎放下手中乾糧，迅速起身對視一眼，好像有什麼東西在外頭？踩滅火堆，拿上武器，兩人來到洞外。此時已經快要天亮了，東邊的天空露出一絲魚肚白，帶著金邊的雲霞靜靜在空中漂浮，山中有被驚醒的鳥雀撲簌著飛出叢林樹梢。

太陽即將升起，山中霧氣漸漸散去，何思遠摘下了口罩，聞到空氣中隱隱約約有一絲血腥氣。

他們朝著東方尋去，發現在離他們藏身的山洞約五十公尺左右，一叢灌木叢遮掩下，往下錯落十幾公尺的位置，還有一處山洞。

何思遠和張虎從灌木叢的位置往下看，恰巧能看到那山洞前小小的平台上，一隻黑熊正在洞口來回的徘徊，粗厚的前掌不停的在地上來回拍打，像是在試探著什麼。

那洞口前生了一堆快要熄滅的篝火，何思遠與張虎對視一眼，若是不出所料，山洞裡的人是泗王。追了一夜，沒想到就在離他們五十公尺遠的一處地方。

兩人蹲下身小聲商量，反正泗王只要落網，死活無所謂，不如等黑熊把他弄死了，兩人再去收屍。要知道，一隻黑熊憤怒時的攻擊力是可怕的，否則這種獸類，皮糙肉厚，若是不能一擊必中把牠弄死，牠發起火來，幾個漢子也不一定是牠的對手。

就在兩人準備看會兒熱鬧的時候，沒想到卻從山洞裡傳來嬰孩的哭聲，何思遠一個激靈，怎的泗王出逃還帶著孩子不成？

山洞中，泗王此刻也是十分頭疼。他腿上受了傷，好不容易逃開追捕，在山裡躲躲藏藏了大半夜，在林子裡搭建的一個破窩棚遇到了一戶人家，只一個夷族女人帶著一個襁褓裡的娃娃。據那女人所說，她家男人月前上山打獵不慎摔死了，家裡只剩下她和孩子度日。

泗王腿傷急需治療，便挾持了這孩子，帶著女人來到這山洞，讓女人幫忙生火找藥給他治傷。

現在那女人去山裡採藥了，還沒回來，山洞裡只有泗王和孩子，而泗王腿上傷處的血腥味引來了一隻黑熊，此刻孩子又醒了，正不住的啼哭。

泗王沒照顧過孩子，洞口的黑熊又虎視眈眈，等著篝火熄滅便要衝進山洞，泗王煩躁的對著孩子喊：「閉嘴！再哭老子把你扔出去餵熊！」

幾個月的孩子哪聽得懂，聽到一個陌生男人憤怒的訓斥，張開嘴巴哭得更大聲。

此時女人採藥回來了，露水打濕了她單薄的衣衫和髮絲，還沒走到洞口，便聽到了孩子的啼哭，她心急的小跑著往山洞去，誰料到一露面便看到洞口的龐然大物，擔心孩子有危險，女人不由得牙關一咬，拿起地上一塊石頭朝黑熊扔去，引開黑熊的注意力。

黑熊受到驚擾，發現了女人的存在，轉身一步步朝她的方向走去。何思遠和張虎對視一眼，不能等了，不能眼睜睜看著一條無辜的性命死在黑熊口下。

那女子彷彿是被嚇傻了，只知道往後退，再兩步便要掉下山崖，就在此時何思遠一個縱身躍下，長劍朝著黑熊的後背就是一下，那東西皮毛太厚了，長劍只入了幾寸，便再也刺不進去，何思遠知道，黑熊的弱點在腹部和頭部，還要再找機會。

黑熊吃了一劍，咆哮出聲，放棄女子，轉身衝著何思遠奔去，張虎乘機趕緊拉開那女子，死裡逃生的女子驚魂未定，操著一口不太熟練的漢話對著張虎哀求道：「我娃娃在山洞裡，救救他！」

「放心，等解決了這黑熊我們就把孩子救出來。妳先離遠些，別誤傷了妳。」張虎隨意安慰女子幾句，便要去幫何思遠。

女子聞言稍稍放下了心，找了個角落蹲下身來，抱住雙臂，瑟瑟發抖。

張虎和何思遠分別站在黑熊前後兩個方向，與憤怒的黑熊對峙。那黑熊畢竟是吃了虧，爪子不停的在地上來回的刨，地方小有小的好處，何思遠他們還好，黑熊這般體型，有些笨拙。

何思遠對著張虎喊：「攻牠的肚子和咽喉位置，這傢伙的皮太厚了，其他地方捅不穿。」

黑熊揮舞著鋒利的爪子對著何思遠拍打過來，何思遠身手靈活地在石壁上一蹬，從黑熊側邊躲過，落在張虎身邊。

黑熊一擊不中，轉身呼哧呼哧的喘著氣，做好準備再一次朝著兩人衝去。何思遠和張虎對視一眼，在黑熊的掌風就要掃到兩人時，何思遠的劍插向黑熊小腹，張虎的劍插向黑熊脖頸——

看著眼前的龐然大物轟然倒下，何思遠鬆了一口氣。幸虧是在這麼個小平台，若是在山林中，這東西還真不好對付。

那女子看見黑熊被殺死，站起身便要往洞裡衝，她急切的要看孩子，誰知走到洞口卻停住了腳步，只見泗王手裡拎著孩子，一步步往外走，另一隻手持著匕首，閃著冰冷的寒光，正架在孩子的脖子上。

何思遠冷笑出聲。「堂堂泗王竟然抓一個奶娃娃做人質，傳出去讓人笑掉大牙！」

泗王不理會他的激將法。「到了生死關頭，只要能活下來，做什麼都行。若不然，我哪能活到這時，你說是不是？」

「都到了這個地步，我們的人滿山都是，你能逃到哪裡去呢？勸你還是把孩子還給人家，跟我們走便是。」

泗王露出一個自嘲的笑。「我用了幾十年，只是想拿回本該屬於我的東西，老天爺偏不讓我如願。如今你們竟然追到了這裡，連最後一條活路都不留給我。」

「當初既然從京城逃了出來，幹麼不隱姓埋名過一生也就是了，非得招兵買馬繼續作著造反的夢，如今落到這個地步，怪不得別人。」張虎道。

「我還沒有到最後一步呢，只要我能從這裡逃出去，就還有機會。你們放了我，送我到山下，我便把這孩子放了，否則，只要我手一抖，這孩子就沒命了。」泗王眼中萬千冷酷，為了達到他的目的，犧牲一個奶娃娃算得了什麼？

孩子發出微弱的哭聲，嗓子都哭啞了，女子心如刀絞。「求求你，放了孩子，我可以當你的人質，他還那麼小，受不得這種罪……」

泗王拎起孩子看了眼。「小東西帶著比帶著妳方便，莫要再糾纏，我耐心有限，快做決定。」

「把孩子還給我！」女子絕望的衝向泗王，丈夫沒了，就給自己留下這麼一個孩子，若是孩子有個萬一，自己也沒有了活下去的念想。

泗王嘴角露出一個諷刺的笑。「不自量力！」女子的手剛觸到孩子的襁褓，寒光閃過，在女子脖頸上劃出一道血線，血液四濺，噴灑在孩子的臉上。
看著已經沒有了氣息的女子，一雙眼睛還不捨的看向孩子，何思遠和張虎氣得手腳冰涼，這個沒有人性的畜生！
「好了，這下安靜了，要不要放我下山，快點考慮清楚。」泗王在襁褓上擦了擦匕首上的鮮血，彷彿剛才只是捏死了一隻螞蟻般雲淡風輕。
此刻不敢再拿孩子的性命來賭，何思遠只得暫時低頭。「好，只要你不動這孩子，我可以讓你平安下山。」
如今情況，他們只能再找機會，萬不能此刻激怒泗王，否則這孩子就真的小命不保。
何思遠和張虎走在前面，泗王拎著孩子跟在後方，走到半山腰一處拐彎的地方，突然聽到了人聲。原來是一隊搜山的士兵，寨子裡的叛兵已經全數遭擒，只餘少數餘孽在逃，睿侯下令搜山，一個人都不能漏掉。
這位置有些尷尬，一側是崖壁，另一側便是深淵，往後退只能再往山上走，往前接著走便會和搜山的士兵打照面。
泗王也想到了這點，把匕首朝孩子的脖子又貼了貼。「讓他們走，否則後果你知道。」

誰料到哭累了的孩子再次感受到了不安，又一次放聲大哭起來，下面的士兵已經聽到了孩子哭聲，大聲問：「是誰在上面？」

泗王咬牙。「小東西真是麻煩，淨壞我事！」威脅的眼光看向何思遠，讓他趕緊想法子把人弄走。

何思遠出聲。「是我，何思遠，路上撿了個孩子，你們太大聲了，嚇到孩子了。」

張虎配合的出聲。「是啊是啊，這有個孩子應是被人遺棄了，怪可憐的，咱們瞧見就撿了回來，不然留他在路上怕就被熊吃了。」

為首的士兵似乎還有疑惑。「這山裡怎麼會有孩子？副帥，需不需要在下把孩子先帶走，方便您繼續找人？」

張虎撿起一塊石頭往下砸去。「趕緊滾，不需要，接著搜你們的山去！你們副帥家裡兩個娃兒了，比你們這幫人會帶孩子！」

士兵聽到此處，也不再多話，應了聲是便帶著人往另一個方向走了。泗王鬆了一口氣，聽著腳步聲漸漸離去，示意何思遠繼續走。

何思遠斜眼看向張虎，好小子，怪機靈的。軍營裡誰不知他才成親幾個月，哪裡有孩子？這樣一說，恐怕那領頭的便知道這裡有情況，定會想辦法埋伏見機行事。

這山裡的路並不是直上直下，想出五姑娘山，要翻過幾個山頭，加上山路彎彎曲曲，走到中午時分，幾人都漸漸累了，泗王本就腿上有傷，此時也在咬牙硬撐。

到了一處還算平坦的地方，何思遠出聲。「要不要歇一歇？要走出去還得半日呢，咱們也吃點東西，你的腿要是再不上藥就要廢了。」

泗王警戒地瞧了瞧四周，拎著孩子找了塊石頭坐下。「給我點吃的，把傷藥扔給我。」

何思遠示意張虎把乾糧分出一些，連同藥一起扔到泗王旁邊。

張虎從懷裡掏出一個瓷瓶，又把肉乾分了些包到帕子裡，團做一團扔向泗王。不知是不是失了準頭，布包落到泗王四、五步開外的草地上。

泗王瞅了眼張虎。「不要想使雕蟲小技，敢妄動，這孩子立刻沒命！」

泗王撐著起身去拿藥和吃的，孩子被他挾在腋窩裡。何思遠瞅準時機，一個箭步上前，左手的劍刺向泗王受傷的腿，右手抓住孩子的襁褓，片刻間，孩子便到了何思遠手中。

泗王破口大罵。「好小子竟然使詐！你以為沒了人質我便會束手就擒不成？我便是死了，也絕不回京受審。」說罷拿起匕首便往自己心窩扎去。

一支利箭從泗王身後飛來，沒入泗王右臂，泗王吃痛，匕首應聲而落，原來是剛剛離去的一隊士兵拐了個彎悄悄跟在他們身後，伺機等著拿下泗王。

如今泗王自殺不成，左腿和右臂都受了傷，這場仗，大局已定。

羅平，睿侯在大帳裡盤點傷亡名單。這場仗打得漂亮，我方幾乎沒什麼大的傷亡，泗王那五萬私兵，死的死被俘的被俘，如今這幾萬人的處理還是個問題。

何思遠懷裡抱著個孩子進了大帳，睿侯看到孩子不由得抬起頭。

「怎麼抱了個奶娃娃來？誰家的？」

張虎撓撓頭。「山裡救的，被泗王抓來當人質，如今爹娘都死了，成了個孤兒。」

何思遠看著懷裡哭不出聲的孩子，說道：「這孩子跟著折騰了一天一夜，我瞧著這是餓了，使人去找找有沒有羊乳牛乳什麼的，先給餵餵。」

張虎嘆氣，緣分！這是讓自家大人先練練手，等以後他孩子落地了，也有經驗不是。

「軍營裡養個孩子算什麼？再說也不方便，不如找戶人家送人算了，仗剛打完，後面還有千頭萬緒的事情需要處理。夷族那裡，朝中的意思還是安撫為上。他們習慣了在山裡生活，咱們儘量給他們教授一些作物種植方法，也好讓他們生活更安定，以後不再和漢人敵對。」睿侯道。

何思遠點頭。「先給孩子餵頓飽飯，再看看有沒有人家願意收養他。」

正好軍中管廚房的伙夫買了幾頭羊，有隻剛生了羊崽子，正好擠些奶煮熟，晾涼了給送來。

何思遠叫人拿了個勺子，一勺一勺的餵給娃娃吃。那娃娃餓得久了，聞到奶香味吃得香甜。

張虎趁人不注意，悄悄溜了出來。打完了仗，他答應四娘會趕緊把大人平安無事的消息傳回去。

昆明黃府，四娘百無聊賴的正在打瞌睡，軍中傳信的人來了。

聽到大軍大獲全勝的消息，四娘樂得開懷。山中的私兵都被抓得差不多了，有一二漏網之魚也不足為懼，如今何思遠和睿侯正在軍中處理後續事宜，等捷報傳到京中，再看看下一步什麼安排。

鶯歌拍著胸脯道：「大少爺真是厲害，隻身潛入敵營，捉了泗王，如今打贏了仗，咱們姑娘這誥命看來又要升上一升了！」

「什麼誥命不誥命的，平安無事比什麼都強！好了，我總算是放下心了。四娘，妳打算何時讓女婿知道妳在昆明的事？」涂婆婆問道。

四娘搖著扇子道：「山裡叛賊平定了，我帶著聖上旨意還要接手玉脈之事呢。不著急，等他們把事情處理得差不多了，咱們帶著聖旨往大軍營中走一趟！」

打發了來送信的士兵下去歇息，四娘帶著笑意讓鶯歌去告訴李昭、周濤還有老崔這個好消息。得知大軍和叛軍已經開戰，大家都提著心呢。

此時門房卻來了個衙役，說是知府大人有事要請黃東家一見。

四娘皺眉，此時這孟知府有什麼重要的事情要說，還非得讓自己去跑一趟？換了身衣服，四娘叫老崔幾個跟著，帶上鶯歌坐上馬車便往府衙趕去。

要說孟知府有什麼事情找四娘，除了銀子還能有什麼事情？往年任鳳谷作為西南商會的會長，給了孟知府不少好處，銀子流水一樣的送到知府府上。如今任鳳谷對外說年事已高，臥病在床，今年的孝敬銀子遲遲沒到，可不是急壞了孟知府？

現在的昆明，要說生意做得大，還得數芳瓊，孟知府得到消息，芳瓊的一個香料鋪子一個茶葉鋪子，那銀子流水一般的進帳。任鳳谷已經老了，不如這京裡來的黃四腰桿子硬，說不定以後這西南商會會長的位置就要落到黃東家頭上，孟知府打算和黃東家談一談。自古官商不分家，這在昆明做生意，怎麼能不給當地的父母官一點好處？

四娘進了知府府衙，孟知府正在書房等著。

「不知孟大人叫在下前來有何事吩咐？」四娘行了一禮問道。

孟知府依舊是那副老好人的模樣。「聽說黃東家最近生意做得不錯，連著開了兩家鋪子，如今財源廣進，真是生財有道啊！」

「知府大人謬讚了，還要多虧大人治理得好，在下這生意才能如此順風順水。」四娘見孟知府不直接道明意思，便也有來有往的打太極。

「今日本官叫你前來，是有件事情要和黃東家商議。」

「大人但說無妨。」

「本官剛收到消息，大軍在羅平打了勝仗，天佑我大越朝，真是可喜可賀！本官想著前線戰事已了，睿侯總不能一直住在羅平，打算請侯爺移步到咱們昆明來。睿侯身為此次大戰的主帥，又立了戰功，這住處不能委屈，本官想為侯爺修建一處住所，大軍平定叛賊，讓黃東家以後做生意也能放心走貨，咱們一起出些力可行？」

孟知府此話一出，四娘便知道他是什麼意思。說什麼給睿侯修建住處，睿侯又不是奢靡的性子，哪裡不能住？再說，此處事情處理完畢，大軍便要班師回朝，睿侯又不是一輩子都待在雲南不走了，看來明著是修建宅子，暗裡就是問她要孝敬銀子呢。

四娘裝傻道：「若是實在沒有合適的地方，在下如今那住處也還不錯，我願把宅子讓出來給睿侯住，這樣可行？」

孟知府正色。「怎能讓睿侯住在黃東家那裡？傳出去倒是叫人說睿侯仗勢欺人，為了個住處，把人往外攆。還是重新修建一處好，咱們給打了勝仗的睿侯安排妥貼，也有面子不是？」

「如此，敢問大人，這修建一處宅子大概要多少銀子？」四娘開口問。

孟知府用手指數了數。「也不用太奢靡，說出去倒像是咱們在曲意奉承，一、二十萬兩也就夠了。」

四娘快要被氣笑了，什麼宅子要一、二十萬兩銀子？京城如今買一處宅子才多少錢，昆明這地方，地價不值錢，二十萬兩夠買半個昆明城了。

「大人，這是不是有點太多了？在下雖然最近賺了些銀子，可是如今帳面上的閒錢並沒有這麼多。咱們何不再召集一些商會的東家，一起商議一二，多多少少的，也是大家的心意不是？」四娘試探道。

孟知府露出一個笑。「黃東家，本官是看你年輕，有意提點你一二。如今在西南，若說生意做得大，也就你和任家排在前頭。如今任會長年事已高，哪裡有黃東家這般正當壯年，以後大有可為，本官看，西南商會會長的位置也該換一換人做了，你可知坐上這商會會長位置有多少好處？所有西南商戶的東家都要唯你是首，到時候你是要人脈有人脈、要門道有門道，做什麼生意不賺錢？說實話，以往任會長身子還好的時候，除去每年要交的商稅，還有單獨給衙門的孝敬，所以他的生意才能如此順風順水。到什麼地方就要守什麼地方的規矩，黃東家說是不是？」

孟知府這算是挑明了要得到一大筆好處了，半勸半威脅的話都擺了出來。四娘心中好笑，也不知道這孟知府是真傻還是假傻，一把年紀了，好好的再做個兩年，穩妥的從這個位置上退下去不好嗎？自古貪字害人啊！

「大人的意思在下明白了，這樣吧，容在下回去考慮一二，定給大人一個滿意的答覆。如何？」

孟知府點點頭。「如此，本官便等著黃東家了。」

出了衙門大門，老崔問四娘。「這知府腦子是不是有毛病？咱們都來了這麼些時候，周濤那小子也在他面前露了身分，也放出了咱們身後有明王撐腰的消息，長眼的都知道對咱們恭敬幾分，怎麼這老小子還敢出口跟咱們要銀子，二十萬兩？簡直是明搶！」

四娘想了一瞬。「看樣子孟知府是急著要銀子，不然也不會跟我說得這麼直接。叫人去查一查，到底什麼原因使他這麼缺銀子，是因為他就是貪，還是有什麼窟窿急需填上？」

老崔應了，安排人去打聽不提。

難得出趟門，四娘還不想坐馬車回去，便隨意的帶著人在街上走一走。

昆明街上一如既往的熱鬧，羅平那裡的戰事並未給這裡造成什麼影響。

四娘溜達了一圈，買了些剛出爐的鮮花餅便要回府，剛上馬車拐了個彎，在距離自家門口的不遠處看到了提著一堆東西的呂威婆娘，帶著她家大小子，站在路邊絮絮叨叨不知在說著什麼。

呂威婆娘幫兒子拍了拍衣服，這料子還是四娘送的，極厚實耐磨的料子，適合農家人穿。

「山兒，到了黃府，記得嘴巴甜一點，別像在家裡一樣三棍子打不出一個悶屁來。」

呂山手裡拎著兩個竹筐，背上還揹著個背簍，黑紅的臉上帶著些緊張。「娘，妳說黃東家能收下我不？哪怕讓我留在鋪子裡打雜我也願意。」

四娘掀開簾子喊：「呂大嫂，妳怎麼來了？」

呂威婆娘回頭看到坐在馬車裡的黃東家，露出一個大大的笑。「哎喲，真巧，就在門口撞見了！我今日特別進城給黃東家帶了些山裡土物，托您照顧，我們莊子上日子如今好過許多，特意來謝謝黃東家。」

四娘讓馬車停下，提前下了馬車，熱情的將呂威婆娘迎進院子裡。

「莊子上最近可忙？前些日子呂威大哥來交貨，我還說怎麼不帶著大嫂一起來，這下好了，妳來認認門，以後也好經常來。」

「家裡事多呢，總得有個人看著。好在近日不太忙了，我這一有時間，就帶著我大兒來給黃東家請安了。」呂威婆娘邊走邊打量黃府景觀，看著那些裝飾和房屋，眼睛都不夠用了。

四娘交代鶯歌。「交代廚房一聲，晚上府中有客來，備好酒菜，再打掃兩間客房出來，讓呂大嫂和呂小哥住一晚再走。」

呂威婆娘聞言不好意思地道：「本想早點來的，緊趕慢趕，進了城也就這時分了，倒還要叨擾黃東家一晚，實在是不好意思。」

四娘笑著說：「這有什麼，我這裡又不是外處，再說這院子這麼大，難道還找不出兩間屋子給嫂子住不成？嫂子只管安心住下，我先帶你們去見見我娘，千萬不要客氣。」

四娘領著他們先到涂婆婆院子，早有伶俐下人來告知涂夫人，家中有客來，屋裡擺上了點心果子，涂婆婆坐在正廳喝茶。

呂威婆娘進屋就看到一位極威嚴端莊的婦人坐在上方，沒敢多打量，便帶著兒子行禮。「拜見夫人，夫人一向可好。」

涂婆婆知道這是跟四娘做生意的香料莊子上來的人，於是也露出一絲溫和。「快快起來吧，大熱天的，坐下喝杯茶。」

呂威婆娘在椅子上坐下，屁股只坐了椅子的一個邊，緊張的不住搓手。這黃府處處金碧輝煌，是她幾輩子也沒見過的富貴。尤其是黃東家的娘那通身的氣派，哪怕髮髻上只插了一根金簪子，也叫人知道這位夫人身處高位。想到此行來的目的，為了兒子的前程，呂威婆娘咬牙硬著頭皮跟黃東家說話。

「這次來就是想跟您請個安，順道帶些山裡的土物來給您，我想著您上次去我家喜歡吃咱們山裡的東西，這就挑了些能入眼的給您帶來，您別嫌棄。」

呂山接到親娘使的眼色，慌忙把竹筐上蓋的布掀開，露出一包包用厚實的油紙包好的紙包來。

呂山憋紅了臉，小聲說：「有些曬乾了的筍乾和菌子，還有我娘親手做的果乾。這些都是我上山摘的，回來又洗了好幾遍，極乾淨。」

四娘給鶯歌遞了個眼色，鶯歌慌忙過去拿起一包果乾，打開遞給四娘。四娘捏了一枚楊梅乾，送入口中。

「好吃！我就說大嫂的手藝最好，我就愛吃這山裡的東西，勞您費心了，惦記著我。鶯歌，果乾拿到我屋裡，其餘的送到廚下，晚上讓廚房看著做，我早就想吃筍子了，饞得不行！」

呂威婆娘和呂山看黃東家絲毫沒有露出嫌棄的表情，心裡鬆了一口氣，面上露出的笑也更自然了些。

呂威婆娘喝了口茶，定了定心，開口道：「此次來還有件事想求黃東家，我就厚著臉皮跟您開口了。」

「呂大嫂但說無妨，若是能幫上忙，我一定不推辭。」四娘嘴裡含著楊梅乾，這果乾酸酸甜甜，極清新的味道。

「我家山兒今年也十七了，我和他爹商量了，總一輩子待在小呂莊也沒什麼出息，想著能不能去黃東家鋪子裡學點東西見見世面。您也知道，我當家的雖然能幹，但也就是賺個辛苦錢，如今託您的福，日子越來越好過，咱們莊子上人到處都在開荒，這香料越種越多，若光指著我當家的，也忙不過來，山兒若是能跟著學上幾年，回頭也能比他爹強些，以後接他爹的班也能帶著鄉親們奔更好的前程。」

呂威婆娘字字誠懇，家裡就這麼一個兒子，以後便是頂梁柱一般的，只要黃東家能答應留兒子在城裡學點東西，他們一家定把黃東家供起來！

「誒，這是好事，有什麼求不求的？大嫂有見識，捨得讓兒子出來吃苦，殊不知，吃上幾年苦根本沒什麼，學到的是一輩子都受用的東西。這樣，讓呂山兄弟去香料鋪子裡跟著先打打下手，各處都學一學，然後看看對什麼最感興趣，香料裡面學問大了，鋪子裡有許多積年的老師傅，回頭我跟他們交代一聲，定然傾囊相授。」

四娘本就不會長期留在昆明，最終是要回京的，到時候她走了，這邊還要有個可靠的人看著香料生意，如今早早的尋摸著，若是呂山肯學，以後即便讓他管理這邊各處莊子香料的進貨，也是極放心的。

呂山聽到黃東家一口答應了，驚喜的站起身，撲通一聲跪下。「呂山定好好幹，不辜負黃東家的提攜！」

四娘嚇了一跳，這孩子也太實誠了些，慌忙去拉他起來。「這是做什麼，何必行這樣的大禮，你只要以後踏實學，跟著師傅多用心，便是回報我了！」

呂威婆娘喜得眼淚都快出來了，怎麼也沒想到會這麼順利。「多謝黃東家，只要能學東西，工錢不用給都行。山兒嘴拙，不會說好聽話，但心裡都知道呢！山裡長大的孩子，打小幹活慣了的，不管什麼髒活累活都不怕，您只管使喚他！」

「這就外道了，鋪子裡夥計什麼待遇，呂山兄弟就什麼待遇，幹活拿工錢是應該的。今日住一晚，明天我便讓人帶著呂山兄弟去鋪子裡報到。鋪子裡一月有兩日的假，嫂子若是想他了，常來看看也是可以的。」四娘笑著說。

「離得又不遠，在您鋪子裡我也放心，有啥想的？只要他能踏實幹活，我和他爹就高興！」

晚上在黃府用了一頓豐盛的晚飯，回到安排好的客房，呂威婆娘興奮得睡不著，拉著呂山不停的交代，到了鋪子裡，多看多學少說話，人家讓幹麼幹麼，一定要有眼力，家裡什麼都不用他操心，只要他能學到東西，爹娘只有高興的。

呂山知道機會來之不易，本也是個上進的孩子，聽著娘絮叨半日也不煩，直到看著娘打了好幾個哈欠，伺候著睡下吹熄了蠟燭，呂山回到自己房裡，在心裡暗暗發誓，一定要好好幹，對得起爹娘的付出，還有黃東家的提攜！

第二日一大早呂威婆娘便醒了，性子活絡的她摸到了廚房，親自下廚給黃東家做了一桌道地的雲南菜。

早上用飯時，四娘看著一桌子菜，笑著跟涂婆婆說：「山裡人就是實在，我在小呂莊住在他們家的時候說過喜歡吃的菜，呂大嫂今日幾乎都做了，娘快嚐嚐，道地得很呢！」

涂婆婆嚐了幾道菜，點頭道：「是好吃，酸辣口的，倒是合了妳的口味。」

四娘用過飯，叫來李昭把呂山的事情交代了一番，李昭知道四娘的意思，這是為以後儲備人才做準備呢。於是李昭親自帶著呂山去了鋪子裡，安排好活後，又觀察了半日。

呂山是個肯吃苦的性子，本是讓他前兩日先熟悉一下，誰料到呂山見哪裡忙不過來都能幫上一把，連扛貨的活兒都不嫌棄，更別提他自小跟著呂威，許多香料都是熟悉的，很能幫得上忙，也不會添亂。

呂威婆娘眼看著兒子已經去了鋪子上工，陪著黃東家又說了一會子話，午飯之前便告辭回家。

四娘讓人收拾了些零碎東西，準備給呂威婆娘一併帶回去。「雖離得不遠，但要走山路，我便不多留大嫂了，這裡都是些家裡用得上的東西，大嫂不要跟我推辭。您給我送了這麼多山裡土物，都是我愛吃的，這些算是我的回禮，以後要常來才好，不要見外。」

呂威婆娘也不推辭。「總是拿您的好東西，我也不說什麼報答的話，馬上秋天了，山裡許多野果子都熟了，回家我再採一些，弄好了再給您送來。」

送走了呂威婆娘，四娘又開始無聊起來，恰好到了請平安脈的日子，老大夫又來把脈。

這次把脈時間比往日久了一炷香時間，涂婆婆面上露出些許擔憂。「可是有什麼不妥？」

老大夫搖搖頭，含笑說道：「並無不妥，往日我便想說，只是還不能確定，如今也四個多月了，今日已可確定，夫人這胎應是雙生。」

老大夫一席話說得涂婆婆又驚又喜，喜的是一次兩娃，不管是男是女都讓人開心。驚的是四娘畢竟是頭胎，生一個都受罪，更別提一次兩個。如今又不在京城，若是生產時有什麼意外，那該怎麼是好？

四娘倒是還算鎮定，她二姊三姊便是雙生，家裡有這個基因在，只是這個時代醫療條件有限，又不能剖腹產，若是胎位不正，到時候可會要命。

「不用太擔心，夫人身體底子不錯，胎位我瞧著也沒什麼問題，只要後期控制一下，別讓胎兒長得太大，生產時應該不會有什麼意外。只是這穩婆可要提前找，還有奶娘，這些都馬虎不得。」老大夫見涂婆婆一臉不安，出言安慰道。

對於穩婆和奶娘的事情涂婆婆早有準備，算算時間也差不多快到了，就是沒有料到四娘肚子裡懷了兩個，不過本就準備了好幾個人，想來也是夠的。

送走了老大夫，涂婆婆正色對著四娘說道：「妳這胎雙生，七個月後估計肚子就會大，到時候行動不方便，還有可能早產。妳的性子是個閒不住的，如今妳胎已經穩了，趁著還能走動，想做什麼就趕緊做。」一堵不如疏，四娘這性子，涂婆婆了解極了。

四娘自是知道要緊，滿打滿算還有三個月時間能行動自如，玉石生意的事情，得加緊了。

「娘，收拾收拾，明日咱們去趟羅平，幾個月了，妳女婿也該知道他要當爹了！」

四娘開口道。

涂婆婆沒有絲毫意外，戰事已平，四娘是該去見一見夫君了。還有泗王，趁著押解回京之前，自己定是要去看一眼的。

「把周濤、老崔都叫上，人要帶夠，雖然已經安全了，但也要小心為上。」涂婆婆交代道。

四娘叫人去請任可斯，有些事情要問一問他。

任可斯來得極快，戰事一結束，泗王落網的消息傳來，任鳳谷立刻奄奄一息，煙膏子也抽不進去了，因為有些證詞還需要問，所以如今只用老參吊著一口氣罷了。任可立更是方寸大亂，親爹為他鋌而走險鋪好的路一朝崩塌，牢獄之災是避免不了的。

如今任家竟然是從未露過面的大少爺在掌家，雖然任記如今被封了，家裡也沒多少事情要管，但任可斯忽然就感受到了家裡下僕對他的態度不同，從以前的不聞不問，到如今的殷勤小意，任可斯覺得乏味，人性不過如此，讓人噁心。

如今他和阿娘、妹妹還有朵朵兒另外搬到了一處乾淨整潔的小院，離開了後院的園子，四娘派人來說有事相商，任可斯和阿娘交代一聲便出了門。

黃府，四娘換好了一身寬鬆的男裝，坐在院子裡一處水榭喝茶。茶水準備的是老大夫配的藥茶，雙胎耗費母體精氣，四娘需要補一補氣血。

任可斯坐在四娘對面，看著面前年輕的黃東家，看起來也不過就是個比自己年紀還小的年輕人，舉手投足之間，滿滿的殺伐決斷。

「如今泗王案就要開審，我已經傳信到京中，你舉報有功，幫著找到了進山的路線，任鳳谷和任可立都逃不了牢獄之災，但你和你阿娘還有朵朵兒倒可以避開。只是以後，任家這些財產都是要罰沒入國庫的，你可有什麼打算？」四娘問道。

任可斯面上露出一絲厭惡。「我對他留下的這些東西沒有絲毫興趣，以後，如果可以，我想帶著阿娘、妹妹還有朵朵兒回到山上，那裡是阿娘的家鄉，許多年沒有回去過了，阿娘十分想念。」

「若是沒有別的打算，我倒是想和你合作一番，不知道你可願意？」

任可斯露出詫異的神情。「我身無長處，也就是跟著阿娘學了些用毒的法子，有什麼值得黃東家與我合作的？」

四娘指尖輕輕轉動茶杯。「若是既能讓你在意的人回鄉，又不妨礙你與我合作，這樣的條件你可能接受？」

「黃東家，您還是直說吧，我雖白白活了這麼多年，可也知道自己的斤兩，若是真的有您用得上的地方，但說無妨。」黃東家救了朵朵兒和她肚子裡的孩子，便是為了報恩，他也是願意的。

「不瞞你說，我來昆明，可不是為了只做什麼香料、茶葉生意的，我手中有聖上的聖旨，西南三地的玉脈全歸我所有，如今五姑娘山已經平定，明日我就要去羅平與大軍接頭，這山中的玉脈，我也要接手了。你阿娘家鄉既然也在五姑娘山中，恰巧，大軍收服的叛軍中許多夷族人，你作為夷族部落族長的外孫，說不定還能幫大軍收攏一下族人，順便再與我合作一把玉石的生意。」

四娘此話一出，任可斯眼中露出一絲期盼。回到五姑娘山，還能找到阿娘的族人，以後便安生的在山中過快活日子，這樣的事情，對他來說百利無一害。

「我願跟黃東家合作，可是讓我與您一起去羅平？」任可斯問。

「不錯，你回家和你阿娘說一聲，若是沒有問題，咱們明日就出發。」

任可斯離開黃府回到家，告訴阿娘此事。滿頭銀髮的阿花刺正陪著癡傻的女兒坐在院子裡曬太陽，小女兒沒有名字，也不會說話走路，癡傻了這麼多年，安靜得如同一尊石雕。

朵朵兒面色已好了許多，手裡拿了刺繡繃子在繡娃娃穿的肚兜，上面一隻孔雀栩栩如生。

阿花剌靜靜聽任可斯說完，伸出手摸著女兒的頭髮，輕輕的順了兩下，開口道：「明日阿娘隨你一起去羅平，朵朵兒如今無大礙，府中也沒有要操心的事情，阿娘去了，說不定能幫上忙，那些舊時的族人，不知道還餘幾個，你是不認識的，去了也沒什麼用。」

「阿娘，妳去了，妹妹怎麼辦？朵朵兒也還需要照顧呢。」任可斯問。

「傻孩子，黃東家說是找你合作，看中的還是阿娘的身分，我乃夷族族長阿坎貝的獨女，阿爹帶領部落許多年，威望極高，如今雖然他逝去多年，但只要我露面，相信還有幾分面子。我去把路鋪好，剩下的，便都交給你，待那邊安排好後，你便把你妹妹和朵朵兒都一起接回山中，以後，咱們一家人便安安生生過日子。」阿花剌靜靜地交代給兒子聽。

這個孩子被關在家裡多年，都是自己耽誤了他。若不是因為她是夷族人，任家的嫡長子怎會多年困在這方寸之地？他是個聰明孩子啊！被仇恨矇蔽了雙眼，這麼多年過去，以後屬於他自己新的人生也要開始了。

第三十六章

第二日，一早四娘吃過早飯，涂婆婆早就讓人收拾好東西，裝好了車，周濤和老崔點齊了人手。

這次去跟大軍會合，周濤還罷了，老崔有些不安。瞞著自家大人，跟著少夫人一起跑來昆明，幾個月了，瞞得嚴絲合縫，不知道大人知道此事會如何。想起以往在軍中做錯事那些懲罰，他在心裡默默給自己點了一排蠟燭。

任家的馬車此時也到了，任可斯騎馬，馬車裡坐著阿花刺。許多年沒有邁出任家一步，聽著街上傳來的喧鬧聲，阿花刺有種恍若隔世的錯覺，記得當年從山裡出來，邁進昆明城的時候，自己如同一隻剛出籠的小鳥，看著陌生熱鬧的城鎮，什麼都新鮮好奇。騎馬跟隨在車外的那個男人，埋葬了自己所有的天真和愛意，如今，自己只想回到家鄉，那個沒有憂愁、滿是歡樂的地方。

人已到齊，四娘跟阿花刺打了個招呼，和涂婆婆一起上了自家馬車，一堆人浩浩蕩蕩的向著羅平出發。

半日的路程，由於擔心四娘的身子，馬車行得緩慢，直到日落時分，一行人才到達羅平。

遠遠的看到了大軍駐紮的帳篷，周濤打馬行到四娘車外。「東家，快到了。」

四娘掀開簾子，看著那一排排帳篷，還有來來往往的士兵。營地四周倒是熱鬧得緊，這會兒快到晚飯時分，有些羅平的當地人在軍營外推了車子挑了擔子賣一些當地的小吃，一眼望去，倒是形成了一個小小的集市。

到了軍營門口，周濤亮明身分前去通報要見副帥。

很快就有人報到營中，何思遠此時正和睿侯準備吃飯，聽到周濤來找，不由得有些納悶。

來報信的說那周濤通報，是副帥的家人來了。何思遠實在想不出家裡有誰來了西南，難不成家中出事了？

何思遠坐不住了，筷子一扔便急匆匆出了帳篷。到了大營門口，何思遠一眼便看到一個纖細的身影，穿著男裝，背對著自己，跟一旁的丫鬟對著路邊一個賣餌絲的攤子指指點點。

四娘看到街邊賣的紅油餌絲，不由饞得口水都要流出來了。一路上馬車中悶熱，自己懷孕又不能騎馬，胃裡滿滿的，一點胃口都沒有，此刻聞到紅油餌絲那香辣的味道，四娘急速的分泌唾液，肚子裡咕嚕咕嚕的叫喚。

鶯歌在一旁勸道：「姑娘，這東西不知道乾不乾淨呢，若是想吃，等回到府裡，叫廚下給您做便是了。」

四娘嘟著嘴，不甘不願的，明知道鶯歌說得有道理，這街邊人來人往，塵土飛揚，確實不怎麼衛生。可她就是想吃這一口，想著就委屈得不行。

何思遠放輕了腳步，慢慢走到四娘身後。此刻他眼中沒有別人，只有那個熟悉的身影。他的四娘，此刻怎麼在這裡？

四娘還在盯著攤子上的小吃，那賣餌絲的攤主卻是認出了何思遠。

「哎喲副帥您來了，怎麼樣，今天是不是還是一碗紅油餌絲，多放辣子？」

攤主早就聽到了攤子前站著的兩人嘀嘀咕咕，還嫌自己攤子上不乾淨，人家一個統領千軍萬馬的副帥，還不是經常來吃自家這一口，香著呢！

四娘回頭，突然就撞進了一雙深邃的眼睛。黑了，也瘦了，身上還穿著銀甲，想來忙了一天，還沒來得及換掉。面上長滿鬍渣，一身的氣勢，壓得四娘有些喘不過氣來。

「何思遠，我來看你啦！你開不開心？」

四娘有些緊張有些忐忑的看著何思遠，有些抓不準何思遠此時是個什麼想法。

何思遠握住四娘的肩膀，貪婪的盯著四娘看。好像比他離京前胖了一些，氣色看起來還好，臉色紅潤，他心底不由得泛酸，自己走了，這沒良心的竟然還胖了，看樣子日子過得很滋潤嘛！

「妳怎麼來了這裡？幸好戰事已經結束，要是再早來幾日，妳都不一定能見到我。」何思遠開口問。

四娘有些心虛的笑。就是知道你戰事結束了才來的嘛，我才沒有這麼傻。

「我娘也來了，我還帶了幾個人，咱們別站在門口了，趕緊讓我進去吧。」

何思遠顧不得許多，牽住四娘的手先去馬車前扶涂婆婆下車往營裡走，守營的士兵見確是副帥的家人，於是很快放行。

躲在一旁的老崔見何思遠此刻面色還好，這才敢上前見禮。「大人，咱們都跟著少夫人一起來了，大人這一向可好？」

何思遠掃了一眼老崔身後的幾十人道：「不錯，有你們跟著，我也放心。路上沒什麼事吧？」

何思遠還以為他們是從京城來的，不知四娘比他們還早到西南，老崔也不好此刻挑破，只堆著笑說：「路上都太平，沒什麼事呢，少夫人和涂夫人都好著，大人放心吧。」

何思遠點點頭，轉身對四娘說：「妳倒是長進了，知道出遠門把人都帶上，這下我也算是放心了。一路上餓了吧，正好到了飯點，我讓營裡炒幾個菜來。」又恭敬的對著涂婆婆道：「娘先去我帳中洗漱歇一歇，我帶四娘去見一見睿侯，睿侯知道家中來人了，總要去請個安。」

涂婆婆點點頭，帶著豆兒、鶯歌先去何思遠帳中休整。老崔等人跟軍中許多士兵都認識，曾經是一個戰壕裡出來的生死兄弟，很快便打成一片。

想起還有阿花剌和任可斯兩人，四娘拉拉何思遠的手，在他耳邊小聲道：「我還給你們帶了兩人，說不定能幫上你們的忙，先找個地方安置一下，晚上我再跟你細說。」

何思遠點頭，當下也不多問，叫了個士兵給他們安排了個帳篷，便帶著四娘見睿侯去了。

睿侯已經用完晚飯，此刻正拿著一卷書在看，何思遠攜著四娘進帳。「見過侯爺，我家娘子來看我了，帶著她來給侯爺請個安。」

睿侯放下手中的書卷，上下打量了四娘一番，笑著說：「才分開幾個月，這便等不得了？果真是新婚小夫妻，情分極好！」

面對睿侯的打趣，四娘絲毫不臉紅，只笑盈盈的答道：「我們哪裡有睿侯有經驗，回頭我要和姊姊取取經，問問這麼多次等侯爺戰場歸家，是怎麼熬過來的。」

睿侯哈哈大笑。「還是如此牙尖嘴利，都是何思遠給妳慣的。好了，既然來了，便安心住下，若是缺什麼，只管打發人去城裡買就是。」

四娘正色道：「還有一事要和侯爺說，我娘來了，聽說泗王已經被俘，方便的話，我娘想見他一面。」

睿侯聽到涂女官竟然也來了，不禁坐直了身子。「涂女官也有些年紀了，怎地也跟著妳跑這麼遠，便是在京城等著也能見到。罷了，今日天色已晚，明日我親自帶著涂女官去見吧。」

聽到睿侯答應了，何思遠也就同睿侯告辭，帶著四娘回他帳中用飯。

此時在何思遠帳中，涂婆婆指揮著豆兒和鶯歌早就收拾了一遍，男人在外打仗，有幾個會整理的？何思遠已經算得上愛乾淨的一個人，只是畢竟戰事忙碌，顧不得收拾，加上又是夏天，帳中味道還是有些不好聞。

潑水掃淨塵土，點上薰香除味，又歸置了何思遠來不及收拾的衣服盔甲，當何思遠帶著四娘回到帳中時，差點以為走錯了地方。

帳中的小桌上已經擺了好幾個菜，賣相雖不怎麼好看，但在軍中已經算是好的了。他先請岳母上座，又拉著四娘坐下。「軍中條件也就這樣，岳母將就著用些，若是不習慣，明日我在羅平城中找一處客棧，您帶著四娘搬到那裡去住，想必舒適些。」

涂夫人不在意的搖搖頭。「無礙，這不算什麼，累了一天了，快用飯吧。」

見乾娘動了筷子，四娘也挾起一筷子小炒肉放進嘴裡。只是這軍中廚子確實手藝不怎麼樣，天熱，估計新鮮的豬肉放不久，肉都用鹽醃起來了，炒的時候沒把鹽洗掉，四娘一口嚼下去，嘴裡鹹得發苦。

四娘皺著眉嚼著肉，又不想吐出來讓何思遠知道，畢竟他整日在軍中也是吃這些東西，這麼多日子，也不知道怎麼過的。涂婆婆察覺到四娘臉色不對，也挾了一筷子小炒肉放進口中，嚼了兩下便放下筷子對四娘道：「吐出來，別吃了，這鹽味太重了，妳吃了不好。」

何思遠聞言看向四娘，面上帶了緊張。「妳怎麼了？可是身子有哪裡不好？路上累著了還是怎麼？」

見此，涂婆婆招呼豆兒和鶯歌。「車上帶了小炭爐，妳們去拿出來，別漏了菜乾，可以給妳家姑娘隨意做兩個小菜，再燉一碗燕窩來。我去外面溜達溜達，你們兩個好好說說話。」

說罷站起身，涂婆婆給四娘使了個眼色，往她肚子上瞟了一眼，意思是要她趁這時告訴女婿她有孕的事，還有這些日子她都做了什麼。

可四娘還沒做好準備全部坦白，頻頻對著涂婆婆露出求救似的眼神，涂婆婆對何思遠不放心的說道：「四娘如今不能情緒波動過大，她若是做了讓女婿生氣的事，女婿定要慢慢同她講，萬不能爭吵。」

涂婆婆還沒走出帳篷，何思遠便急切的問四娘。「妳到底怎麼了，身子哪裡不妥？是不是路上受了風寒？怎麼就非得這時候來羅平找我，還是家裡出了什麼事？」

看著一向冷靜的漢子此時面上急切擔憂的表情，額上都急出了汗，四娘越加心虛。想了想，四娘握住何思遠的手。「何思遠，我有些事情要跟你坦白，你不要生我的氣好不好？」

何思遠看著四娘有些躲閃的目光，深吸了一口氣。「先告訴我妳是不是生病了？我說過不管妳做什麼，只要不危及自身安全，我都不生氣。」

四娘搖搖頭，帶了個討好的笑。「我沒有生病，我、我就是背著你做了些事沒提前告訴你。」

聽到四娘身子無礙的回答，何思遠一顆心落了下來。「娘子什麼事情瞞我？說來給為夫聽聽。」

「你前腳剛走，我便後腳離京走水路來了西南。我向聖上請了聖旨，大軍的糧草是我提供的，作為交換條件，我要了西南三地的玉脈開採權，同皇上做了筆生意。」

隨著四娘的話一字一句說出口，何思遠臉色一寸寸變得嚴肅起來。他的小娘子真是膽大包天，這事不是一朝一夕便能準備好的，定是背著他在離京前便開始作準備了。

離京前，四娘去莊子小住那次，他還以為是自己需索無度，鬧得她有些怕了，這才躲到莊子上去。恐怕那個時候，她就做好了打算，去跟老崔他們商議去了。好，好得很，老崔這幫兄弟，倒是一起跟四娘瞞得密不透風，只把他蒙在鼓裡。

何思遠抓住四娘的肩膀，黑著臉問：「妳知不知道這樣有多危險，京城到西南路途遙遠，路上還不知有多少風險。雲南境內還有許多土匪，往來商人能平安無事的極少，若非如此，如何西南到京城的商路一直都不怎麼通暢？妳可好，仗著我寵妳，大著膽子一聲不吭便跑來了。四娘，妳到底有沒有把我的話放在心裡？嗯？」

四娘硬著頭皮小聲分辯。「我帶了莊子裡身手最好的護衛，五十來個人呢，聖上還派了十幾個侍衛保護我，我好好的，一根髮絲都沒傷到。何思遠，我也是擔心你。國庫不豐盈，我擔心你們糧草供應不上，總不能我夫君帶著人在前線殺敵，日常卻連飯都吃不上吧。你別生氣，下次我一定不會再瞞著你了好不好？」

何思遠危險的瞇著眼問：「還想有下次？如今妳是好好的，但妳知不知道，如果妳有意外，我要怎麼辦？是不是我太寵妳了，什麼都答應妳、依著妳，才讓妳這般肆無忌憚的任性妄為？」

看著何思遠越來越憤怒的臉色，四娘恨不能把頭埋到桌子下面。伸出手捏住何思遠衣角，可憐兮兮的眨巴著雙眼。「何思遠，相公，別生氣了好不好？看在我一心為了你的分上，就原諒我這一回……」

何思遠掙開四娘的手，此刻他心裡全是不滿和失望，更多的是對四娘不顧自身安危私下作出這種決定的委屈。她就沒想過，她在他心裡有多重要，重要到不能去想會失去她的萬分之一的可能。

若是路上出了意外，若是老崔他們沒能護住她，若是她在昆明的時候泗王的人發覺她的身分，若是……稍微一想到這些可能，何思遠便鑽心剜肺的疼。這次，他是真的生氣了。

「妳好好想一想自己到底錯在哪裡，什麼時候想明白了，什麼時候再告訴我。」說罷，何思遠便起身往外走，他要去找老崔幾個算帳，這群膽大包天的，竟然敢夥同四娘瞞著自己，胳膊肘拐得倒是索利！

四娘看著何思遠離去的身影，一股子委屈衝上心頭，眼圈瞬間紅了。這個沒良心的，自己這是為了誰？誰願意跑這麼大老遠的到西南這鳥不拉屎的地方來？京城銀子不夠賺嗎？天知道開闢新的商路有多難！還不是因為放心不下他，想著離他近一些，有什麼事情也好及時幫到他。何思遠竟然敢凶她，竟然對她生氣！兩人自從在一起，何思遠一句狠話都沒有對她說過，如今竟然都敢扔下她一個人在房裡了……

四娘抱住肚子，伏在桌子上不住的掉眼淚，肚子裡的小傢伙大概知道爹娘吵架了，往常這個時候吃過晚飯正是歡騰的時候，此刻卻只輕輕的動一動小胳膊腿，用這樣的方式安撫娘親。

何思遠出了帳篷便扭頭往老崔他們那裡去了，老崔正在和相熟的弟兄們高談闊論，許久不見，總有許多吹不完的牛、打不完的屁。

看著何思遠黑著臉氣勢洶洶的走過來，老崔腿肚子立刻開始轉筋。

「幾個月不見，你們膽子倒是大得很，跟著少夫人這樣胡鬧。過來，讓我看看你們除了膽子長進之外，功夫是不是也長進了！」

話音未落，何思遠衝著老崔便是一腳，老崔也不敢躲，硬著頭皮跟何思遠過招，幾個回合便被撂倒在地，剩下的人也無一例外，一頓飯功夫，全都被盛怒的何思遠撂倒。

老崔捂住被打得烏紫爛青的腮幫子，含糊不清的說：「大人，屬下再也不敢了。您看在咱們一心護著少夫人來西南的分上，就饒了咱們這一次，別發這麼大火，少夫人肚子裡還揣著小將軍呢，您別嚇著她……」

何思遠被老崔一句話說得愣住了。「什麼小將軍？怎麼回事？」

老崔意外的問：「這麼大的喜事，少夫人還沒告訴您嗎？張虎上次去昆明辦事，也早就知道了，您怎麼……」他話裡把張虎也直接給賣了，都是好兄弟，有難同當是應該的。

張虎今日去城裡辦事了，恰巧不在，何思遠在心裡默默的給張虎記上一筆，等他回來再說。轉身扔下一幫被揍得五顏六色的老兵們，急步往帳篷走去。

小娘子懷孕了，他要當爹了！這麼大的事竟然不告訴他，她扛著肚子來找自己，一口飯沒吃，自己就把她一人給扔那裡了，這會兒不知道該有多委屈呢。

四娘確實委屈得不行，趴在桌上哭了半晌。剛才還饑腸轆轆的，這會兒卻是胃裡滿得不行，或許是餓過頭了，還隱隱有些噁心。

何思遠進帳篷一看，他的小娘子還在哭，肩膀一抖一抖的，就那麼枕著自己的胳膊，看起來可憐極了。

「妳懷孕了怎麼不告訴我？所有人都知道我要當爹了，我是最後一個知道的。」何思遠走過去扶著四娘的肩膀，讓她看著自己。

眼睛腫得跟核桃一樣，面頰上掛著淚水，帳篷裡有些悶熱，她哭出了一頭汗，髮絲黏答答的貼在脖頸上，四娘用有些啞了的嗓音小聲說：「還沒來得及告訴你，你就凶我。何思遠，你知不知道，我肚子裡揣著兩個呢！」

何思遠瞪大了雙眼望向四娘的肚子，寬大的衣服遮蓋住了四娘的腰身，他小心的伸出手想摸一摸，四娘卻一個扭身躲過去了。

「你剛才罵我了，我才不讓你摸，寶寶也聽到你那麼凶，他們告訴我不喜歡你這個爹！」四娘噘著嘴，做出一副惡狠狠的表情，她才不要就這麼原諒他。

何思遠都要氣笑了，他算是知道什麼叫做倒打一耙。明明是她不顧安危，瞞著自己跑來西南搞了這麼大一攤子事，懷了孩子還不告訴自己。此刻他卻說不出什麼責怪的話來，心裡被要當爹的喜悅填得滿滿的。

「是我不對，不該朝妳凶的，以後不會了，原諒我好不好？」何思遠用拇指輕輕擦去四娘臉上的淚，長長的睫毛上還掛了一顆，晶瑩剔透。

「才不要原諒你，我是為了你好才跑這麼老遠的。我銀子夠多，身家豐厚，幹麼要自討苦吃，在你這裡還落不了好！這還沒怎麼樣呢，你就這樣對我，我不要跟你好了！我要帶著娃走，給他們再找個爹去！我、唔……」

四娘話沒說完，就被忍無可忍的何思遠給堵了嘴。還要帶著娃走，給娃再找個爹？小沒良心的，這話也敢說出來，著實可恨！如今她懷有身孕，不能打也不能罵，何思遠只有用這種方式來發洩自己的不滿。

嘴巴被何思遠堵住了，熟悉的氣息撲面而來。舌尖輕輕的打開牙齒，他找到了她的，就那麼糾纏在一起。四娘被吻得快要透不過氣來，身子發軟，何思遠堅實的長臂攬住四娘的腰身，讓她靠在自己懷裡。

不知過去了多久，何思遠才放過四娘的嘴巴，燭光下，兩片唇被吻得充血紅腫，像飽滿的花瓣一般，惹人垂涎。四娘無辜的睜著迷濛的雙眼，上揚的眼梢帶著不自知的風情，何思遠彷彿在火裡煎熬一般。

「可以讓我摸一摸孩子嗎？」何思遠貼在四娘耳側輕聲問道，滾燙的呼吸打在四娘耳畔的肌膚上，小巧的耳珠都變得紅了起來。

四娘握住何思遠的大手，輕輕放在肚皮上。四個多月，因是雙生，所以肚子比別的孕婦在這個月分要大一些。何思遠把溫熱的手掌貼在四娘肚子上，靜靜的感受著，此刻肚子裡的孩子彷彿知道這是爹爹一般，抬起不知是小手還是小腳，輕輕的動了一下，肚皮上瞬間鼓起一個小包。

何思遠瞪大雙眼。「他、他動了！」

看著何思遠的傻樣兒，四娘噗嗤一聲笑出聲來。「傻子，早就會動了。今天可能是餓了，動得不歡實，往日這個時候，肚子裡就沒消停過，也不知道是不是他們在裡面打架呢！」

想起來四娘還沒吃東西，何思遠立刻擔心的問道：「餓了一天了，要不要緊？妳想吃些什麼，我讓人去城裡買。」

四娘撥弄著髮絲說：「我就想吃營外那個紅油餌絲，可那個好像不太乾淨，鶯歌怕我吃壞肚子。」

「我有辦法，妳等著。」何思遠揚聲喊了個人來，那人知道副帥夫人就在帳中，也不進去，只站在帳篷外聽令。

「跟門口賣餌絲的大叔說，讓他回家給我單獨做一鍋出來，乾淨些，多給些銀子，讓他做好趕緊送來！」

吩咐完，何思遠又問：「還有沒有想吃的，都告訴我，我都想辦法給妳弄來。」

四娘搖搖頭。「這會兒就想吃餌絲，別的暫時不要。你以後還凶我不？」

何思遠苦笑。「姑奶奶，我哪還敢凶妳？如今妳肚子裡揣著兩孩子，動不動就要給孩子再找個爹去，妳說說，再給我幾個膽子我也不敢惹妳了！」

四娘神氣的昂起頭。「哼，是你不知道我有多厲害，到了昆明幾個月，不僅賺了給大軍買糧食的銀子，如今我的身家產業可是還要再翻幾番，我手裡還有聖上給的聖旨，以後西南的玉脈都是我的，等著瞧吧，離了你便是不找男人，我也能把娃養得好好的！」

何思遠看著四娘的小模樣，忍不住又在她臉頰上香了一口。「我可是離不開妳，娘子千萬莫要丟下為夫，沒有妳，我活著都沒滋味！」

四娘胳膊一伸，攬住何思遠的脖子，另一隻手伸出食指挑起何思遠下巴，做出一副紈袴的模樣來。「只要你乖乖聽話，不惹我生氣，我就絕不丟下你，你就跟著我，吃香的喝辣的，讓你賽神仙一般的快活，好不好？」

何思遠忍不住大笑出聲。「好好好，真是敗給妳，以後我便全靠娘子了！」

帳篷外端著托盤的鶯歌和豆兒相視一笑，終於好了，姑娘把大少爺給哄得雨過天晴。剛才老崔他們的慘叫聲可是都被鶯歌她們聽到了，大少爺發起火來真是嚇死人，那臉黑得跟鍋底一般。

鶯歌咳嗽了一聲，提高聲音道：「姑娘，飯好了！」

鶯歌和豆兒手腳俐落地擺好了飯菜，四娘對桌上幾個簡單清爽的小菜極有食慾，很快吃了幾口，一會兒就揉揉肚子，還等著吃紅油餌絲呢。

何思遠勸道：「先墊一墊，餌絲一會兒就送來了，明日妳們還是到羅平找個客棧住下吧，這裡什麼都不方便，吃的用的都一般，別委屈了妳和孩子。」

四娘又挾了一筷子筍乾炒臘肉，邊吃邊說：「我才不要去住客棧，你在哪裡我就在哪裡。這算什麼？當年我和爹娘從楊城到夷陵，一路上跟逃難似的，路邊、馬車上，哪裡沒住過？你等著，今天我歇歇，明日就給你弄好吃的，瞧瞧你這些日子，都瘦了，定是沒有好好吃飯，我既然來了，一定要把你養胖！」

不一會兒餌絲便送了過來，何思遠幫四娘把餌絲拌好，四娘指揮何思遠多放醋多放辣子。

看著四娘吃得香甜，滿滿一碗的紅油餌絲不一會兒就見了底，又動手拌了一碗遞給四娘。「還有呢，慢慢吃。岳母說她在自己帳篷裡用了，我讓豆兒也給岳母送了一份過去。」

第二碗四娘吃了一半便吃不下了，剩下的半碗何思遠接過來吃，一口餌絲送到嘴裡，何思遠便被那酸辣味刺激得咳嗽了好幾聲。這味道也太重了些，這麼多醋和辣子，小娘子竟然吃得面不改色。

「四娘，這又酸又辣，妳胃裡不難受嗎？」何思遠不由得問道。

鶯歌在一旁接話。「這算什麼？大少爺不知道，姑娘還不知道有身孕的時候，那羊奶果，酸死人的東西，姑娘能吃一大碗！嚇得我以為姑娘病了，後來知道懷孕了，更是整日都要含一顆梅子，都說酸兒辣女，姑娘肚子裡兩個呢，說不定就是一對龍鳳胎！」

四娘吃飽了，抱著肚子靠在椅子上。「何思遠，你想要兒子還是女兒？」

何思遠想都不想的說：「男孩女孩都行，只要是妳生的，我都喜歡。不過我覺得若是有個跟妳一樣乖巧可愛的女兒也不錯，我定天天把她揣在懷裡，不錯眼的瞧著。」

「我倒是喜歡兒子，以後跟你一樣英武。」四娘說道。

「這有什麼好想的，咱們又不是只生這一次，以後定能兒女雙全！」何思遠把桌上剩下的菜都清理乾淨，拍拍肚子，算是吃飽了。

「哎喲，這會兒吃飽了兩個臭小子又開始了，跟打拳似的，鬧個不停！」四娘一說，何思遠便趕緊把手放上去，果真肚皮下動個不停。

「嘿，真有勁兒！這小子以後定也是個學武的材料，有他爹的風範！」何思遠得意洋洋。

鶯歌手腳麻利的把桌子收拾乾淨，出了帳篷。幾個月不見，姑娘跟大少爺定是許多話要說，她還是不在這裡礙眼了。

吃飽喝足，叫人打了水來，四娘洗漱過後換了寬鬆的家常長衫，窩在何思遠懷裡，兩人有一搭沒一搭的聊天。

何思遠講述了這幾個月來發生的事情，四娘聽得入神，而後自己也炫耀似的說了這些日子做了什麼，提到賺銀子時的滿足，還有喜悅時也曾想到他要是在身邊就好了，但什麼都比不上此刻愛人在身邊，溫情脈脈的相視一笑。

四娘簡單說了阿花刺和任可斯的身分，此次帶他們來應該可以幫上忙。如今收服五姑娘山裡的一幫夷族人後，朝廷總要想出安撫的法子，讓他們以後能像大越朝的子民一樣安居樂業。四娘覺得靠山吃山，靠水吃水，她本就是做生意的，山裡許多好東西，若是能賣出去，也算是給山裡的夷族人一條出路。

燭火搖曳中，四娘說著說著睡著了，小手放在何思遠胸口，呼吸平穩。帳中還是有些悶熱，加上兩人是個極親密的姿勢，四娘額上點點汗珠閃爍。

何思遠吻吻四娘額頭，拿起扇子，輕輕的搖著。分離了這麼些日子，總算是又能抱著她、親親她。因有身孕，四娘不再搽常用的木蘭花香膏，只在平日洗頭時加一些薔薇汁子，如今聞起來，倒是有種別樣的清香氣息。

早上是被營外士兵的操練聲給叫醒的，四娘打了個哈欠，鶯歌在一旁候著，見四娘醒了急忙打水來洗漱。

「大少爺一早便去操練了，交代我看著姑娘。小爐子上熬了粥，大少爺還讓人去城裡買了米粉，您愛吃什麼吩咐一聲立刻就好。」

四娘理了理睡得亂蓬蓬的頭髮。「煮一碗米粉來吃，裡面多放些小青菜。」

睿侯一大早就被何思遠給叫醒了，不耐煩的衝著何思遠丟過去一隻鞋。「你小子不好好摟著媳婦睡覺，這麼早來找我幹麼？都說小別勝新婚，你怎麼還有精神鬧我？」

何思遠一手接住那隻鞋，齜牙咧嘴的笑著同睿侯講。「我媳婦懷上了，我要當爹了，還一次兩個，厲不厲害？」

睿侯嘖嘖出奇。「你媳婦還真能幹，是個旺夫旺子的命格，小子好福氣！怎的，高興得一晚上沒睡？」

何思遠撓撓頭。「也睡了一會兒，就是醒得早了些。除了報喜，還有些事要和您稟告。」

何思遠同睿侯說了阿花刺和任可斯的事，睿侯聽罷正色道：「原來發現任家和泗王有聯繫的是你媳婦，你這媳婦可是立了一大功，等我整理一下報上去，說不定朝廷還有獎賞。阿花刺的身分是有用處，今日抽空我見一見他們母子。還有，你岳母要見泗王，一會兒用完飯，我親自帶她去見一見。」

早飯過後，何思遠去請岳母，泗王就關押在軍中嚴加看守，待不日整理完畢，睿侯會先帶著泗王和一部分人馬回京。

睿侯見了涂婆婆，行了個晚輩的禮，涂婆婆擺擺手。「侯爺莫要折煞了老婆子，我如今只是個四品女官的身分，還是太后娘娘抬愛予我，當不得侯爺的禮。」

睿侯正色道：「不管怎樣，晚輩一直把您當作長輩，您說要見泗王，泗王乃是重犯，需我親自帶您前去，咱們這就走吧。」

涂婆婆點點頭，跟著睿侯往營中走去。

泗王關押的地方果然看守極嚴，層層關卡過了至少有三、四道，到了後面一頂帳篷，泗王正盤腿坐在地上，看面色，倒是還好。

聽到動靜，泗王抬起頭看去。「竟然還有人來看本王，不知是哪位故人？」

涂婆婆靜靜打量了泗王半刻，跟幾十年前並無不同，只是歲月在臉上留下些許痕跡，看起來老了許多，又多了些戾氣，想來這些年過得也不怎麼樣。

「不是什麼故人，是往日的仇人，如今來見一見你，好告知我那在九泉之下的親人，你如今的下場。」涂婆婆開口道。

泗王瞇起眼睛，盯住涂婆婆看了半晌，突然笑了起來。「本王觀妳風度，乃是宮裡出來的。我在京城長到二十多歲，若說跟我有仇的，沒有一百也有八十，若是個個都想來看看我的下場，大可等我被押解回京再說，不知我跟妳有多大的仇怨，竟是讓妳連幾日都等不得了？」

「幾十年前，被你一箭射殺的李虛懷，你可還記得？」涂婆婆一字一句問出口，泗王陷入回憶。

李虛懷，這名字好耳熟。

「據我所知，李虛懷只是京城一個沒落人家的子弟，家中也沒什麼親友在世，妳是他的什麼人，竟為了他的死，記我的仇到如今？」泗王問道。

「我是他沒過門的妻子，若是沒有那場宮變，我們成親的日子就在半年後。我想問你，當日明知敗局已定，為何還要射殺他？只為了多拉一個墊背的？」

泗王好像想起了什麼，看著涂婆婆喃喃出聲。「竟然是妳，怪不得，怪不得當年我以同胞妹妹許婚給李虛懷為條件，讓他與我站到同一陣營，他竟然拒絕了。李虛懷這個窮小子，家世衰敗，前途暗淡，便是再怎麼樣，也只是個普通的侍衛、太后身邊的一條看門狗罷了，若是他肯與我一起，幫我把我那好大哥給了結了，如今在大位的便是我。當時他說他有婚約在身，指的便是妳吧？如今看來，妳一無美貌，二無家世，只是一個卑賤的奴婢，也只有一顆真心可取，李虛懷為了妳竟然放棄了大好前途，真是可笑！」

睿侯一腳把泗王踹翻在地。「閉上你的嘴，若是再讓本侯聽到你對涂女官有半分不敬，本侯就讓你生不如死！」

涂婆婆一步步走近，繡鞋踩到泗王面上。「你知道什麼，你就是個眼中沒有骨肉親情只有榮華利益的瘋子，你不明白我們之間的感情。在你眼裡，為了皇位，什麼都可以犧牲，非要去強求不屬於你的東西，可你即便詐死出京，苟活幾十年又怎樣？如今不還是淪為階下囚？」

泗王彷彿聽到了什麼好笑的笑話一般，笑得停不下來。「你們真是天真，在宮中那個吃人的地方，竟然還相信什麼骨肉親情？若是李虛懷不死，活到如今，妳又怎能保證他一輩子身邊只有妳一個女人？說不定他整日都在後悔當時沒聽了我的話，如今榮華富貴加身，要什麼大家閨秀沒有，何必日日面對妳一個面目平淡的女人？李明睿，你更是可笑！不就是被李虛懷教導過幾日，便記到如今，你連帶著對連他的遺孀都算不上的一個人畢恭畢敬，你們真是讓我大開眼界，什麼時候，宮裡竟然如此溫情了？」

涂婆婆看著泗王狀若瘋癲，一臉泥土胡言亂語，轉身對睿侯道：「多謝侯爺今日帶我來見他，我心願已了，想來虛懷地下有知，看到仇人這般下場，也會欣慰。等泗王身死，我再去給他燒紙上香，告知他這個消息，回吧。」

四娘托著腮坐在帳篷裡悶悶不樂，何思遠忙完回來看到小娘子這副樣子，不由得好奇問道：「可是有什麼事情難住妳了？我娘子向來無所不能，什麼事情不好解決，告訴為夫。」

鶯歌在一旁回話。「涂夫人見過泗王回來，便把自己關到帳篷裡，姑娘這是擔心涂夫人心裡不好受呢。」

何思遠捏捏四娘的臉。「妳呀，竟是瞎操心，岳母經歷得多了，不會看不開的，如今只是心裡有些難受罷了，咱們作為晚輩，多關心著些，過些日子岳母便好了。」

四娘嘟嘴。「娘從來沒有這樣過，看來那個人對娘十分重要。這麼多年過去了，娘從來不跟我講她的事情，我是怕她憋在心裡，對身子不好。」

「為夫有法子，保證藥到病除，娘子要不要聽聽？」何思遠問。

四娘摟住何思遠脖子。「什麼法子，快快說來聽聽。」

何思遠露出一個欠揍的笑。「求人哪能這樣敷衍，娘子給我什麼好處？」

四娘歪頭看著何思遠，忽然趴到他耳邊說了句什麼，何思遠眼睛一下子亮了。「當真？不許騙我！大夫真的這樣說？過了三個月便無事了？」

四娘紅著臉點點頭，就知道他憋得不行了，用這招對付何思遠，百發百中！

何思遠跟四娘嘀咕了半日，四娘一把擰住他腰間嫩肉。「好啊，你怎麼這麼多歪點子，怎麼想出來的？」

何思遠抓住四娘亂動的小手。「這有什麼難的，岳母就是有些鬱結在心罷了，給她找些事轉移轉移注意力，包准就好了。」

四娘點點頭，叫來鶯歌交代。「去跟娘說，我身子有些不適，叫娘趕緊來。」

鶯歌匆匆去了，到了涂婆婆帳篷裡，開口便是。「夫人，您快去看看吧，姑娘不知怎麼了，吃不下東西，還吐個不停，如今難受得起不了身呢！」

涂婆婆哪裡還顧得上回憶過去傷春悲秋，聽得此事，扔下所有煩心事，起身便要去看四娘，嘴裡還一個勁的嘟囔。「祖宗哦，這是怎麼了，昨日不還好好的？定是管不住嘴吃了什麼不該吃的，女婿也是，一個勁的縱著她，也不想想現在哪能亂吃，瞧著吧，一個兩個都讓人不省心！」

涂婆婆疾步走到四娘所在的帳篷，掀開簾子進去就開始念叨。「妳這是哪裡不舒服，前兩日不是還好好的，怎的就成了如今這個樣子？」

四娘窩在床上，一副蔫蔫的模樣，加上天氣熱，汗水浸濕額頭，倒真有幾分生病的樣子。

何思遠見到岳母行了一禮，露出一副內疚的表情。「或許是那天到了後四娘鬧著要吃紅油餌絲，我拗不過便應了，吃多了有些積食，這才壞了胃口。」

涂婆婆坐在床邊試了試四娘的體溫，又摸了摸手心，濕漉漉的全是汗。「不是我說你，她要吃什麼你都縱著，如今她肚子裡還揣著兩娃娃，便是再任性也要有個限度，怎的要什麼你便答應什麼？多大的人了，一點都不懂事。你做丈夫的，比她大這麼多年歲都是白長的不成？若是出點事，哭都來不及！」

何思遠被涂婆婆罵得不敢還嘴，只一個勁的說：「以後再也不敢了。」

四娘見炮火調頭對準了何思遠，不由得趕緊撒嬌。「娘，妳別罵他了，是我鬧著非要吃，以後再也不敢了。這會兒也不是很難受，餓上兩頓空空肚子就好了。」

「不行！孩子在肚子裡正是長個頭的時候，妳不吃孩子還要吃呢！這兩天先不要吃那些重口味的東西，我讓豆兒和鶯歌給妳煮上粥，清粥小菜的養養胃，若是再不好，咱們回昆明去！」

涂婆婆這會兒滿心都是四娘和她肚子裡的孩子，哪裡還有其他的念頭，數叨了半晌，還嫌不足，竟是有些後悔要來羅平了。

四娘見這效果有點太好了些，竟是有些過猶不及了，忙跟何思遠使眼色，讓他趕緊想法子哄一哄。

何思遠接到四娘的眼神，開口道：「我記得鶯歌說四娘愛吃酸酸的果子，不如我叫人去街上找找有沒有什麼時令的新鮮果子賣，說不定四娘吃了也能開開胃。」

涂婆婆給四娘擦擦額上的汗。「這營裡都是些大老爺們，哪裡會挑果子？還是我去，看看有什麼新鮮食材正好買些回來。你就陪著她好好待著，若是她再敢亂折騰，告訴我我來收拾她！」說罷便起身往外走。

何思遠忙點了兩個親兵跟著岳母去了街上，看著乾娘的身影離去，四娘長吁一口氣。「悶死我了！娘可真能念叨，我最怕她念叨我。」

何思遠擠眼。「怎麼樣？我這法子可好用？果真藥到病除！」

四娘皺著一張臉道：「娘是好了，我可怎麼辦啊？這裝病裝得叫我要吃幾天白粥，嘴巴裡一點味道都沒有！」

「不是還有我呢，我偷偷給妳尋好吃的去，定給妳餵得飽飽的，如何？」

四娘斜眼看向何思遠。「無事獻殷勤，非奸即盜！說，你打什麼壞主意呢？」

何思遠在四娘唇上香了一口。「娘子答應為夫的可是忘了？我幫妳把岳母哄得出了門，晚上我洗乾淨等著妳，說話可要算話！」

四娘想起了什麼，臉瞬間紅了。「你今日不是還有事要忙，快去吧，晚上回來再說！」一邊說一邊把何思遠往外推。

何思遠頻頻回頭看向四娘。「娘子說得對，我早點忙完事情，好早點回來陪妳。」一隻枕頭迎面飛來，何思遠一把接住，放在一旁的椅子上。見四娘已經羞得快要整個人埋進被子裡了，這才罷休，哼著小曲兒去了睿侯帳中，準備早點把手裡事情忙完，也好陪著四娘。

第三十七章

睿侯接見了阿花剌和任可斯二人，阿花剌答應出面配合朝廷收攏安撫夷族，睿侯許諾若是能夠讓夷族接受朝廷管束，便讓朝廷下旨，任命任可斯為夷族族長一職。

何思遠帶著阿花剌和任可斯來到戰俘營，裡面分批關著五姑娘山中抓來的夷族人。阿花剌進入營中，她眼睛看不見，用夷族話高聲喊了句什麼，幾個蹲坐的夷族人立即睜大眼睛站起身來。

一個年紀稍大些的漢子試探著問了句。「阿花剌姑姑？」

任可斯感覺到阿娘扶著他手臂的手瞬間握緊了。「可是小阿貝？」

「姑姑，妳的眼睛怎麼了？」叫阿貝的漢子疾步走到阿花剌面前，不可置信的看著滿頭銀髮、雙目皆盲的阿花剌。

曾經是他們族中最受寵愛的姑娘，驕傲得如同孔雀一般的阿花剌姑姑，如今怎麼成了這般模樣？

阿貝記得自己小時候最愛跟在阿花剌姑姑的後面，隨著她去山中採草藥、採野花，阿花剌姑姑笑起來，臉頰上有兩個深深的酒窩，裡面盛滿了醉人的美酒，看上一眼都讓人沈醉。

每當阿爸和族人打獵回來，喝上一碗米酒之後便會笑著對自己說：「小阿貝以後要成為族中最英武的勇士，以後要娶個頂好的姑娘。」他便會歪著頭對阿爸說：「阿貝以後要娶阿花剌姑姑，她是夷族最美的姑娘！」

阿花剌跟任鳳谷離開的那日，阿貝一個人跑到以往經常跟著阿花剌採藥的山谷偷偷哭了半日。阿爸說阿花剌嫁人了，她要跟著她心愛的阿哥去山下過好日子，可是他覺得只有在這山裡，阿花剌姑姑才能過快活日子，她就像一隻百靈鳥，應該生長在遼闊幽深的山林裡。若是被關到籠子裡，一定不會活得開心。

何思遠見阿花剌找到了舊日的族人，便讓他們單獨聊，自己轉身去了營帳外。

大概一個時辰左右，任可斯扶著阿花剌走了出來，何思遠注意到阿花剌臉上還有些悲戚的情緒沒有收起，扶著任可斯的手還有些微微顫抖。

阿花剌對何思遠行了一禮。「副帥請回去告知侯爺，事情已經大概談妥。阿貝是我往日族中子姪，我族被吞併之時他阿爸被殺，阿貝因還是幼童便被留下一命。營中還有幾位往日故人，我說了朝廷的各項律令，若是歸服朝廷，以後夷族便有安穩日子過。他們要慢慢說服其餘人，最遲後日，便會有最終答覆。」

何思遠點頭，讓二人回去休息，自己去了睿侯那裡稟報。

睿侯正在看朝中傳來的信，信中讓睿侯處理好各項事宜後，趕緊帶著泗王歸京。

「朝中已經在催大軍回朝，聖上要我們押著泗王趕緊歸京。如今你媳婦懷有身孕，不宜長途奔波，加上她與聖上談的玉脈生意還待進行，不如你陪著你媳婦留在這裡，等孩子生下來，生意也步上正軌，再回京也不遲，我這邊安排好就啓程回京。」

何思遠正有此意，反正大事已了，自己定是要陪四娘等她安全生產後再回京的。

「大軍侯爺帶回京城，給我留下兩千兵馬以防萬一便是。這場仗打得還算順利，跟突厥簡直不能比，這才多久便平息了戰事。」

睿侯敲敲桌子。「你這媳婦兒當真旺夫，別的不說，光包了糧草就給咱們省了多大的事情，恐怕你們還沒回京，便有賞賜的聖旨到了，你爹娘眼光當真不錯，撿到寶貝了！」

何思遠笑得一臉得意。「侯爺這話沒錯，便是我不當官，我媳婦也能養活得了我和孩子。我想著以後若是沒有戰事，便問聖上討個閒散官職，陪著四娘遊山玩水，再帶上兩娃娃，那日子，便是給金山銀山都不換！」

睿侯抓起桌上杯子朝何思遠砸過去。「沒出息的臭小子，我帶著你出生入死這樣栽培你，你如今竟然想跟著媳婦兒吃軟飯去？男子漢大丈夫，合該讓老婆孩子過風光日子！」

何思遠一把接住迎面飛來的杯子，笑著對睿侯說：「我只是說說而已，是我媳婦兒擔心我在戰場上受傷，這次不就瞞著我跟聖上討了聖旨跟來了？我媳婦兒心裡有我，我哪能讓她受委屈？以後定是讓她腰桿子挺得硬硬的，在京城哪家誥命夫人也不能欺負了她去！」

涂婆婆在羅平集市上溜達了半日，果真買到了許多新鮮果子，難得的是還有一些野味，買回來燉湯給四娘喝也是極滋補的。

說起來這裡吃果子的口味有些奇特，當地人喜歡摘了青芒果來吃，切成小塊，蘸上自己調製的椒鹽佐料，吃得津津有味。

還有一些沒見過的果子，只要嚐著味道可以，涂婆婆便都買了些，一圈轉下來，兩個跟著的親兵手裡拎得滿滿當當。

臨走時還遇到個揹著竹筐賣菌子的老漢，一簍子還帶著泥土新鮮的菌子被涂婆婆給全包了。今日晚上便給四娘燉菌湯喝，不怕她不開胃。

逛了一圈，心裡的鬱悶也全都散了。回到營中，四娘目瞪口呆的看著桌上滿當當的放著好幾種果子，從古至今，果真逛街才是女人發洩心情的最好方式。

涂婆婆叫鶯歌每樣果子都揀兩個洗洗，然後告訴四娘這裡青芒果的吃法，讓四娘嚐嚐合不合胃口。

嚐到最後，四娘抱著楊桃啃得不亦樂乎，涂婆婆則端著一盤子青芒果蘸椒鹽粉吃個不停。

打了個飽嗝，看了眼外面太陽已經落山，四娘站起身想出去走走。

涂婆婆一把摁住。「妳才剛好一點就要亂跑，我看妳是記吃不記打。老實待著，一會兒就到了吃晚飯時候，我讓鶯歌把湯燉上了，妳喝湯女婿吃肉，再不能積食。妳這兩日就別出門了，我已經傳信給李昭，讓他把大夫給送過來，大夫到了把完脈確定妳身子沒事，妳再出這帳篷！」

四娘被涂婆婆管得生無可戀，只好蔫噠噠的等著何思遠忙完回來再找他算帳。

何思遠回來時已經星光滿天，一進帳篷，便見四娘坐在床上唉聲嘆氣，時不時的還拿一雙鳳眼瞥他一眼。

何思遠忍笑問：「娘子這是怎麼了？誰惹妳了，跟為夫說一說。」

「你還說，都是你出的餿主意，娘是沒事了，倒是我，還不如你們那些俘虜呢，一天了，一步都沒離開過這帳篷，悶死我了！」

大手扶上四娘順滑的髮絲，小娘子最近胖了一點點，或許因為孕期養得好的緣故，膚色看起來泛著健康的粉嫩。

「穿好衣服，拿一件薄披風，為夫帶妳散心去。」

四娘眼睛一亮。「當真？可是這都半夜了，咱們去哪兒？」

何思遠扶著四娘挪到床邊，又彎腰幫她穿好鞋子。「別問，只管跟我走，定讓妳開懷。」

二人悄悄的出了帳篷，並沒有驚動其他人。何思遠扶著四娘一路走到大營門口，一輛馬車早已停在那裡。

抱著四娘上了車，車裡鋪了厚厚的被褥，何思遠坐到趕車的位置，打馬往前走去。

「何思遠，你還會趕馬車？什麼時候學的？」四娘好奇的問。

「趕車有什麼難的？在軍營裡，有時需要出去探聽消息，喬裝打扮是經常的事，我要是換上粗布衣服，再戴頂草帽，妳都不一定能認出我來。坐好了，我讓馬兒跑得快一些。」何思遠坐在車轅上，背影寬厚。

走了大約半個時辰，四娘都被晃得睡著了，馬車停下，何思遠輕拍四娘。「醒醒，咱們到了。」

依舊是被抱下馬車，站穩後何思遠拿起披風幫四娘披上。

今日是十五，月亮又大又圓，高高懸掛在正空，月光照耀下，周圍的一切都清晰可見。

這是一條幽靜的小河，靜靜的河水無聲的流淌，水面在月光下泛著粼粼波光。河邊長著鬱鬱蔥蔥的不知名的植物，開著白色碩大的花朵，夜風一吹，鼻端滿是清幽的花香。

四娘被這景象給迷了眼，竟好像不是人間一般。何思遠彎腰從地上撿起一塊鵝卵石，往植物叢裡一扔，瞬時驚起一片螢火蟲，彷彿墜落的星河一般，流光溢彩的波瀾紛紛盪漾。

四娘喃喃出聲。「真美啊……」

何思遠攬住四娘的腰，輕聲問道：「娘子可還滿意？我無意間發現的地方，當時想妳若是在就好了，妳定會喜歡。沒想到，妳真的跟著我來了西南，這景色，咱們竟然沒有辜負。」

四娘偎在何思遠懷裡，盯著那一片飛舞的螢火蟲。「何思遠，我好開心，真的，這裡太美了。我想過無數種跟你在西南的重逢，想過你會生氣發火，想過你會罵我，但我沒想過，你這麼快便不生氣了，還帶我來這麼美的地方。何思遠，我是不是太任性了？」

額頭上落下一個溫熱的吻，何思遠開口道：「我十幾歲參軍，在戰場上見過無數慘烈地獄般的場景，也吃過許多苦、受過許多傷，只是，沒有一種場面比想到妳會遇到不測讓我害怕。咱們好不容易在一起，我不能想像，若是妳有個萬一，我該怎麼面對。但我也知道，妳是為我著想，聖上的聖旨可不好求，妳定是吃了苦求了人才把聖旨拿到手吧。京城的生意都做不完，若只是為了賺銀子，哪需要跑這麼遠到西南來，妳想我好，就如同我想妳好的心一般，娘子為我做的事情我都明白！」

何思遠一番話說得四娘眼淚都流下來了，心裡酸酸的，還帶著一絲絲濃得化不開的甜蜜。他竟然都明白，還好他明白……

這裡滿是碎石子小路，怕四娘走不好崴了腳，何思遠一把打橫抱起四娘，從齊腰深的那片花叢中穿過，走向河邊。所過之處，大片的螢火蟲被紛紛驚飛，四娘好像是在夢裡一般，身旁流光溢彩，彷彿置身仙境。

伸手捉住一朵花，扯下碩大花盤，拿近了細看。這是四娘認不出的品種，花瓣肥厚，花香好似梔子，卻比梔子清淡，整朵花比四娘的巴掌還要大。

四娘極喜歡這味道，放在鼻端細嗅，清甜的花香讓人沈醉，連摸過花瓣的指尖都沾染上了香氣，真是好聞。

走到河邊一塊平整的石頭前，何思遠坐下，四娘依舊賴在何思遠的懷裡，肚子大了，不好窩著。何思遠大手放在四娘隆起的肚子上，靜靜的感受兩個孩子時不時的打招呼，不知哪裡會鼓起一個小包，像是在練拳一般。

見四娘還在對著那朵花發呆，何思遠懲罰性的一口叼住四娘的耳垂，滾燙的呼吸讓四娘不由得渾身顫慄。或許是孕期激素分泌的原因，四娘覺得自己變得比以前更要敏感，何思遠輕輕的觸碰，便會讓她春潮湧動。

一聲細軟的呻吟聲響起，四娘不滿的拍了一把何思遠的胸口。「登徒子，這可是在外面！」

何思遠滿不在乎的繼續貼住四娘的耳畔輕吻。「就是這裡才安靜，營裡帳篷又不隔音，咱們做什麼都得小心翼翼，連大點的聲音都不敢有，這裡只咱們兩個，多好！」

四娘不知道自己是什麼時候回到營裡帳篷中的，第二天睜開眼已經快到中午，何思遠早就出去忙了，帳篷外隱隱有操練的聲音傳來。

四娘懶懶的不想動彈，翻了個身繼續賴床。昨夜彷彿是一場夢，兩人好像還在河邊胡鬧了一場，聞了聞手指，還有那花香的氣息。四娘好像想起了什麼，掀開被子瞧了一眼，滿面通紅的又趕緊把被子掩上。

帳篷外傳來豆兒的聲音。「鶯歌姊姊，姑娘可起了？夫人傳話老大夫已經到了，李東家也跟著來了。若是姑娘起了，讓大夫來把把脈吧。」

四娘趕緊出聲。「我醒了，鶯歌打水來我洗漱。豆兒告訴娘，一刻鐘後讓大夫來便是。」

趁著鶯歌去打水的功夫，四娘趕緊找出衣服穿好，若是被這丫頭看到自己身上的痕跡，可是羞死人了。

李昭原本在昆明忙生意的事，接到涂夫人的傳信，讓大夫趕緊去羅平，他還以為四娘出了什麼意外，嚇了個半死。連夜帶著老大夫快馬趕來了羅平，見到涂夫人後才知道四娘只是胃口不佳。李昭這會兒正抱著茶壺咕嘟咕嘟的往肚子裡灌水，趕了一夜路，晚飯早飯都沒吃，這會兒當真是又累又餓。

大夫給四娘把脈，涂婆婆在一旁緊張的盯著，大夫捏著鬍子說了句。「黃東家和孩子都好，沒什麼不妥。若是說胃口不佳，我估摸著是天氣熱的原因，若是歇兩日還沒有好轉，我再給開藥也不遲。就是如今已經五個月的身孕了，畢竟是雙胎，孩子會越來越大，雙胎的產婦早產的可能性極大，這穩婆和奶娘，涂夫人可找好了？」

涂婆婆答道：「估摸著下個月就能到昆明了，兩個穩婆，四個奶娘，都是經驗老道的，我想著應該是夠用了。」

四娘聞言問道：「娘什麼時候找的？從哪裡找的？我怎麼不知道？」

涂婆婆看了四娘一眼。「妳一堆事呢，這些不用妳操心。我知道妳懷孕的消息後便傳信回京，讓妳尚嬤嬤從內務府挑的人，身家清白，經驗老道，妳是頭胎，生孩子我也沒經驗，這事咱們再謹慎也沒錯的。」

老大夫笑著點頭說：「涂夫人安排得極周到，只要黃東家胎位沒問題，定能生產順利。只是月分大了，不能只窩在房裡，還是要多走走，到時候也有利於生產。」

四娘感激的看了老大夫一眼，這句話算是幫她解了禁了，再悶在帳篷裡自己就該抑鬱了。

涂婆婆聽到大夫如此說，便對四娘說道：「白日裡天太熱，每日吃完晚飯，讓女婿陪著妳溜達溜達便是了。這營裡到處是兵器，亂糟糟的，還是讓女婿趕緊把事情忙完，咱們回昆明去便宜。」

四娘點頭。「聽何思遠說，再有幾日睿侯便要帶著泗王和大軍回京，這幾日阿花刺和夷族俘虜談妥當，我便安排人去五姑娘山裡勘察玉脈。等事情上了正軌，咱們就回昆明。」

見四娘心裡有數，涂婆婆也不再多言，對大夫說：「還要煩勞您跟著我們在這裡待上幾日，有您在，我這心裡才能放心。到時候咱們一起回昆明，若是這孩子再有個不舒坦什麼的，我也不至於束手無策。」

老大夫倒是好說話，一口應下。李昭還急吼吼的等著跟四娘說事，涂婆婆便帶著老大夫下去安置了。

四娘看著眼窩下青黑的李昭，忍不住笑出聲。「幾日不見，李大哥怎麼這麼精神萎靡了？」

「妳還好意思說，若不是因為妳，我會連覺都不睡連夜帶著大夫趕過來？昆明的事情剛忙完，我還想好好歇兩日呢，這下倒好，涂夫人消息一傳過來，說妳身子有恙，嚇得我腿肚子發軟，生怕妳有個意外，西南妳鋪了這麼大的攤子，若是妳出事，我一人可撐不起來！」

「李大哥到底是擔心我的身子，還是擔心耽誤賺銀子？」四娘故意找茬。

李昭拍胸口大喊冤枉。「妳這個沒良心的，竟然這麼想我？咱們這麼多年的交情，難道在妳心裡我就是那般只認銀子不認人的人？」

四娘看李昭氣得眉毛都要豎起來了，急忙岔開話題。「不過你這時也來得正好，玉脈那裡差不多了，這幾日你就能跟著進山一趟，把玉脈的情況摸清楚，咱們在西南最大的生意就要開始了。我之前讓你從京城借調的玉石供奉可到了？你勘察完記得先帶一批料子回昆明，讓師傅看一看成色，咱們商量好便能大量的開雕了。」

李昭聽到這消息便瞬間來了精神。「再有兩日便到了，玉雕工坊我也找好了，裡面的工人都是現成的。說來也是巧合，任家一倒，他們家以往的那些玉雕工人便都失了飯碗，我開了比任家更優厚的條件，把人都給留下來，現在只等玉石料子一到，立刻就能開工！」

又過了幾日，軍營裡的夷人戰俘工作已經做好。在阿花刺的遊說下，加上朝廷給的一連串優惠條件，這些夷族人同意聽從朝廷的安排，回到五姑娘山安分生活。

同時關於山裡的幾條玉脈，四娘讓李昭出面跟他們談了一下。為了讓夷族盡快的融入大越朝的生活中，四娘給他們都找了活計，族中青壯年的漢子負責採玉，老人、孩子和女人可以採茶，還有一些藥材、香料，拿到芳瓊都能換銀子。

這樣一來，夷人有銀子可賺，常常下山，也能見識到山外的繁華便利，長久以往，說不定便能與漢人和平相處。

睿侯帶著十萬大軍押著泗王回京了，給何思遠留下兩千士兵，供他做後續收尾的工作。昆明那裡也傳回消息，尚嬤嬤在內務府尋的穩婆和奶娘也到了，如今已在黃府住下，等著老大夫回去給把脈檢查。

同時傳來的，還有孟知府催促四娘給好處銀子的消息，李昭不禁大罵。「老東西，上次編了個給睿侯蓋別院的藉口，讓咱們出二十萬兩銀子，如今睿侯都帶著大軍回京了，連昆明的地界都沒踩一步，他竟還敢厚著臉皮伸手，無恥至極！」

來送消息的不是別人，正是呂威的兒子呂山。他略低著頭站在下首，對四娘道：「東家，你們這些日子都在羅平不知道，咱們鋪子裡最近總有自稱是官府的人來查這查那，甚至連搜逃犯的藉口都說出來了，以往這些都是孫掌櫃處理了，給帶頭的塞些銀子好處，他們拿了銀子倒還客氣，只私下提醒孫掌櫃，說是知府大人交代的。東家，這事必須趕緊解決，若是再這樣下去，我怕咱們往外出的貨會被他們找藉口扣下，那可會耽誤大事的。」

四娘眉頭緊鎖，這孟知府也太心急了些，二十萬兩銀子，這麼大的胃口，這才十幾日便等不得，小動作不斷，處處使絆子。

她也派了人去查孟知府的底細，想知道他到底要這麼多銀子幹什麼，可派出去的人查了一遍也沒什麼頭緒，孟知府家裡一房正妻、三房小妾，兒子女兒加起來三五個，倒也沒有什麼用大錢的地方。所以這事情一直沒什麼進展，加上這陣子來了羅平，就暫時被擱置了。

正在發愁，何思遠正好忙完過來了，進屋看見四娘嚴肅的表情不由得發問道：「這是怎麼了？有什麼難辦的事不成？」

李昭大概說了孟知府跟芳瓊獅子大開口要銀子的事，何思遠聽了一笑。「這有什麼值得發愁的？一地知府，竟然如此明目張膽的跟人要好處，張嘴就是二十萬兩銀，你們怎麼這個時候倒是糊塗了，咱們何須跟他繞彎查什麼原因？明日就啟程回昆明了，我好歹也是二品大員，帶人去知府衙門走一趟，一力降十會，我倒想看看他多大的膽子，竟然敢往聖上的生意裡插手要好處，孟知府年紀不小了，如今還只是個四品知府，這樣的人，何值你們花費心思？」

何思遠一席話說得四娘和李昭茅塞頓開，李昭一拍扶手。「對啊！我竟是糊塗了。咱們當時到了昆明沒有亮明身分是因為怕何大人你知道，如今仗都打完了，咱們還跟他客氣個屁！論身分，東家妳是皇商，何大人乃是南征的副帥，如今打了勝仗，定是還要繼續往上升的。他一個小小的四品知府，竟然敢跟咱們要銀子？咱們跟聖上合夥做生意，那不就是跟聖上要好處？這個姓孟的，我看他是活膩了！」

四娘扶額，有些不敢看何思遠的臉色。李昭舊事重提，也不怕何思遠給他點顏色看看，還好何思遠面色不變，回了四娘一個意味深長的笑。

「好了，都不必擔憂了，這不算什麼大事件。今日都把東西收拾好，明日啟程回昆明。」

四娘因為要見呂山，依舊作男裝打扮，只是衣服稍稍寬鬆些，坐在椅子上看不見隆起的肚子而已。但何思遠知道坐久了四娘會腰疼，於是便開口趕人。

四娘跟李昭交代道：「你還要在羅平多留幾日，把咱們的玉石這條線安排妥當了再回去。兩位玉石師傅已經到了，你先帶他們去挑些上好的料子，第一批玉雕，我想弄幾塊好的覲上給皇上太后皇后。」

李昭點點頭，帶著呂山下去了。

何思遠趕緊扶著四娘起身，如今月分漸大，肚子高高隆起，何思遠看見都覺得膽戰心驚。四娘雖然胃口好，吃得也多，但架不住兩個孩子在肚子裡，四娘自己沒有長多少肉，估計都吃到了孩子身上。

何思遠私下問過老大夫，生產時會不會有意外。老大夫告訴他，頭胎本就困難，加上四娘一次要生兩個，受罪是肯定的。懷孕後期是孩子長肉的時候，如今要慢慢控制食量，別讓胎兒長得過大，生產時候也少受罪。

道理都懂，可是餓起來也是真餓。四娘一天算下來要吃五、六頓，有一頓吃不飽便覺得餓得抓心撓肺的難受，為了不讓孩子太大，四娘也儘量吃一些清淡又飽腹感很強的食物。

第二日，一群人浩浩蕩蕩的往昆明趕，睿侯留下的兩千士兵何思遠只帶了兩百人，餘下的依舊留在羅平善後。

回到昆明黃府，四娘躺在寬敞的大床上，長長的舒了一口氣。

「可算是回來了，軍營帳篷裡那床睡得我腰疼，翻個身都不方便。你手下那兩百人如何安置的？」

何思遠一邊往四娘腰後塞個枕頭，一邊說：「妳不是把隔壁都買下來當倉庫了？我看院子不小，便先讓他們在那裡安置，正好也能幫妳看著些。妳這肚子也太大了，我瞧我娘當年懷我弟弟快生的時候也就這麼大，妳難不難受？」

能不難受嗎？隨著孩子長大，內臟受到擠壓，四娘有時會覺得肋骨隱隱作痛，孩子把胃都給擠壓得變小了，多吃一點就難受，吃完沒多久又餓了。最難受的是夜晚，翻身都困難，有時兩個孩子在肚子裡亂動，四娘一晚上要如廁好幾次。何思遠倒是無論睡得多熟，聽到四娘要翻身或是要上廁所的動靜都會立刻清醒，不假他人之手親力親為。

「難受又有什麼法子，這才六個多月，還有幾個月要熬。我只盼著時間趕緊過去，把他們好好生下來。對了，我來昆明的事兒連爹娘都瞞了，之前仗沒打完也就算了，如今你閒了，要不要告訴爹娘一聲？」四娘把手放在肚子上，靜靜感受肚子裡孩子的心跳。

「是要告訴爹娘他們要抱孫子了，還是一次兩個？爹娘知道了不知該有多高興！妳若是在京城，爹娘定是立刻就坐船去看妳了，如今在西南，他們不知道能不能來呢。」何思遠也有些想爹娘了，離開幾個月，不知道爹娘身體可好。

四娘想了想，說：「其實算起來，夷陵到昆明跟到京城的距離差不多，不如你派人去一趟夷陵，把這好消息給爹娘帶過去，然後讓爹娘跟著一起過來。爹娘盼抱孫子盼好久了，跟他們一說，他們定要來的，與其讓他們自己過來，不如咱們安排可靠的人接他們過來，如何？」

何思遠一想也是這個道理，四娘生完孩子也要繼續留在昆明幾個月，總要等孩子長得壯實一些才能回京，爹娘在這裡，自己心裡也放心。

兩人商量好，何思遠便出去跟岳母說了一聲。涂婆婆也是這個想法，自己畢竟沒生過孩子，心裡還有些發虛，親家母比她有經驗，讓何思遠趕緊安排人把何旺王氏兩口子接過來，也好和自己做個伴。

何思遠自去安排人不提，四娘歇夠了便讓人把孫小青叫過來，這些日子香料和茶葉的生意還是要過問一下，不知道孫小青自己一個人能不能撐得起這麼大的攤子。

孫小青抱著厚厚一疊帳本進門，看到肚子高高隆起的四娘，不由得愣了半晌。

「東家，一段日子不見，妳這肚子怎麼這麼大了？」

四娘苦笑。「我倒是不想讓肚子這麼大，躺著坐著都難受，等妳以後成家懷了孩子就知道了，受老鼻子罪了！」

接過帳本，四娘粗略的翻看了下，這一個月生意不錯，香料就不提了，普洱一如既往的供不應求，江南人對普洱的吹捧比京城更甚。如今訂單接到手軟，但四娘交代過，今年之內的普洱產量不能放寬。等到了明年，普洱的熱度稍稍降下那麼一點的時候，再推出幾個新的品種茶葉，到時候可以適量的增加一些產量。物以稀為貴，真要讓市場飽和，那這價錢也就該降下來了。

看過了帳本，孫小青又問：「東家，孟知府那裡催得越來越急了，我跟他說東家去羅平了，等東家回來定會給他個滿意的答覆，可是最近他動作不斷，咱們要趕緊把這事情解決掉。」

四娘擺擺手。「這事兒我已經有章程了，明日就解決。我如今身子重，不方便出面，到時候還是妳去跟他談，記住，架子給我端足了，有什麼事我給妳頂著，把咱們的身分全部給他亮出來，帶聖旨去，何思遠到時候借給妳一百親兵，妳就把臉給我揚得高高的，只管拿鼻孔對著他就好。」

孫小青聽到四娘如此說，頓時心裡有了數。她早就不想忍了，孟知府貪得無厭，總是使一些上不得檯面的小動作噁心人。本來芳瓊每季也都會給知府衙門一部分孝敬銀子，雖沒有二十萬兩這麼多，但也不少了。既然孟知府這麼貪心，那就別怪他們要給他上一課了！

隔日一早，點齊了人手，何思遠讓張虎帶著人隨孫小青去了知府衙門。

路上，張虎與孫小青騎馬並行。孫小青因今日要顯示出排場身分來，故穿了一身玄色鑲銀邊的長衫，頭髮整齊束起，一支玉簪。遠遠一看，好一個玉樹臨風的年輕公子。

「小青姑娘，今日好生精神，妳這一身看起來比咱們這兵甲還有架勢。」張虎沒話找話。

孫小青心裡稍稍還是有些緊張，第一次四娘不露面讓她單獨去處理事情，若是辦不好，讓掌櫃的質疑自己能力不說，還丟了芳瓊的臉。

聽到張虎的話，孫小青瞅了張虎一眼。「張大哥，您這話說得好生沒趣，誰不知道今日咱們是給東家長臉去的，有你們浩浩蕩蕩跟著，我才有底氣給那孟知府臉色看。」

孫小青又扭頭高聲對身後跟著的百來個士兵們說：「兄弟們，拿出氣勢來，莫要給副帥和少夫人丟臉！」

張虎無趣的摸摸鼻子，這小娘子，依舊那麼辣的性子，一點好臉色都不給。身旁的兄弟拿胳膊搗了搗張虎。「張副將，我說你之前好些日子都不跟兄弟們去花樓找姑娘了，原來是看上了少夫人身邊的得力幹將，不過我看這姑娘脾氣可大，夠你喝一壺的。」

張虎樂呵呵的道：「你懂什麼？找娘子就得找這種性子辣的，家裡家外都拿得住。咱們在外打仗，家裡這些事哪有時間管，我就喜歡這樣性子的姑娘，能幹！」

一炷香時間便到了知府衙門，衙役大老遠見到黑壓壓一群穿著兵甲的士兵衝著衙門來了，嚇得屁滾尿流的進去稟報。

孟知府一大早在小妾床上還沒起來，便被管家給敲響了房門。小妾不耐煩的隨便扯了件衣服披上，打開門問管家何事。

管家擦擦腦門的汗，衝著裡間稟報。「大人，您快去看看吧，前面衙役來報，來了百十個凶神惡煞的士兵，帶頭的是芳瓊的孫掌櫃，不知道有什麼事，這會兒人都把知府衙門給圍起來了，讓我趕緊來給您通報一聲。」

孟知府瞬間沈了臉。「芳瓊的人怎麼敢帶人來圍知府衙門的大門，誰給他們的膽子？才來昆明多久，剛剛站穩腳跟，便目中無人了不成？當真看清楚了是穿著軍甲的士兵？他們怎麼使喚得動軍中的人？」

「回大人，看得真真的，衙役不會連軍甲都認不出來。聽說芳瓊的黃東家昨日從羅平回來了，會不會他在羅平攀上了什麼人？」管家問。

小妾伺候著孟知府穿衣，慌慌忙忙中靴子都差點穿反。

孫小青帶著人在衙門等了大概一頓飯功夫，孟知府急急忙忙從後衙出來。

「好大的膽子，無故帶人圍了知府衙門，就不怕本官一紙摺子遞上去把你們都投了大獄！」

孫小青坐在大堂的椅子上，見孟知府氣急敗壞的出來，連頭上的冠子都是歪的。

她起身對著孟知府行了一禮，孟知府張口便是——「你們黃東家呢？倒是叫你一個掌櫃的來跟本官談，好大的架子！」

孫小青不卑不亢的站直了身子，從袖子裡拿出一卷明黃色聖旨，在孟知府面前晃了一晃。

孟知府面色大變，慌忙從案後來到前面跪下，一幫衙役見此也紛紛下跪。

孫小青打開聖旨唸了，孟知府跪在地上越聽越心慌。知道黃四跟明王關係密切，不知道他的生意聖上還參了一股！想起自己跟他張口要二十萬兩銀子，這哪裡是跟黃四要銀子，這分明是跟聖上要銀子啊！

眼見著孟知府額頭上豆大的汗珠一顆顆砸下來，臉色也變得慘白，孫小青翹起唇角。貪心不足的東西，這下知道怕了。

「最近我們東家在忙玉脈的事，顧不上跟知府您多說，暫且把事情交給我處理。我們東家說了，二十萬也不是拿不出來，只是上次孟知府說是要給睿侯蓋別院，如今睿侯已經回朝，這二十萬您又催得如此著急，到底是做什麼用處還請您說清楚，我們東家好跟皇上言語一聲。您這一地知府開口我們不敢不應，只是動聖上的銀子，咱們也做不了主不是？」

孫小青一番話說出來，孟知府汗出如漿，腰越伏越低。原本想著強龍不壓地頭蛇，即便黃四背後有再大的靠山，到了這裡還是要乖乖聽話。不然自己隨意交代一聲，芳瓊在雲南地盤上就會有不少麻煩，誰料到黃四身後的靠山乃是當今聖上，這靠山大到不能再大了。

孟知府快速的在腦海中思索，要怎麼解釋這二十萬兩銀子的事。若是沒有合適的理由，黃四一狀告上去，自己這官位如何不說，說不定還要被治罪。

擦了擦腦門上的汗，孟知府掛上笑臉，對著孫小青說：「孫掌櫃，都是下面的人不懂事，睿侯既然已經回京，那就不再需要蓋別院，這二十萬兩銀子自然是不用再給了。本官回頭查一查，看究竟是誰做出這樣的糊塗事，定給黃東家一個交代。」

孟知府這是準備找個替罪羊頂一頂罪了，藉此來讓四娘出出氣。孫小青見孟知府認慫認得如此之快，心裡對他十分不屑，這樣的人，嚇一嚇便膝蓋骨如此軟，也敢獅子大開口要二十萬兩銀子。

「既然孟知府說銀子不需要了，那我便回去跟我們東家說一聲。大人事多，在下便不打擾了。」孫小青起身便要告辭。

孟知府看了眼門口凶神惡煞的一群人，拉住孫小青，想問一問這群士兵是如何聽憑黃四調遣的。

「孫掌櫃還請借一步說話，這些人是黃東家從誰手裡借的兵，難不成黃東家還跟睿侯有交情？」

孫小青還沒怎麼著，張虎看了眼孟知府拉住孫小青袖子的手，手裡的刀瞬間出鞘，「錚」的一聲，嚇得孟知府差點尿了褲子。

孫小青輕咳一聲，說道：「事到如今，也不必再瞞知府大人了。此次南征的副帥何思遠大人，乃是我們東家的夫君，芳華的名頭想來孟知府有所耳聞，我們東家就是芳華的老闆。」

說罷撣一撣袖子，孫小青便施施然離開，留下孟知府目瞪口呆。張虎猶嫌不夠，把大腦袋伸到孟知府面前晃了一晃，嘴一咧，露出一口白牙，擠出一個猙獰的笑。孟知府腿一軟，差點癱軟在地。

孟知府作夢也想不到黃四是如此來頭，他一早便知道睿侯身邊副帥乃是跟著睿侯在突厥一戰中嶄露頭角的何將軍，卻不知道他跟芳華女東家的關係，更不知那女東家正是黃四。若是一早知道，借他十個膽子，他也不敢藉著睿侯的名頭問黃四要二十萬兩銀子。

顧不上孟知府如何捶胸頓足悔不當初，孫小青揚眉吐氣的出了知府衙門，身後依舊跟著浩浩蕩蕩的一百軍士。

張虎快走兩步追上孫小青，離近了說道：「小青姑娘，這衣服別要了，回頭我送妳兩疋頂好的料子，咱們好好做兩身衣服。」

他這是嫌剛才孟知府扯了孫小青的衣服袖子，如今竟是看這衣服也不順眼了。

孫小青暗自好笑，面上卻故露不解。「好好的，這衣服今日才剛上身，為何要扔掉？再說，這料子可是東家親自挑了讓人給我做的，頂頂好的料子，扔了多可惜。」說完不理一臉諂笑的張虎，翻身上馬。

張虎趕緊騎馬跟上，絮絮叨叨的跟孫小青說話。「小青姑娘，如今我也不怎麼喝酒應酬，薪餉都攢著呢。加上這次打了勝仗，定有賞賜，如今我也是五品武將了，身家還算豐厚，憑他多好的料子也買得起，我送妳兩疋鮮亮的，妳做兩身裙子穿，定好看！」

張虎這是順便告知孫小青一聲，自己早就不是以前那個閒來無事跟同袍流連酒樓花坊的人了。如今的自己，好好當差，銀子都攢著當老婆本呢！

孫小青知曉張虎的意思，只是不看他。「我要你送料子做什麼，東家給我開的月例銀子不少，想要什麼自己買便是了，無緣無故的要你的東西好沒意思。再說，出門在外，穿男裝方便，做什麼裙子，麻煩！」

說罷揚鞭一聲，加快速度往回趕。東家還等著自己回去匯報呢，今日孟知府那副嘴臉當真可笑，定要好好跟東家講述一番。

幾個同袍看著張虎被噎得臉色發青，不由得發出一陣怪笑。「張副將上了戰場可是英武得很，怎麼今日竟被一個小娘子給堵得說不出話來？」

張虎也不惱，揚聲對著一干人說道：「你們懂什麼？這樣能幹的小娘子，若是能娶回家，可要比打了勝仗還叫人高興！一幫沒見識的，我勸你們好好找個娘子成家過日子，到時候才知道什麼叫做滋味兒！」

黃府，四娘聽完孫小青的回報，無趣的敲敲桌面。「這樣的巨貪，也不知道怎麼做到四品知府一職的。」

何思遠倒是有不同見解。「此事雖然孟知府服軟了，卻不能繼續讓他再任昆明知府。剛剛平定洱王之亂，夷人和漢人正是需要磨合的時候，若是孟知府一個處理不慎，咱們前期的努力便會功虧一簣。我還是上個摺子，把此事告知明王，再換個更有能力的人來擔任知府一職。」

四娘無可無不可。「你看著辦吧，如今我沒有功夫搭理他，最近約莫累著了，我覺得小腿有些浮腫。」

四娘的腿是真的開始浮腫了，孕後期倒也正常，半夜偶爾還有抽筋的現象，每每被疼醒都是滿頭大汗。

大夫也來看過，只說要加足營養，孩子在肚子裡需求越來越大，母體營養跟不上就會腿抽筋。四娘知道這是缺鈣了，叫人買了隻產乳的母羊養在後廚，每日早晚一碗煮開的羊奶喝下，只是這腿腫卻無可奈何，只能等生完孩子後慢慢消腫。

何思遠卻是心疼極了，以前還覺得要多生幾個孩子才熱鬧，如今看著四娘受罪的樣子，心裡卻在想生一次就夠了，尤其是晚上，睡個覺翻身都困難，肚子大得讓人膽戰心驚。四娘現在走一步何思遠就要跟一步，生怕一個不小心四娘摔了。

涂婆婆要的兩個穩婆、四個奶娘如今已都讓大夫把過脈，確認身子健康無虞，如今安排在客院住，好吃好喝的養著，只等著各司其職。

兩位穩婆都是有經驗的，經常去摸一摸四娘的胎位，還有孩子的大小，告訴四娘一些到時候能幫助生產的法子。兩人來之前都被交代過，要伺候的這位夫人可是身分貴重，若是能平安生產，少不了她們的好處拿。

到了昆明後看到黃府如此富貴，她們更是暗暗告訴自己要拿出十二分本事來伺候，私下兩人也在討論，這位何大人可真是疼夫人，含在嘴裡怕化了、捧在手心怕摔了，瞧那緊張的樣子，還私下詢問二人四娘一些不舒服的地方可有法子緩解，實在是個體貼人的。

到了孕七個月時，四娘坐下起身都需要人扶著才行，腳更是腫得穿不下鞋子了，但還是堅持每天讓人扶著在花園裡溜達一圈。四娘知道，只有多活動，以後才有力氣生孩子。畢竟這時代哪裡有剖腹產，生孩子可是真正的在闖鬼門關，闖過去皆大歡喜，闖不過去便是一屍兩命，好在穩婆都說胎位極好，沒有不正的樣子。

這日吃過晚飯，何思遠扶著四娘正在慢慢溜達，何思遠還在感嘆幸好如今在昆明，十一月分的京城正是冬天，滴水成冰，路面濕滑，若是在京城，恐怕四娘整日都要憋在屋子裡不能出門了。

而昆明不愧於春城的稱號，都這個季節了，依舊草木皆綠，鮮花盛放。四娘也滿意在昆明生產，不冷不熱，也不用擔心孩子身子弱不好照顧。

此時門口傳來一陣腳步聲，還沒見到人影就聽到鶯歌帶著喜悅的聲音。「姑娘，老爺和夫人到了！」

何旺與王氏接到何思遠的信，知曉四娘已經懷有身孕幾個月，大喜過望，收拾了一堆東西，船行十幾日，又換了馬車，今日終於抵達了昆明。

下了馬車，王氏顧不得車上帶的許多東西，在丫鬟的攙扶下，一溜小跑往後院去。何旺心裡也著急，只是不像王氏那般表露得急切，只邁開了步子，一步一步走得腳下生風。

到了花園門口，便看到兒子扶著四娘等著兩老，何思遠還罷了，除了黑了些並沒有什麼變化，可是四娘這肚子倒是真的把王氏嚇了一跳，看這隆起的高度，便是平常足月的孕婦也沒有這麼大的肚子。

「老天爺，怎麼這麼大的肚子，傻站著幹什麼，快扶四娘坐著！」王氏有些不敢碰四娘，只吆喝著兒子。

四娘彎不下腰，何思遠跪下對著爹娘磕了個響頭。「爹娘這些日子可好，好叫爹娘知道，兒子又打了勝仗，所幸毫髮無傷，爹娘盡可放心。」

王氏一揮手。「你反正常上戰場，爹娘不擔心你。四娘怎麼樣？胃口如何？我和你爹看信裡寫著一下子懷了兩個，高興得幾天沒睡覺，四娘真能幹，這一成親沒多久便懷上了，還一次兩個，真是娘的好閨女！」

王氏都沒仔細打量何思遠，只顧拉著四娘的手噓寒問暖，何旺無奈的讓兒子起來，一家人好好坐著說話，雖也跟兒子聊著這些日子的事，但卻時不時的瞟一眼四娘的肚子。兒媳婦真能幹，這下何家真的要人丁興旺了！

涂婆婆知道何旺兩口子到了，也趕緊來到四娘的院子，一相見又有一番熱鬧。

四娘問王氏。「娘，二弟怎麼沒來？說是今年要考舉人，考得如何？」

王氏笑得合不攏嘴。「考上了，就是名次有些靠後，如今跟著一幫友人出門遊學去了，若是知道他要當叔叔了，不知道該有多高興！」

又問何旺。「爹，家裡怎麼樣，芳華在夷陵的鋪子和工廠可還好？」

何旺樂呵呵的說：「都好都好，妳走之前提起來的幾個管事都能幹，如今我只每個月盤一盤帳就行，大多數時候都在莊子上，妳娘也說莊子上比城裡住著舒坦，天冷了才搬回去。這不剛搬回去，就得了妳的好消息，妳娘一天都待不住了，連夜收拾好東西就來了。」

王氏喝了口茶說：「我哪裡還能待得住喲，這麼大的事，四娘和思遠又都是沒經驗的，親家母雖照顧得周到，但也畢竟沒經歷過這事不是？不知道穩婆可找好了？」

涂婆婆忙說：「找好了，內務府找的，兩個都有經驗，接生了半輩子了，還有四個奶娘，加上咱們從京城來的時候帶了個醫術極好的大夫。親家快幫我想想，還有哪裡要準備的？我這手忙腳亂的，生怕哪裡疏漏了。」

王氏想了想，道：「在他們房間隔間準備好產房，生產完再挪回正房去。我路上做了些小衣服什麼的，用的全是上好的棉布，洗了好幾遍，又軟又舒服，小孩子嬌嫩，一絲線頭都不能有。還有這孩子的名字也要提前準備了，我催著思遠他爹想了一路，他爹頭髮都要抓禿了才想了幾個出來，我瞧著都不太滿意。你們也再想想，咱們何家第一個孫子輩的，名字定要叫個響亮的！」

四娘不由得莞爾。「娘，這些提前一個月準備就是了，不用這麼早，我這才七個月，哪有那麼快生呢。」

「妳可不知道，雙胎多有早產，七個月生也是有的，妳可要注意，最後幾個月最是重要，若不準備好，妳隨時可能生，到時候手忙腳亂的，真的會急死人！」

王氏邊說，涂婆婆一邊點頭。「是這個道理，提前備好總是好的，妳也別這麼心大，若是有一點不舒服就趕緊叫人。如今大夫也住到了咱們府上，不要嫌折騰，如今什麼都比不上妳重要。」

何旺附和。「沒錯沒錯，聽妳娘的話。思遠，你就守好了你媳婦兒，就要當爹的人了，以後要更穩重才好。」

何思遠連連答應，爹娘一來，自己也鬆了一口氣，像是有了主心骨。四娘雖沒說，何思遠知道她第一次當娘，心裡也是緊張的，如今爹娘岳母都在身邊看著，有事也好商量一二。

一群人熱鬧了半天，又讓何旺王氏吃了晚飯，幾人都催著讓四娘快回房睡覺，養足了精神頭。何思遠於是扶著四娘回房去了，何旺也去院子裡看著下人把從夷陵帶來的東西一一歸置到房裡，王氏和涂婆婆坐在一起說話。

四娘一回房，涂婆婆便露出一絲擔憂。「不瞞親家說，我一輩子也沒有生養過，這些日子，我雖看著跟沒事人一樣，但心裡卻跟油煎著一般，四娘這孩子小時候虧了身子，她那不省心的親爹娘管生不管養，底子到底是沒有打好。雖然後來我和榮姊姊幫著調理了幾年，看著是沒什麼問題，可誰想到她這一懷就是雙生兒，六個多月四娘腳便腫了，如今更是小腿都是一摁一個坑，大夫雖然說並無大礙，是胎氣太足的原因，但我就是止不住的擔心。幸好如今妳來了，我也有個可商量的人，否則說句不該說的，我真擔心到時候生產有個什麼意外，我無法跟妳交代。」

王氏拉住涂婆婆的手。「姊姊說的什麼話，四娘雖不是妳親生，我看著妳待她勝過親生。妳跟著她不遠千里來了昆明，又從她剛懷孕照顧到現在，姊姊對我何家也是有大功的人。四娘自從脫離了黃家那個火坑，運氣一向好，做生意賺銀子不說，還旺夫旺家，這孩子是個有大福氣的，姊姊不用擔憂，咱們照顧著，穩婆、大夫也都看著，定能平安生產。到時候，咱們有兩個孫子要照看呢，姊姊可別嫌累才是！」

王氏一席話說得涂婆婆眉頭舒展開來，也是，四娘一向運氣好，這一關定能平安度過，自己就等著以後幫著帶孩子就是！

第三十八章

王氏來了後，四娘的日子過得更愜意了，李昭也終於把五姑娘山的玉脈情況都摸清楚。大的玉脈有三條，除了任鳳谷已開發過的一條，其餘兩條都還保存完好，小的玉脈約莫有四、五條，都未被開發過。

李昭帶著供奉師傅一一看過，挑了幾塊上好品相的玉石原料，帶回來準備雕刻，預備在過年之前雕出幾塊極品的玉雕送回京獻給皇上皇后和太后。

轉眼到了臘月，因是在昆明的第一個新年，加上四娘懷有雙胎的喜事，一家人團聚，所以決定過個熱鬧的年。

昆明的冬天依舊是溫和的，幾乎每日都有和煦的陽光，除了早晚需要穿厚實一些，中午仍然是穿單衣即可。只是不能遇到下雨天，一雨成冬是真的。若是一下雨，濕冷濕冷的，那寒氣簡直要往骨頭縫裡鑽。

王氏與何旺從夷陵過來，帶了許多夷陵當地的食材，記得四娘愛吃蓮藕，王氏特意叫人磨了藕粉，攢了一大包，全都拿了來。早上起來沖一碗熱呼呼的藕粉，裡面加上蜂蜜，又香又甜，還能美容養顏，兩個內務府來的穩婆看著四娘這氣色都不由得稱讚不已。

「要我說少夫人真是好面皮，有些婦人一懷孕臉上便會長斑，面色發黃，咱們少夫人沒有什麼憂心的事，加上家人都和睦，日子跟泡在蜜罐裡一樣。」

「誰說不是呢，就看何大人和府裡兩位老夫人對少夫人的上心勁兒就知道，少夫人日子過得順心，自然就氣色好，身上有些浮腫，倒也正常，誰讓人家肚子裡懷了雙生兒呢！若是換個人，求也求不來這樣的福氣！」

兩位穩婆和四個奶娘閒來無事坐在房裡閒話，黃府待遇好，自從來到這裡，幾個人撥了一個院子，住得寬敞，吃得也好，更別提衣服月例，從不虧待。每人還配了一個伺候的小丫鬟，可比在內務府過得舒坦多了。

一個姓馬的穩婆年紀最大，被另外幾個稱一聲馬姊姊。馬穩婆對著四個奶娘說道：「跟妳們說一聲，等少夫人把孩子生下來，妳們可要拿出十二萬分的精神伺候著小主子。咱們在內務府待久了，外面的消息不靈通，妳們可知道這少夫人是什麼來路？」

一個些許面嫩些的奶娘問：「少夫人不是正二品的誥命夫人嗎，她家何大人是正二品的武將，還有什麼別的來頭不成？」

馬穩婆露出一個得意的笑。「那都是明面上的，女人靠男人不稀奇，靠自己才有本事！」

奶娘有眼色的遞上一杯熱茶。「馬姊姊快給咱們說說，知道主家的性子，以後也好安穩做事不是？」

馬穩婆接過茶慢條斯理的喝了一口，見吊足了眾人胃口，便開口道：「我娘家世代做穩婆，睿侯府的兩個小主子都是我接生的，睿侯夫人家裡的一個內管事跟我家有些親舊。咱們這位何少夫人跟睿侯夫人關係極好，何大人又是跟著睿侯一路升上來的，據那管事說，何少夫人幼年時家裡極貧窮，爹娘又是管生不管養的，才七、八歲便被賣到了何家，少夫人腦子活絡，又長了雙抓錢的手，咱們大越朝有名的芳華就是少夫人一手做起來的，她就是幕後的東家。如今到了昆明，又創了個芳瓊，香料生意、茶葉生意、玉石生意，全都是少夫人開發的，那銀子賺得海了去，數都數不清！宮裡娘娘們用的都是芳華的東西，如今芳瓊更是不得了，連聖上都在裡面占了一股，妳們說說，即便是沒有何大人，少夫人是不是也是個能耐人？」

眾人眼界大開，聽了紛紛驚嘆不已。一個女人，能在這世道自己闖出一條路來，那是多了不起！怪不得這府裡上上下下都對少夫人尊敬不已，連公婆都把她捧在手心裡，對親閨女也不過如此了。

幾個奶娘更是暗暗下定決心，定要好好的表現一番，若是以後能留在何家一直帶著小主子，後半輩子定能生活無憂。

不說幾位穩婆、奶娘，此時在黃府正房，四娘把李昭、孫小青叫到一起，準備盤帳。臨近年關，帳盤好後要給大家發些過節分紅銀子。

孫小青和李昭一人一把算盤打得飛起，算盤珠子相撞的聲音不絕於耳，四娘則悠閒的坐在軟椅上，手邊擺了幾盤果子，還有一碗熱騰騰的羊湯。

吃了塊蜜糖糕，喝了口羊肉湯，何思遠貼心的遞上帕子，四娘擦了擦嘴問：「這都大半日了，還沒盤完嗎？」

李昭剛好算完一本帳，抽空灌了一杯茶，不滿的對四娘說：「妳還嫌慢，我手腕都快腫了，咱們這算的還是總帳，細帳下面的各個帳房已經算清了，妳算算妳鋪了多大的攤子，別的不說，光茶葉一項，這帳本疊起來有半人高。若不是妳現在有孕在身，也得拿把算盤一起坐著算帳。我說何大人，你也別太嬌慣你家四娘，一個大男人整日伺候著她，當心別人說你妻管嚴。」

何思遠不理會李昭的打趣，又拿了一塊濕帕子拉過四娘的手指一根根細細擦乾淨。「我娘子好看又會賺錢，還給我懷了兩個孩子，伺候她也是應該的，你一個光棍，不懂其中趣味，等你成家有了孩子，再來跟我說這些話吧。」

一席話把李昭噎了個半死，四娘笑著掩住嘴。「李大哥，你還是好好算你的帳吧。今年賺得不少，我打算給各處管事掌櫃的夥計多包些紅包，讓大家好好樂呵樂呵。」

李昭點頭。「賺得是不少，大家也都辛苦，多發銀子是應該的。對了，玉雕已經成了，我昨日瞧了，水頭極好，隨便一件都能稱得上是珍品。眼看還有不到一個月便要過年，若是沒有別的事，明日我便派人啟程送到京城。」

四娘點頭。「那好，正好把送往京中各家的年禮一道送去，還有該分給聖上的那份銀子，睿侯府我多準備了些西南的特產，咱們親近的人家不多，年禮更要細細備了。」

一旁的鶯歌聽了道：「我這就去交代一聲，盤點東西讓人裝好車，明日一起啟程，路上也便宜。」

一直算到晚飯時分，所有的帳目才盤算完，孫小青遞上帳冊，四娘看了一眼，寫在最後的總金額是一個巨大的數字，大到讓一旁的何思遠都有些震驚。

「妳這生意做的，讓多少人眼紅。」何思遠只知道四娘生意做得大，不知道大成這樣，這個數目在他看來，簡直無法想像。

四娘笑。「怎麼？這才只是芳瓊的收入，就把你給嚇住了，芳華的帳要晚些才能送到昆明來，到時候你豈不是都要嚇得不會走路了？」

何思遠搖搖頭。「生意的事我不懂，妳做得開心便是，若是有天累了不想做了，我的俸祿銀子雖不多，但這些年也攢了些，加上聖上的賞賜，養活一家人也是夠的。」

四娘滿意的點了點頭，給何思遠拋了個飛眼，這男人不錯，是個有擔當的。

「傳話下去，除了糧食吃食，芳瓊從掌櫃到夥計，按照比例，年節一人多發兩個月月例銀，管事和掌櫃的另外還有分紅銀子拿，也算是大家辛苦大半年的獎勵，希望來年能一如既往的努力！」

孫小青應下了，又問：「東家，如今各項生意都大致穩定下來了，我想著是不是可以看著提拔一些管事先培養起來，咱們早晚要回京，走了後這邊的事情總要交給妥貼的人管著。」

四娘點頭，是要準備了，生完孩子頂多再留半年，總不能一直在昆明住著。「妳和李大哥先觀察著，覺得好用的人心裡有個數，過完年就可以慢慢多交代一些事情讓他們練練手。等咱們離開昆明的時候，想來他們也都做得熟練了。對了，你們瞧著呂山怎麼樣？」

孫小青答道：「不錯，呂山性子沈穩，話也不多，但卻是個心裡有數的。我瞧他做什麼都認真細心，是個好苗子。」

「若是可以，以後香料生意這一塊可以多分一些事情給他管，他家裡世代都是種香料的，對這些都熟悉，只是欠缺了一些管事的經驗，時間足，慢慢教就是了。」四娘交代完，反手捶了捶腰，坐久了，腰背都痠疼。

何思遠知道四娘這是坐乏了，便開始趕人。「既然都算好了，那今日就先這樣吧，我扶著四娘出去溜達溜達。」

孫小青乾脆俐落的行了一禮，帶人抱著帳本走了。李昭癱坐在椅子上說：「幹完活就攆人，哪有這樣的。眼看就要到晚飯時候了，就不留我吃個飯？我可是聽說何叔從夷陵帶了不少東西來，離家這麼久，我可是想死了家鄉的食物，今日說什麼我也要蹭一頓飯再走！」

何思遠小心的扶著四娘站起身，看都不看李昭。「你若是真想家，就不會為了躲著叔父嬸娘的催婚，連過年都不回家了。」

李昭苦笑。「我哪有你好命哦，爹娘給找了個好娘子，會賺銀子長得漂亮不說，還正好合你心意，兩人日子過得有滋有味。我哪裡去找個這樣合心的姑娘去，若是有，我也不至於躲著不回家了。」

四娘慢悠悠的說：「那也得找才能有不是，哪可能從天而降一個各色都合心意的娘子砸你頭上了，等咱們回京城，我還是讓睿侯夫人替你操操心，找一個能幹大方的，到時候你可不能再推辭了，成不成，也先見一面再說。如何？」

李昭只能點頭，年紀不小了，也不能再讓爹娘擔心了。看著四娘和何思遠把日子過得甜甜美美的，自己心裡也不是不羨慕，等回京城吧，回京城就安定下來，好好娶個娘子過日子去！

大年三十這一日，黃府張燈結綵，喜氣洋洋。

院子裡廊檐下掛上了各色燈籠，天還沒暗下來便點燃了，一盞盞洋溢著喜慶與歡樂的燈籠照映下，從上到下的人臉上都洋溢著歡樂。今年府裡男主子打了勝仗，女主子生意做得風生水起，府裡下人也統統多發了兩個月月銀。

今日從早上起，闔府的人都忙碌了起來，要說府裡最熱鬧的地方，非後廚莫屬。

府裡主子不是道地雲南人，卻對雲南菜很喜歡，還有府裡夫人從夷陵帶來的各色食材、臘雞臘排骨，更難得的是從夷陵走水路拉來的一批蓮藕，下了船就送到府裡想法子養起來，削皮切片過水涼拌，這是少夫人最愛的吃法。

大廚忙得腳不沾地，想起剛發的兩個月月銀，滿身都是勁，下定決心今日一定要拿出十二分的力氣，給主子們做出一桌大菜來，連燒火的小丫頭都面上帶著笑，把灶火燒得旺旺的。

正廳裡，眾人齊聚一堂，說說笑笑，好不熱鬧。王氏與涂婆婆一左一右的圍住四娘，一會兒遞上水一會兒捏個果子，何思遠活計被搶，只得委委屈屈的跟何旺坐在一起，有一搭沒一搭的說話。李昭則和張虎圍在一處閒聊，說些西南的趣聞。

孫小青被鶯歌拉去後面換了身女裝出來，用四娘的話說：「畢竟是大姑娘了，今日過年，總不能一直穿男裝，再不穿裙子，恐怕都忘了裙子該怎麼穿了！」

孫小青換好衣服從後面出來，鶯歌還給她梳了個髮髻，只兩根碧綠的簪子點綴髮間，卻有一種別樣的明麗，唇上稍稍用了些唇脂，本就濃黑細長的眉毛不用怎麼描畫就英氣十足。孫小青一露面，眾人紛紛看過去。

「我說吧，好好的姑娘家，還是穿女裝好看，別整日硬邦邦的，雖咱們在雲南出去都穿男裝，但也不能真把自己當個男人看不是？如今這樣一打扮，真是好看！」四娘拍手笑道。

孫小青低下頭，有些不習慣被這麼多人盯著瞧。李昭喊了張虎好幾聲都不見他回應，一雙眼睛看著孫小青都看呆了。

鶯歌拍拍孫小青的手，下巴朝張虎的方向抬了抬。孫小青一看，那傻子跟中了邪一般，見自己看過去，露出一個傻乎乎的笑，不忍直視。

「小青姑娘今日真好看，說不出的好看！」張虎盯住孫小青看個不停，眼睛都不捨得眨。

屋內響起眾人善意的笑聲，孫小青一張俏臉瞬間紅透了。瞪了張虎一眼，孫小青找個位置坐下。

如今家裡的人都知道張虎對孫小青的那份心思，眼看著這一年來，張虎人也穩重了，也愛乾淨了，那些亂七八糟的地方也不再涉足，想來對孫小青應是真心實意的，於是王氏先開口了。

「張副將，你跟著我家思遠也好多年了，這眼看著我家思遠都要當爹了，你這年紀了還單著，心裡有沒有什麼打算？想找個什麼樣的姑娘成家？」

張虎撓撓頭，不好意思的開口。「我沒別的想法，就想找個能幹的、潑辣些的姑娘，家世如何不重要，只要人好，我就願意。」

說罷又盯著孫小青瞅了兩眼，就差直接點名說看中了孫小青。

王氏會意。「我倒是有個好人選，不過還是要私下問問人家姑娘對你中不中意。姑娘家，面皮薄，得慢慢來。問好了給你答覆，你可不能著急，若是不成，你也不能胡鬧糾纏人家。成了，你可要好好待人家。」

孫小青餘光瞅見王氏一邊說一邊帶著笑看著自己，心裡會意這是要私下跟自己談此事了，一股從來沒有過的羞意襲上心頭，手裡的帕子攥得緊緊的，手心都是濕意。

張虎眼看著自己想了一年多的事終於要有個進程了，不由得笑得更傻了。見孫小青低著頭不知道在想什麼，往日大方潑辣的模樣全無，心裡暗想，不會是被自己嚇住了吧？會不會以為自己私下跟何夫人聯合好了，今日當著眾人的面來強迫她接受？

越想越忐忑，恰好丫鬟這會兒端來一盤後廚剛炸好的酥肉，一人分了小小一碟子，算是先嚐個味，張虎跟丫鬟交代。「拿些椒鹽來給孫姑娘，她愛吃口味重些的。」

張虎嗓門大，一句話說得滿屋子的人都聽到了。孫小青抬頭看了眼張虎，沒想到這男人看著粗獷，心裡還是滿細心的嘛。於是丫鬟端來一小碟子椒鹽，孫小青也沒有推辭，並大大方方的對張虎道了謝，張虎見孫小青並沒有不理自己，心裡的忐忑這才好了些。

眼瞅著就要吃晚飯了，黃府門口卻是一陣喧鬧，看大門的門房跌跌撞撞跑進來，臉上帶著喜意稟報。「各位主子，有捧著聖旨的欽差來了，眼看著就到大門口了，後面還帶著大堆的賞賜！」

眾人一聽，紛紛起身。何思遠倒是沒有太意外。「算著時間，也該到了，只是沒想到趕上了今日。快擺上香案打開大門迎接，咱們這就去接旨。」

府裡一陣慌亂，開大門的開大門，擺香案的擺香案。好在本就是過年，各色東西都齊全，很快便準備好了。

一位穿著官服的年輕欽差帶著一群人來到黃府門口，口中道：「何思遠接旨！」

何思遠帶著眾人便要跪下，卻又聽那欽差說：「皇上有旨意，聽說何夫人懷有身孕，算著時間已經快要臨盆，便免了跪拜之禮，何夫人站著聽旨便是。」

正在為難的四娘聽得此話，心裡暗暗感激皇上還是滿通情理的嘛，道謝的話剛要出口，便認出這欽差不是別人，原來是榮夢龍。

「榮哥哥？怎麼是你？」四娘脫口而出的一句話，眾人紛紛抬頭看向欽差。

榮夢龍露出一個笑。「諸位還是先接旨，等接完旨意，咱們再好好敘舊。」

不出意外，果然是封賞的聖旨。何思遠在西南一戰中有功，睿侯全部如實上稟，加上四娘對大軍軍需的供應，還有年前送到京中的那一筆分紅銀子，讓皇上豐實了內庫，皇上的封賞一點都不手軟。

何思遠被封為定南侯，聖上在京中賜了宅子和地，四娘侯夫人的誥命也一起下來了，聖旨說等何夫人平安誕下孩子後再啟程回京謝恩便是。

接完聖旨，眾人謝恩起身，臉上都掛著喜氣洋洋的笑。趕上過年，何思遠又升了官，好事一件接著一件，真是個好兆頭。

何思遠手裡拿著聖旨，對榮夢龍說道：「想不到欽察竟然是夢龍兄弟，京城一別，好久不見了。」

「聖上派我來做這欽察給侯爺宣旨，也是跟昆明知府一事有關。明王收到侯爺寫的信，派人查了孟知府往年的作為，發現索要大筆賄賂是常事。孟知府看著無功無過，實際上幾年知府做下來，斂財不少。我此次前來昆明，就是要接替昆明知府一職。」

榮夢龍在今年的春闈高中了狀元，聖上愛才，本安排他在翰林院修書，誰都知道翰林院的官員都被稱為「儲相」，得到重用是早晚的事。沒想到，這麼快便來到昆明任知府了，倒是皆大歡喜。

涂婆婆上前拉住榮夢龍的手。「如今你有出息了，榮姊姊定是歡喜無限。正好，今日過年，你就在這府裡住下，咱們好好說說話。」

榮夢龍應下，到了開席的時候，眾人一起熱熱鬧鬧的往正廳去。何思遠扶著四娘小聲的提醒小心腳下，大門口到正廳不短的距離，四娘如今高高隆起的肚子已經看不見腳尖了。

正廳一張碩大的圓桌，上面滿滿當當的擺滿了各色菜餚。眾人各自坐下，何旺對何思遠道：「如今你出息了，給咱們何家光耀了門楣，今日，你便跟大家說幾句話，咱們也好開席。」

何思遠端起酒杯起身。「思遠能有今日，先要感謝爹娘的養育之恩，爹娘養我二十幾載，給我生命，我才能有今日的成就。二要感謝我娘子，多謝娘子的支持相助，讓我安心打仗，沒有後顧之憂。以後的日子，咱們何家定會紅紅火火，和和美美！」

眾人紛紛叫好，何思遠飲下杯中酒，年夜飯正式開席。

吃完年夜飯，大家又移步到花廳守夜。屋外已經天黑，高掛的彎月和點點繁星預示著大年初一定是個好天氣。

花廳裡擺滿了盛開的盆栽，杜鵑花開得火紅嬌豔，茶花裊裊婷婷。一人一杯馥郁的熱茶，四娘面前則是一碗熱羊乳。

眼看著就要到子時，院子裡已經擺放好了煙花爆竹，只等時間一到，便要點燃。聽著打更的聲音傳來，何思遠站起身，接過下人遞來的一炷香去點燃爆竹，引線被點燃，瞬間便傳來熱鬧的鞭炮聲，煙花也有下人點上，飛上半空中綻放開絢麗的花朵。四娘正在抬頭看煙花，卻突然感到肚子一陣緊縮，接著便一陣熱流傳來，褲管都被沁濕了。

四娘慌忙抓著鶯歌的手說：「我要生了，快去叫穩婆……」

鶯歌瞬間便亂了手腳，一邊緊緊扶著四娘，一邊大聲的喊：「姑娘要生了，夫人！大少爺，姑娘要生了！」

轟鳴的煙花聲中，鶯歌的聲音並沒有那麼響亮，卻足夠讓大家都反應過來，何思遠扔掉手中的香，一個跨步飛奔到四娘身邊，在後面默默注視四娘的榮夢龍也察覺到了不對，卻是晚了一步，何思遠一把打橫抱起四娘便往正房走去。

「叫大夫穩婆，準備東西，快！」

四娘被安放在收拾好的偏房床上，上面早就鋪好了被褥，床廊上垂下兩條布帶，是穩婆說準備這個，到生產時也好借力。

王氏倒還鎮定，飛快的指揮著下人去燒熱水、烈酒、給剪刀消毒。倒是涂婆婆，平常極鎮定的一個人，突然見到四娘面色蒼白的躺在床上，竟然有些站不住。

大夫和穩婆很快趕來，大夫先把了脈，道：「是要生了，已經破水了。」

四娘躺在床上只感覺肚子收緊般的一陣陣疼痛，額上滿是冷汗，何思遠拿帕子不停的給四娘擦汗，小聲道：「莫怕，我在呢……」

大夫出去在外面等，穩婆洗了手挽起袖子查看一番。「侯夫人第一次生產，還早呢，宮口還沒開，且得等一陣。侯爺還是趕緊出去吧，產房不是男人待的地方。」

內務府出來的人就是機靈，傍晚接了聖旨，這會兒稱呼便換了。何思遠顧不得那麼許多，只緊緊的抓著四娘的手。「我不出去，我要看著四娘生，若是我不在，四娘定會害怕。」

這會兒不那麼疼了，四娘看了眼何思遠，那臉色恐怕比自己的還要難看。

「你出去吧，在外面等我，給菩薩祖宗上炷香，保佑咱們的孩子能平安降生好不好？」

何思遠搖頭。「我想陪著妳，若是疼得狠了就咬我的手，我在妳身邊看著妳好不好？」

四娘實在是不想讓何思遠看著自己生孩子，見勸不動，便使了個眼色給王氏。王氏會意，一把拉住兒子。「你得聽四娘的，她要生孩子本就夠害怕了，你這樣子比她還緊張，怎麼能讓她安心的生孩子？聽話，你和你爹去給祖宗上香，求求祖宗和菩薩，保佑孩子早點落地，也好讓你媳婦少受點罪。」

親娘的話何思遠好歹是聽進去了，在四娘額上落下一吻。「妳安心生孩子，我就在房外，若實在疼，便喊出來。」

四娘點頭，看著何思遠出了產房，馬穩婆說：「時間還早，天亮時能生出來就算快的了，侯夫人一定要保存體力，叫廚下給做碗紅糖雞蛋，能吃多少吃多少。」

鶯歌急忙下去吩咐了，涂婆婆拉住四娘的手問：「好孩子，還疼不疼？」

這會兒一波陣痛已經過去，四娘搖搖頭。「這會兒不太痛了，娘不用擔心，我好著呢。」

王氏又去安慰涂婆婆。「涂姊姊要不要也去外間等著？好歹我生了兩個孩子，有些經驗，有我在這看著，妳就放心吧。關心則亂，一會兒四娘疼起來，怕妳見不得那場面。」

涂婆婆也知道自己在這待著幫不了忙，說不定還會添亂，點點頭，讓豆兒扶著去了外面。

很快鶯歌便端著一碗糖水荷包蛋進了房，四娘掙扎著起身，穩婆在她身後墊了個枕頭。「侯夫人快吃，能吃多少吃多少，生孩子肚子裡有東西才能頂得住，不然一會兒生到一半沒力氣那可就糟了，孩子憋的時間長了也不好。」

四娘知道厲害，這時候也沒有保溫箱什麼的，若是孩子真的缺氧了，那可是麻煩。鶯歌挾起雞蛋送到四娘嘴邊，四娘大口的吃，吃了四個實在吃不下了才罷休。

此時又一波疼痛襲來，四娘咬牙忍著沒喊出聲，渾身上下汗出如漿。過了大概一刻鐘，疼痛才慢慢平息。擦了汗，穩婆又查看了一番，出門找大夫去了。

這會兒外屋也守著一堆人，何旺、何思遠、李昭、榮夢龍全都緊張的坐在椅子上，見穩婆出來，慌忙問怎樣了。

穩婆卻顧不上回話，走到老大夫那裡說：「麻煩大夫給開一副催產藥，侯夫人是先破羊水，若是宮口開得慢，羊水都流沒了，那可糟糕。」

大夫提筆開了副方子，機靈的下人拿著方子便抓藥熬去了。

穩婆又對著何思遠福了福身子。「侯爺莫擔心，侯夫人狀態還好，催產藥可以讓侯夫人快點生產，說不定到中午時分小主子就出來了。」說罷又快步去了後面。

灌下一碗催產藥，疼痛來得更密集了些。天亮時分，穩婆再次查看了宮口開的情況，挽起袖子道：「差不多了，一會兒奴婢讓您使勁兒您就使勁兒，一定要聽奴婢的。」

四娘咬牙點頭，此刻的她覺得五臟六腑都在疼，渾身像被什麼給碾壓過一樣。上輩子就聽說女人生孩子的疼痛是十級，好比全身骨頭都被壓斷又重組一般，今日輪到自己頭上，才知道此言不虛。

隨著穩婆讓使勁兒的話語，四娘咬牙用力，一次又一次。疼，太疼了，她實在忍不住叫出聲來。

屋外的何思遠再也坐不住了，聽到四娘慘烈的呼叫，不住的在屋裡走來走去。

「大夫，不是說會很順利嗎？我娘子為何聽起來如此痛苦？」

大夫無奈。「女人生孩子本就十分疼痛，俗話說兒奔生娘奔死就是如此。不過侯夫人平日身子康健，定是無礙的，能熬到這會兒才喊出聲來，可見侯夫人還好。」

涂婆婆早就兩腿痠軟，站不起來了，四娘的喊叫聲像是一把刀子插在心上。此刻只能在心裡默默的把神佛菩薩求了個遍，只要四娘能順利生下孩子，母子平安，她甘願一輩子茹素。

隨著時間到了中午時分，四娘已經快沒了力氣，孩子終於露出了頭。

「侯夫人再加把力氣，看到小主子的頭了！再使一次勁，就要出來了。」穩婆一邊把住四娘的腿一邊說。

四娘集中全身力氣，再次用力，額頭和脖子上的青筋全部爆起，終於，四娘覺得有個軟軟的東西從身體裡滑出，隨之而來的是一聲嬰兒的啼哭。

「出來了出來了，第一個生出來了，是個小侯爺！」穩婆歡呼的喊叫傳到外屋，何思遠腿一軟，差點跪下。

沒來得及看一眼孩子什麼樣，又一波疼痛來了，第二個孩子也掙扎著要出來。四娘只得抓緊了布帶，咬牙再用力。

用盡最後一絲力氣，第二個孩子也出來了。

「又是個小侯爺，侯夫人真是旺夫旺子的命格，這一對雙生子長得可真精神！」

啼哭聲伴著穩婆帶著喜氣的喊聲，所有的人都鬆了一口氣。王氏懷裡抱著已經擦乾淨包好的大的，扭頭又去看小的那個，四娘已經脫力，整個人就要陷入昏迷。

馬穩婆收拾好孩子，又去照看四娘。「侯夫人，奴婢給您收拾收拾，等會兒就能挪到正房去了。您放心，兩個孩子都好著呢，那嗓門大的，簡直要把屋頂給掀了，虎父無犬子，以後定也都是不俗的人！」

話還沒落，掀開被子的穩婆卻像是被驚到了一般。「怎麼、怎麼看著還有一個？」

肚子裡還有一個孩子的消息震驚了所有人，四娘卻已經沒有力氣再使勁了，穩婆慌忙跑到外間問大夫。「不是說侯夫人肚子裡就兩個嗎？我瞧著還有一個，這會兒宮縮不止，侯夫人卻沒勁生產了，這可怎麼辦？」

還沒來得及高興的眾人一顆心都被提了起來，涂婆婆喊出一句。「我的兒……」便眼睛一翻暈死過去。

何思遠更是要往產房裡衝，被李昭和榮夢龍死死拉住了。

「府裡有沒有老參？快找一根來，切成片，讓侯夫人含在嘴裡，一定要趕緊把孩子生出來，拖久了，怕是大人孩子都有危險！」

這老大夫也是沒想到，雙生本就罕見，誰料到侯夫人竟然懷了仨！

剛好聖上賞賜的東西裡面有一支百年老參，何旺忙叫人去拿。

何思遠常年練武，豈是李昭和榮夢龍能攔得住的，一個扭身掙脫了二人，掀起簾子便進了產房。

四娘此刻慘白著一張臉，就那麼靜靜的躺在床上，若不是胸口還有些許的起伏，何思遠都要以為她已經不在人世了。

王氏這會兒也是緊張萬分，四娘可不能有個萬一，她是這家的主心骨，若是沒有她，大兒子受不了不說，這兩孩子剛出生便沒了娘可怎麼好。

何思遠握住四娘冰冷黏膩滿是汗水的手。「四娘，醒一醒，快醒一醒。穩婆說肚子裡還有一個孩子呢，妳可不能睡過去，咱們生完這次再也不生了好不好，再不受這罪了。」

面對何思遠的呼喚，四娘毫無反應，她太疼太累了。此刻的四娘彷彿置身一片黑暗，那黑暗吸引著她，彷彿只要走過去，便再也不會疼不會累了。

見四娘沒有動靜，何思遠如同一隻發狂的野獸一般大聲吼。「大夫呢？大夫快進來！救救我娘子！快！」

顧不得男女之別，救人要緊，老大夫揹起藥箱進了產房。把了脈拿出銀針，在四娘身上幾個穴位上下針。

剛好切好的參片被送過來，大夫一個用力，捏開四娘的下巴，把參片塞進四娘口中。如今，只有等待，等四娘轉醒。

何思遠不停的呼喚著四娘。「娘子快醒來，孩子在哭，在找娘親呢，妳快點看看孩子……」

王氏會意，忙在兩孩子腳心各彈了一下，兩個小子哇哇大哭的聲音響徹房內。

終於，在孩子的哭聲中，四娘的睫毛微微動了動，穩婆急忙道：「快讓開，侯夫人醒了，咱們再使把勁，趕緊把剩下這個孩子生出來！」

四娘也知曉不能再拖了，孩子要盡快生出來，若是遲了，這個孩子說不定便要夭折。舌頭觸到嘴巴裡苦澀的參片，牙關用力的咬下去，費力的把參片嚼碎咽下去。

終於有了一點力氣，四娘再度用力，眼前一片發黑，什麼都看不到。她心裡此刻只有一個信念，孩子不能有事！

不知道過了多久，第三個孩子終於落地。穩婆剪斷臍帶，是個女孩兒。

只是這孩子太小了些，身上憋得發青，哭不出聲來，跟剛才兩個一生出來就哭聲震天的哥哥們相比，這個妹妹小得可憐。

兩個穩婆對視一眼，都不敢吭聲。馬穩婆抱著這孩子送到大夫面前，老大夫接過孩子看了看。怪不得把脈時察覺不到第三個胎兒，這孩子估計在肚子裡發育得就不太充足，看個頭簡直比兩個哥哥小了一半。

拿出一根銀針，在孩子指尖刺下，刺到第三根手指的時候，終於一聲小貓似的啼哭響起。

四娘神奇的被這微弱的哭聲喚醒了神智，費力的說：「把她抱到我身邊來……」

懷裡的女娃小小的一張臉，紅彤彤的，臉上還有些胎脂，皮膚皺皺的，像個紅皮猴子般，一雙小手蜷在胸前，小指甲蓋都還沒有長好，可是四娘卻覺得她無比的好看。

湊到女娃額上輕輕的吻了一口，四娘解開衣襟把她貼身抱著。這孩子不知道是個什麼情況，估計也就兩斤多的樣子，若是放到現代，定是要進保溫箱的。現在什麼都沒有，四娘只能把她貼身暖著，祈冀她能慢慢好起來。

或許是感覺到了母親的體溫和味道，女娃小腦袋動了動，找了個舒服的姿勢，安靜的睡了。四娘抬頭對王氏道：「娘，這孩子太弱了，我不放心，兩個哥哥交給奶娘帶，我就帶這一個。」

王氏自己沒生過閨女，一直對嬌嬌嫩嫩的女娃娃眼饞著呢，雖然剛才見四娘生了兩個大孫子高興不已，但見到這小小的女娃，一顆心也像是被泡到了溫水裡。

「好，聽妳的，妳帶著她，好好坐月子。兩個小子有我呢，我看著，妳放心。」王氏一口答應，如今何思遠兒女雙全，自己一下子多了三個孫輩，渾身都是勁。

屋外的人都等得心焦，此刻卻聽不到屋裡的動靜，何旺高聲問：「夫人，怎樣了？四娘和孩子可安好？」

王氏一拍頭。「瞧我，只顧著高興了，忘了一堆人還在外面等著呢！」忙對外喊著：「都好、都好，等著，我這就抱著孫子出去讓你們看看！」

王氏和奶娘抱著兩個小子去了外屋，此刻已經是下午，一群人從昨天晚上到現在都沒有合眼，眼珠都熬得通紅。

見王氏出來，一群人都圍了上去。何旺不敢接，只離得近近的低頭去看孩子，只見兩個小子被洗乾淨包在包被裡，睡得正香，看個頭都不小，胳膊節都是長長的。

「長得像他爹，這眉毛和眼窩，以後也是個濃眉大眼的相貌！」李昭笑著說。

「嘴巴和鼻子像四娘，這兩孩子會挑著長，淨揀好看的地方。」榮夢龍也露出了一個笑。

「我們大人的種，還能有錯？以後定也是兩個大將軍，瞅著真讓人眼熱！」張虎一邊說一邊拿眼去看孫小青。

孫小青只做不知，問王氏。「夫人，我們東家怎麼樣了，不是說還有個孩子嗎？」

「好著呢好著呢，最小的是個女娃娃，只是沒有這兩小子壯實，太弱了不敢抱出來，四娘貼身暖著呢，不過有肉不愁長，好好養著也就好了！」王氏道。

其餘人也紛紛點頭，能生下來就能養，如今何家要銀子有銀子，要權勢有權勢，不論需要什麼珍貴藥材還是太醫，總能找到。

「涂姊姊呢？怎麼不見她？」王氏找了一圈沒有看到涂婆婆，不由得問出聲。

旁邊下人回話。「涂夫人聽到侯夫人肚子裡還有一個生不下來的時候便暈過去了，後來醒了，便去後面佛堂念經去了。奴婢這就去告訴涂夫人這個好消息，咱們侯夫人母子均安，叫她趕緊來抱孫子！」說罷下人便匆匆去了。

王氏見大家都熬得眼圈發黑，於是讓各人都回房休息一會兒，睡夠了再熱鬧也不遲。

穩婆把四娘身子擦乾淨，換上乾燥軟和的衣裳，挪到正房去坐月子。都收拾妥貼了，房裡只剩下何思遠陪著。

「要不要睡一會兒？累了一天一夜，都把我嚇死了。」何思遠輕輕撫著四娘的髮絲說道。

四娘露出一個笑，看了眼懷裡安靜睡著的女娃娃說：「你看，這小乖乖長得好看不好看？我怎麼都看不夠呢！虧我挺了過來把她生下了，不然，這麼好的孩子有個萬一，我真是想都不敢想。」

何思遠也探頭打量了半晌，這孩子長得像四娘，眼睛雖閉著，可也能看出那一雙眼睛的眼梢是往上挑著的。小鼻子鼻梁高高的，鼻頭小巧精緻，嘴巴像朵花瓣似的閉著，時不時的動兩下，尖尖的下巴，跟四娘如出一轍。何思遠的心瞬間便被征服了，這小小的娃娃是世界上最好看的娃娃了，這是他和四娘的女兒，身上流淌著兩個人共同的骨血。

「給她起個小名吧，也不能一直娃娃、娃娃的叫著。」何思遠伸出一根手指，輕輕的碰了碰娃娃的小手，不料卻被熟睡的娃娃一把抓住，何思遠不敢掙脫，求救的看向四娘。

四娘笑。「她知道你是她爹呢，在肚子裡時候就能聽到你說話，對你的聲音熟悉著呢！」說著四娘輕輕的掰開娃娃的手指，把何思遠解救出來。

「這孩子好不容易被大夫救回來，扎到第三針才哭出聲，那聲音小得跟貓叫似的，我心裡難受得像油煎。都說孩子起個賤名好養活，不如小名就叫『貓兒』吧，等她身子結實了，再取個好聽的大名好不好？」

何思遠點頭，貓兒這名不錯，好聽。於是便輕輕的喊：「貓兒，貓兒，爹爹的乖女兒，快快長大，爹爹帶妳去玩。」

正說著，貓兒好像被吵得不耐煩了，細長的眉毛撇了撇，哭出聲來。何思遠見女兒哭了，忙問：「她怎麼了？是不是不舒服？要不要把大夫喊過來？」

四娘用指尖在貓兒嘴邊試了試，貓兒的小嘴巴追隨著四娘的手指不停的蠕動。

「這是餓了，我試著給她餵點奶，看看她能不能吃。」四娘解開衣襟，湊近了放到貓兒嘴邊。小小的孩子，用足了所有的勁頭吮吸，小臉都漲得紅紅的。

四娘感覺到一陣疼痛，初次餵奶，疼也是正常的，只是伴著乳汁被吮吸到貓兒的嘴裡，小腹也傳來一陣收縮的疼。原來母乳餵養能促進子宮恢復是真的，四娘忍住疼，繼續餵奶。

正餵著，涂婆婆來了。在佛堂跪了幾個時辰，顧不得膝蓋疼痛，聽到下人說四娘母子均安，起身便來看四娘。

「怎麼就餵上奶了？不是有奶娘？妳生孩子受了大罪，可要好好養養。」涂婆婆一臉心疼的看著四娘。

「不礙事，我問過大夫了，我只餵貓兒一個，兩個哥哥交給奶娘帶就是。貓兒身子弱，生下來都不會哭，我貼身帶著才放心。大夫說我身子沒事的，好好坐個月子便能恢復。」四娘跟乾娘解釋道。

還有個沒說出口的原因是，四娘前世的記憶告訴她，初乳是極有營養的，可以給孩子增強免疫力。在這個沒有疫苗的時代，貓兒這樣弱的孩子，吃媽媽的初乳對她來說也是一種保護。

見四娘如此說，涂婆婆也不再堅持。剛出生的孩子胃口小，吃了一會兒便飽了，吐出了乳頭，嘴邊還掛著一滴奶漬，四娘用小帕子輕輕的擦乾淨，貓兒便又睡了。

涂婆婆仔細的看了看貓兒，發現這小女娃跟四娘長得驚人的相似，雖瘦瘦小小還沒長開，但五官輪廓卻能清晰的看到四娘的影子。

「小名叫貓兒？長得可真好看。」涂婆婆忍不住給貓兒掖了掖被角，這麼好看的女娃娃，叫人忍不住心疼憐愛。

「對了，另外兩個孩子呢？怎麼沒見到？」

涂婆婆一問，四娘和何思遠對視一眼，只顧著看小女兒了，兩個兒子都給忘了……

鶯歌端著一碗雞湯過來。「兩位小少爺被奶娘帶下去餵奶了，夫人看著呢。這是給姑娘熬的湯，姑娘快喝了，好好睡一覺。」

四娘接過碗，喝了個乾淨，喝完眼皮子便開始打架。實在是太睏了，一天一夜的產程，從來沒有這麼累過。

見四娘摟著貓兒睡著了，涂婆婆輕聲要鶯歌好好守著，便出去找王氏看兩個外孫去了。

何思遠看著娘子和小女兒安靜的睡顏，俯在床邊也睡了。

鶯歌給何思遠蓋上一條薄被，輕手輕腳的端著空碗出去。

第三十九章

四娘這一覺睡得香甜，一直睡到大年初二的早上，中間貓兒醒了要吃奶，都被涂婆婆抱給了奶娘先餵著，貓兒倒也不挑剔，不管是誰的奶，照樣吃得香甜。

抽空涂婆婆又讓老大夫來給貓兒把了把脈，大夫說目前看貓兒只是身子有些弱，其餘的要等孩子再大點才能看出來。先好好養著，只要能吃便會長肉，等身子長得壯實了，便會慢慢的強健起來。

四娘醒來時覺得神清氣爽，這一覺讓她把流失的體力都睡回來個七七八八。兩個穩婆接生完了也沒閒著，反正現在也回不了京城，給了廚下幾張食療方子。她們知道四娘親自給貓兒餵奶，這些湯方有補血益氣的功效，還能促進乳汁分泌，最重要的是，對身材恢復有效。

睜開眼看看貓兒在身邊睡著，四娘親了親小女兒嫩嫩的面龐。鶯歌看到四娘醒了，便招呼小丫頭把廚下燉好的湯水端上來。

「姑娘快喝了，睡了這麼久定是餓了，這湯是兩個穩婆的方子，說是宮裡主子都用這些，又加了通乳的藥材。」

四娘接過嚐了嚐，除了味道有些淡，還挺好喝。於是一碗湯下肚，又吃了十幾個廚下包的小餛飩，才感覺飽了。

「兩位穩婆接生辛苦了，一人賞一百兩銀子，畢竟是內務府出來的，有經驗，多虧她們了。」四娘交代。

鶯歌一邊收拾碗一邊說：「兩位夫人昨天就賞過了，今日姑娘又賞，這麼大方的主家，怪不得兩位穩婆這麼上心！」

「對了，何思遠去哪兒了，怎麼不見人？」四娘問。

「大少爺、哦不，是侯爺，侯爺一早便被老爺叫去和李東家、榮大人一起商量給兩個小少爺起名字的事去了，這會兒估摸著在書房呢，我去叫一聲。」

如今府裡上上下下都一致改了稱呼，稱何思遠和四娘為侯爺、侯夫人，何旺、王氏、涂婆婆為老爺、夫人，還沒叫習慣，鶯歌一時有些改不過來。

此時的書房裡，幾個男人圍在桌子前，桌上一張宣紙，上面密密麻麻的寫著好些名字。

何旺皺著眉，看看這個又看看那個，拿不定主意。何思遠也只是粗通文墨，對這些字一籌莫展。

「榮兄弟，咱們裡面數你文采最好，是聖上欽封的狀元郎，不如你來看看，給你兩個姪子挑兩個做名字。」何思遠一拍桌子乾脆道。

李昭挑挑眉看向何思遠，這人還真是胸懷寬廣，曾經的情敵啊這是。

榮夢龍問道：「讓我起名字？侯爺不會介意嗎？」

何思遠搖頭。「有什麼好介意的？我知你曾經心儀四娘，但如今我們孩子都三個了，四娘與我又琴瑟和鳴，我不往心裡去。再者，你是狀元郎，你取的名字四娘定也認同，榮兄弟不要推辭了！」

見何思遠一派光風霽月，榮夢龍便也不再糾結，拿起毛筆，在紙上寫下「亦安、亦行」兩個名字。

「人生亦有命，安能行嘆復坐愁。人生如逆旅，我亦是行人。這兩個名字從此兩首詩裡來，願兩個孩子以後活得豁達通透，心中無礙，便無所懼。」榮夢龍放下筆解釋。

「亦安、亦行，不錯，這名字好，就這個了！」何思遠不懂那些詩句，只覺得兩個名字既響亮又朗朗上口，叫出來也好聽，於是便接受了。

何旺也覺得不錯，狀元郎給起的名字，能有錯嗎？兩個孩子名字定下來，大家皆大歡喜。

坐月子是一件極其無聊的事情，不能洗澡就不說了，整天活動的地方就是臥室，睜開眼睛就是滋補的湯湯水水，接著就是餵奶。

夜裡還好一些，何思遠極警醒，拿出在軍中打探消息時斥候的精神頭來看顧貓兒。小女兒一有個動靜，何思遠必醒。幾天過去，他便能從女兒的動作和表情裡判斷出來是要拉了尿了還是餓了，四娘都自嘆不如。除了餵奶，其餘時間，都不用四娘動一根手指頭。

白日裡，貓兒偶爾醒來的極短時間裡，何思遠便抱著女兒來到臨窗的榻上，露出小腳丫，曬一曬太陽。一週的時間，在四娘和何思遠的精心照料下，貓兒似乎強壯了許多，除了慢慢增加的體重，還有白胖起來的面龐，小手上面的指甲也長了出來，偶爾小手指揮舞兩下，何思遠便樂不可支的說閨女在和他打招呼。

貓兒半個多月的時候，體重已經到了四斤多，四娘又把大夫叫了來，再給女兒瞧瞧可有好轉。

老大夫瞇著眼睛把過左右手的脈，又伸出一根手指放到貓兒手裡測貓兒的抓握能力，半晌後道：「目前看著還好，小姐長壯了些，說明吃進去的奶都吸收了，照這樣看，再幾個月，便能跟正常的娃兒無異。」

大夫的話讓四娘和何思遠都放下了心，這些日子日夜貼身帶著女兒，就怕小小的嬰兒有個萬一。

大夫走後，何思遠高興地輕捏著女兒的小手。「咱們貓兒雖生下來小，但福氣在後面呢。大夫都說了，貓兒身子長得好，慢慢的，咱們便趕上兩個哥哥了。」

鬆了一口氣後，四娘終於才有心思多看看兩個兒子。沒辦法，不是不心疼兒子，畢竟小女兒生下來差點沒了命，自己生孩子又多少費了精力，加上日夜懸心照顧小女兒，兩個兒子竟然沒有好好抱過幾次。

叫奶娘把兩個兒子抱來，和貓兒一起並排放在床上，三個奶娃娃都在呼呼大睡，一眼瞧去，三個肉團子讓人忍俊不禁。

亦安和亦行兩兄弟生下來都有四斤多，半個月過去更是長大了不少。貓兒如今剛剛達到哥哥們剛生下來時的體重，跟兩個哥哥比起來，更讓人心疼了。

奶娘說兩位小少爺都很好帶，加上一人身邊兩個奶娘，輪換著餵奶，所以長得快極了。半個月了，孩子們都褪去了剛生下來時那一層又紅又皺的皮，如今白白胖胖，真是稀罕死人。

「亦安少爺是哥哥，性子穩重些，只要不是餓了尿了，醒了也不哭，只自己看著玩兒。亦行少爺倒是嬌氣一些，一點不如意便要鬧騰，也不是真哭，只扯著嗓子嚎。有時候亦安少爺會被亦行少爺帶著一起哭，不愧是一胎出來的，看這長相，簡直一模一樣！」亦安的奶娘說道。

「說來也奇怪，都是一胎生的三個孩子，兩個少爺長得像侯爺多些，反倒是小姐，長得跟侯夫人一模一樣，瞧這小模樣，真是可人疼！」另一個奶娘看著貓兒就不由得喜歡，這麼個小女娃，精緻得跟畫上的人兒似的。

正說著，亦安醒了。或許是換了個環境，見不是往常待的那間屋子，皺起眉，一雙大眼睛滴溜亂轉，來回打量。四娘覺得好玩，便把亦安抱到懷裡。

亦安彷彿聞到了熟悉的娘親的味道，小眉毛霎時便舒展開來，嘴巴一嘟，吐了個奶泡泡。

四娘輕輕拍了拍亦安。「安兒，我是娘親，還記不記得娘？」

亦安看著漂亮的娘親，露出一個小小的笑，四娘的心都快融化了，一旁的奶娘也不由得好奇。「還是第一次見到亦安少爺笑，果真是親母子，雖侯夫人沒怎麼抱過，小少爺也認識親娘呢！」

說著亦安便頭一扭，往四娘懷裡拱，這是要吃奶了。四娘解開衣襟就要餵兒子，何思遠問：「兒子吃完了，一會兒貓兒餓了吃什麼？」

四娘好笑。「這才幾天，女兒是寶，兒子便是草了不成？他這麼小個人兒，能吃多少？」

奶娘也說：「不礙事，若是真的吃完了，讓奴婢餵小姐便是，小姐吃過我的奶，不認生的。」

亦安剛吃飽，亦行就醒了。和亦安不同的是，亦行還沒睜眼便先張嘴開始嚎，嚎了兩聲覺得這動靜夠了，便睜開眼找人，一眼看到面前一張帶著笑容的年輕女子面容，亦行愣了一下，那表情還帶著些疑惑，像是在說：怎麼換人了？她怎麼這麼面熟啊……

放下亦安抱起亦行，弟弟果然是個嬌氣性子。到了娘親懷裡，亦行似乎覺得娘親比奶娘抱著感覺更好，小手緊緊抓住四娘的衣襟。

「咱們行兒也醒了，娘親也餵一餵你好不好？」

亦行先試著吃了一口奶，咽下後或許覺得真的比奶娘的奶好吃，便埋頭苦吃，像個小豬玀一樣累得吭哧吭哧。

吃飽了亦行也不肯放開，也不吸了，叼著奶頭，就是不放。四娘覺得有趣，拿帕子擦了擦亦行嘴角流出來的奶，亦行一雙眼睛盯著四娘，像是在看娘親有沒有生氣。

何思遠對著兒子可是一副鐵面無私的樣子，見小兒子耍賴，伸出大手，一捏亦行的小鼻頭，亦行鬆開奶頭哇哇大哭……

眼看著安靜睡著的貓兒小眉頭一皺，像是要被吵醒，何思遠迅速的從四娘懷裡把亦行抱起來遞給奶娘。「快抱走，這大嗓門，別嚇到我乖女……」

奶娘抱著亦安和亦行走了，貓兒在何思遠的懷裡尋了個舒服的姿勢，又睡了。四娘哭笑不得，這兒子，被爹嫌棄成這樣，也真是少見。如今何思遠眼裡，只有貓兒是他的乖乖女，他的心頭肉，他的小心肝兒……

轉眼就是滿月了，一個月裡，貓兒長了兩、三斤，終於不再看著就叫人提心吊膽了。亦安和亦行更不用說，胳膊腿全肉嘟嘟的，像蓮藕一樣一節一節的。

雖然不在京城，在昆明也沒有多少親戚朋友，但何家第一波孫輩的滿月酒還是要大辦。王氏、涂婆婆和四娘、何思遠商量了，擺上兩天酒席，第一天請四娘在西南生意上的朋友，第二天請何思遠軍中的同袍們。

黃府夠大，擺桌也好擺，就是擔心廚房忙不過來，因此從外面酒樓又請了兩個廚子來幫忙，採買了食材，忙碌起來。

芳瓊在西南生意上的朋友算起來也不少，加上長輩們一心要熱鬧一場，於是四娘便讓李昭和孫小青把香料莊子和茶葉莊子上經常來往的也都給請了。

接到黃府帖子的人都一臉懵，黃東家不是還沒成婚，這滿月酒是誰的？李昭和孫小青解釋得口乾舌燥，大家才紛紛回過味來，原來黃東家是女子身，不但如此，人家如今是侯夫人了，西南一戰時的副帥便是黃東家的夫君！知道了真相的眾人紛紛感嘆，怪不得好好的京城不待，黃東家要到這西南邊陲來做生意，原來是跟著夫君來的。關鍵是人家這生意做得也是風生水起，如今西南誰還不知道芳瓊的大名，黃東家更是鼎鼎有名的財神爺。

只有呂威接到帖子後，呂威婆娘一點都沒愣怔，一拍大腿。「我就說，黃東家當時在咱們家吃酸果子那股勁，就差抱著醋瓶子灌了！我想著哪個男人口味跟個懷孕婦人似的，只嫌不夠酸，如今一看，可不是？黃東家真是個女兒身，怪不得長得細皮嫩肉的，看著跟神仙似的，黃東家真是能幹，這一生就生仨，天大的好福氣！」

送帖子的李昭一臉尷尬。「對不起，當時剛到昆明，仗還沒打完，不好表明身分，加上女子在外行走不比男子方便，所以我們黃東家才女扮男裝，不是故意隱瞞，還請見諒。」

呂威婆娘擺擺手。「哪裡的話，還要多虧了黃東家給咱們莊子找了好出路，如今家家日子過得富庶，我家大兒子又在芳瓊幹活，學了不少東西。這喜事我可是要去，當家的，快去山裡捉幾隻野雞，還有瞧瞧誰家採了菌子，都要過來。野雞湯最是滋補，黃東家喝了好奶孩子哩！」

說罷也顧不得招呼李昭，轉身去了屋裡翻箱倒櫃的找衣服去了。呂威一臉不好意思的對李昭說：「內子鄉下婦人，沒什麼見識，李東家不要往心裡去。滿月酒那日我們定去，祝黃東家和府上小主子都安康。」

李昭擺擺手。「無礙，我看我們黃東家倒是喜歡呂大嫂這性情，她們倒是能說到一起去。呂大哥先忙，我還有帖子要送，便不多留了。」

送走了李昭，呂威便走到村頭，敲響了那口古鐘，一般村子裡有要事要通知的時候便會敲響這口鐘，召集大家聚集到一起。

不一會兒村子裡的人便都來了，呂威見人到得差不多了，便揚聲道：「跟大家說個消息，芳瓊的黃東家，原來是個女子身。我剛接到帖子，黃東家生了孩子了，三胞胎，請咱們去喝滿月酒。我想著黃東家對咱們有大恩，如今家家戶戶都受著人家的好呢，咱們得給黃東家準備點禮物，總不能空著手去吃席不是。」

呂威話音沒落，人群便炸開了鍋，大家議論紛紛，對於黃東家是個女子這消息談論開了。男人們的關注點在於原來女人做起生意來比男人還要厲害，黃東家一個嬌滴滴的女子，竟然撐起來這麼大一個攤子。

女人們的關注點是黃東家竟然一胎生了仨，這是多大的福氣啊！看起來神仙一樣的人兒，瘦條條的，竟然一胎懷了三個！

呂威喉嚨都快喊破了才讓眾人安靜下來。「黃東家京城來的人，家中富貴，不缺好東西，我想著她來咱們小呂莊的時候便喜歡咱們這裡的鄉野之物，如今滿月酒，咱們不如送些山中野味。大家誰家中有剛採的菌子和打的野物，咱們收攏到一起，算是咱們小呂莊全體給黃東家送的禮。」

前頭坐著的二叔公說：「哪裡能隨意拿些菌子野雞什麼的送去，豈不是丟了咱們小呂莊的人？我看這樣，正好這兩日莊子上不忙，村裡的青壯們抽空結伴去趟山裡，打他一、兩個大物件，送過去也顯得體面。」

大家紛紛點頭應是，這樣才對得起黃東家對咱們莊子的恩情。於是約好了進山時間，大家便各自去忙了。

滿月酒第一日酒席，熱鬧極了。黃府正門大開，客似雲來，門口的馬車都排隊排到了巷子外。

何旺帶著何思遠在大門口迎客，今日來的都是生意場上的朋友，但越是生意場上的人越是精明，何思遠如今是侯爺，黃東家是侯夫人的事情早就打聽到了。

是以還沒走到近前，離得老遠這些人臉上便都堆滿了笑容，客客氣氣的連忙道喜。

「侯爺大喜！」

來得早的都是些住在城中的商賈，晚些的便是那些香料莊子和茶葉莊子上的人了。山裡本就距昆明城有半日路程，這些人都天沒亮便半夜摸黑啟程了，趕著馬車，車上堆滿了禮物。

何思遠與何旺都不認識這些人，四娘怕慢待了，便讓李昭去幫忙招呼。

小呂莊來了五、六個人，為首的是呂威夫妻倆，還有三位族中的族老。大家準備齊了東西，便商議著去的人選，總不能一村子的人都去，跟去占便宜的一樣，最後決定讓呂威兩口子與三位族中德高望重的老人代表小呂莊去吃席。

眾人一下馬車，理了理衣裳，李昭趕緊迎上去，把何思遠和何旺介紹給幾位。

「這位是黃東家的夫君定南侯，這位是咱們侯爺的父親。何叔，侯爺，這幾位便是小呂莊的人，四娘跟他們關係極好，最愛吃這位呂大嫂做的菜。」

呂威婆娘見李昭特意介紹了自己，臉上掛滿了與有榮焉的笑。「李東家真是太客氣了，一接到帖子，咱們小呂莊的人便都忙了起來。黃東家真是有大福氣，這一胎三生，叫人羨慕！後面還有輛車載著咱們莊子裡給黃東家準備的滿月禮，是莊子裡青壯上山打來的野物，有兩頭野豬、四隻黃羊，最難得的是還有一隻黑熊。這些野物腥味重，不好拉到正門來，請李東家派個人去接一下，直接送到後廚去，我們家呂山趕著車呢，正好叫他幫忙忙活著些，有什麼忙不開的，只管使喚便是！」

呂威婆娘一陣快言快語，何思遠算是明白為何四娘喜歡這位呂大嫂了。「煩勞諸位了，呂大嫂，聽四娘提起過您，說您做了一手道地的雲南菜，孕中好幾次四娘都念叨過，多謝您對四娘的照顧。諸位快裡面請，坐下歇歇。」

呂威婆娘挺直了腰桿兒，心裡美滋滋的。老天爺啊，這是多大的榮耀，侯爺侯夫人都對自己這麼客氣有禮，自家祖墳上一定是冒青煙了，這輩子自己也沒這麼長臉過。

「侯爺太客氣了，咱們農家人，就是個實在性子。敢問侯爺，民婦可有福氣去瞧一眼侯夫人和小主子？咱們莊子上的那些人都等著我瞧一眼回去給大家講一講呢！您和侯夫人都是神仙般的人兒，生出來的小主子定也都跟畫上出來的一般好看！」

「這有什麼，四娘坐月子坐得正無聊，呂大嫂去看看她跟她說說話也好。快帶呂大嫂去，剩下幾位便跟著李昭去席上安置。」何思遠一點也沒有侯爺的架子，本就是草根出身，也不覺得自己如今成了侯爺便了不得了。

與外面熱鬧的場景相比，四娘房裡安靜極了。王氏在外面女席上忙活，涂婆婆便在房裡看著四娘。

本想著熬過一個月，終於能出門了，誰料到王氏和涂婆婆一起要求四娘坐個雙月子。說是一下子生了三個，要坐滿雙月子才能徹底養好身子，加上老大夫也說，四娘身子還是有些虛弱，最好是再將養一段時日才好。

四娘拗不過一群人的強烈要求，只好答應。這會兒三個孩子都睡著，四娘靠在床上，閒得發慌。

鶯歌來稟報呂大嫂來看姑娘了，四娘眼睛一亮。「快請進來，我正無聊著呢，呂大嫂也好陪我說說話。」

鶯歌親自去把呂大嫂迎了進來。「三位小主子都睡了，我們侯夫人正閒得發慌，聽到您來了高興極了。」

呂威婆娘聽到這話，進屋時放輕了步子，見到四娘和涂婆婆後彎腰行了個禮。「民婦見過侯夫人、涂夫人，恭祝侯夫人喜得麟兒。」

四娘忙道：「呂大嫂快快起來，怎麼今日如此客套？快坐下，咱們好久不見，今日好好說說話。」

呂威婆娘笑著說：「真是沒想到，民婦還有這樣的福氣，活了半輩子了竟然能跟侯夫人坐在一個屋裡說話。不瞞您說，往日您第一次去小呂莊的時候，我就在想，哪裡來的神仙人兒，男人也能長得這樣俊俏？如今知道了您是女兒身，我這才恍然大悟。」

「當日不好表明身分，不得已才隱瞞，呂大嫂不要見怪。如今我夫君打了勝仗，我這生意也在西南站穩了腳跟，這才敢說出實情。」四娘解釋道。

「有什麼好見怪的？男人在外做生意都不易，更何況是女子，我都明白。咱們小呂莊的人都對您佩服死了，長得好看就算了，還會做生意；會做生意就算了，還嫁了個好夫君；嫁了個好夫君就算了，還能一口氣生了仨孩子！哎喲喲，這得是多大的能耐喲！」

呂威婆娘的一串子排比句都把涂婆婆給逗笑了。「四娘本就是個跳脫性子，再安靜不下來的，也就是坐月子我們輪流看著她才能老實待著，妳來之前，她還在鬧脾氣呢，我們都想著她這次一口氣生了仨，身子多少是受了虧損的，便讓她坐個雙月子。她倒是要待不住了，說渾身都快生鏽了。妳說說這孩子，真叫人不省心！」

正好有個過來人，涂婆婆也不由得吐槽四娘幾句。年輕時候不注意，以後老了有她後悔的。

呂威婆娘聽到涂夫人這樣說，不由得面色嚴肅的跟四娘說道：「不是嫂子說妳，這妳可得聽咱們過來人的話。生孩子跟在鬼門關走了一遭一樣，好不容易熬過來了，月子是一定要坐好的。我們村裡有個媳婦就是月子沒坐好，還沒出月子便去河邊洗衣服，結果落下個腰疼的毛病，一到陰天下雨，她那腰疼得都走不得路，比我還小幾歲的人，如今那腰彎得跟蝦子一樣的，直都直不起來！」

呂威婆娘喝了口水，接著說：「別小看這坐月子，坐得好了，以前的病也能一起好了，坐不好，以後都是毛病。妳這一口氣生了仨，那耗費的可不只是一點半點精力，我雖沒見過妳這般能幹的，但想也知道是受了多大的罪才把孩子生下來。聽嫂子的，坐滿雙月子再出門，咱們莊子裡那是條件不允許，所以有的不等滿一個月就下地了。可若是有妳這般的好條件，誰不想好好的坐月子養身子？這時候妳可不能任性，一定要聽咱們這些過來人的話！」

呂威婆娘一邊說，涂婆婆在一邊不住的點頭，四娘覺得這兩人此刻前所未有的和諧。

「好了好了，我知道了，一定坐滿雙月子再出門，嫂子就別念叨我了。快來看看這三個小東西，才一個月就長大不少呢！」四娘急忙轉移話題，怎麼古代的女人說起坐月子都是這一套東西。

呂威婆娘見四娘主動要自己看三個孩子，不由得一雙手在身上擦了又擦，這可是未來的小侯爺。

湊近了一看，呂威婆娘不由得發出「嘖嘖」的讚嘆。兩個穿著藍色小衣裳的是男娃，藕節似的胳膊腿，小拳頭就放在嘴邊，睡得香甜。看臉龐就知道跟侯爺長得如出一轍，更難得的是兩娃娃分不出誰是誰，一樣的輪廓一樣的眉眼，稀罕死人。

再看那穿著粉色衣服的女娃，雪白的皮膚，細細的眉毛，小嘴巴呈現出嫩嫩的粉色。就是個頭比兩個哥哥小了一圈，看起來讓人心生憐惜。

「哎喲、哎喲喲，您怎麼這麼會生喲！別人一胎雙生就夠難得的了，妳這三個娃娃都好看得跟神仙人兒似的。哎喲，是怎麼生的，三個都這麼好看呢！」

呂威婆娘一連串的「哎喲」讓四娘忍俊不禁。「嫂子不知道，亦行亦安兩個生的時候還算順利，當時大夫一直診我肚子裡是兩個孩子，誰料到裡面還有一個？生這個小的時候我已經脫力了，孩子差點就胎死腹中。後來是嚼了老參，咬了牙才把她生出來，可她身子太弱，比兩個哥哥小了一大圈，哭都不會哭，我貼身帶著暖著，一個月了，終於才好了些。」

呂威婆娘憐惜的看著小女娃。「不怕，既然生下來了就能長好，咱們侯府的千金，定會平安順遂一輩子！小小姐名字可取了？先別起大名，起個小名先叫著，等身子長壯實了，再起大名不遲。」

「因第一次哭出聲跟個小貓兒叫喚似的，我跟夫君便商量著叫個貓兒吧，都說賤名好養活，但願我的貓兒以後能好好的長大。」

呂威婆娘思考半晌。「我看是小姐福分大，山精鬼怪的嫉妒著呢。咱們農家有這麼個規矩，誰家孩子生下來體弱，七災八病的總不好，家人就會帶著孩子找一家家貧的認個乾娘，這樣騙一騙那些東西，便不會再找孩子麻煩了。」

涂婆婆作為道地的古代人倒是相信這些東西，可不是貓兒福分大嗎？聖上聖旨剛到，爹娘升了侯爺、侯夫人，吃完年夜飯四娘就開始陣痛了。至於亦安、亦行怎麼沒事兒？那不是他們倆是男孩子，陽氣足一些，貓兒是女娃，陰氣重壓不住，生下來就弱一些。

正好這會兒王氏忙完了前面，抽空來看看孫子孫女，一進屋見這會兒氣氛有些安靜，便問怎麼了。

涂婆婆拉著王氏覆述了一番剛才呂威婆娘的話，王氏一拍大腿。「可不是？我也聽說過，咱們在楊城時也有這種說法。要我說，只要貓兒身子能好起來，咱們什麼法子都能試一試，又不費勁，便是給她認個乾娘又怎麼地！」

四娘看著三個長輩一拍即合的認同這種無稽之談，不由得覺得有些好笑，但一想，自己來到這個世上，帶著上輩子的記憶本也就不合常理，這些迷信什麼的也不能不信。

涂婆婆問：「只是上哪裡去找個家貧的婦人給咱們貓兒做乾娘去？若是個品行不好的，不是委屈了咱們貓兒嗎？」

王氏也點頭。「說的是，雖然說隨意找一個就行，但也不能上不了檯面，好歹如今貓兒也是侯門小姐。」

四娘衝兩位娘抬抬下巴，對著呂威婆娘努努嘴。這會兒呂威婆娘正伏著身子給三個孩子掖被子，那動作輕得，像是怕嚇著孩子一般。掖好了被角，伸出手想摸一摸貓兒的小臉，又看了看自己滿是老繭的手，怕刮疼了貓兒，又作罷了。

呂威婆娘還真是個合適的人選，四娘認識她這麼久，雖說她家不算家貧，但跟侯府比起來，農家還能不算貧嗎？加上呂大嫂雖是個沒什麼學問的農婦，但極能幹，家裡家外都收拾得乾淨索利，又為人大方活絡，知道把兒子送到芳瓊來奔前程，多少也算個有見識的人。

王氏叫了聲。「呂大嫂，我覺得妳就挺合適給咱們貓兒做乾娘的，妳可願意？」

呂威婆娘正在看貓兒甜蜜的睡顏，這麼個小娃娃，怎麼就這麼惹人愛……甫一聽到王氏的話嚇了一跳。

「老天爺，我怎麼有本事做侯府小姐的乾娘？夫人莫不是在跟我開玩笑？」

四娘掩嘴笑。「我娘可不愛開玩笑，呂大嫂可願意做我家貓兒的乾娘？有您護著，也好叫她趕緊強健起來。」

呂威婆娘激動得都不知道該如何是好了，一雙手渾身上下尋摸了個遍，半晌從脖子裡取下一個玉墜。「這是我生下來時我爹找人給我雕的，從小貼身戴在身上，從不離身。今日侯府給我這麼大的臉，要我做貓兒的乾娘，我也沒有什麼好給的，這玉墜就算我這乾娘給貓兒的見面禮吧。」

四娘接過玉墜一看，這玉墜不過大拇指肚大小，通體泛著清透的碧色。或許是戴在身上久了，玉體裡面被養出了絲絲的玉髓，對著光一看，那玉髓竟然像一隻小貓的形狀。

「這可不是巧了？這玉裡面的圖案正好合了咱們貓兒的名字。妳們快來看，原來呂大嫂合該做咱們貓兒的乾娘呢！」

四娘招呼幾人一起對著光去瞧那玉墜，大家紛紛稱奇，呂大嫂更是不可置信。「這玉我戴上就沒取下來過，哪裡知道裡面是什麼樣子，今日一瞧，才知道就是給貓兒準備的。乖女，帶上這玉墜以後保佑妳百鬼不侵，健康平安！」

四娘叫鶯歌拿這玉墜去重新編個繩子，調整成適合貓兒戴的長短，片刻後編好了，四娘讓呂威婆娘親手給貓兒帶上。恰巧此時貓兒醒了，睜開一雙波光瀲灩的眼睛瞧了瞧面前陌生的婦人，嘴角一抿，竟然笑了。

呂威婆娘被這笑迷了眼。「老天爺呀，咱們貓兒真是天上仙女下凡，這一笑把我心都笑化了去……」

涂婆婆看著貓兒乖巧對著呂威婆娘笑的樣子，不由得出聲。「看來咱們貓兒和呂大嫂確實是有些緣分的，這孩子見到生人從來沒這樣笑過，醒來見到妳竟然不認生。」

呂威婆娘醒過神來道：「不行，既然做了貓兒的乾娘，回家後我得給我乖女挨家討百家布去，給貓兒做一身百家衣，好叫貓兒借一借這百家的福氣庇佑！」

王氏、涂婆婆和四娘看著呂威婆娘的模樣忍俊不禁，又多了一個疼愛貓兒的長輩，這下貓兒應該能健康長大了吧。

熱熱鬧鬧的滿月宴開席了，中途何思遠和何旺、王氏抱著三個孩子出去讓眾人看了一眼，見到的人紛紛讚嘆。「一胎三生，侯爺侯夫人真是好福氣！小公子和小姐長得都精神極了，以後定是人中龍鳳！」

一日的宴席過去，黃府上上下下既累又滿足。涂婆婆去清點上冊今日收到的禮，王氏在四娘這裡歇腳，呂威婆娘走時抱了又抱貓兒，戀戀不捨的對著貓兒說話。「乖女，等著乾娘，乾娘過兩日就來看妳，給妳帶好東西。」

何思遠回來第一件事便是洗漱換衣服，忙了一天，也稍許飲了些酒，怕薰著了乖女兒。

貓兒這會兒剛吃過奶，還沒有睡意，很給何思遠面子的咿咿呀呀了半天，直把何思遠喜得笑個不停。

「你倒是也抱抱兩個兒子，女兒是親的，兒子難道就是撿來的不成？」四娘埋怨何思遠。

何思遠小心翼翼的給貓兒調整了個更舒服的姿勢。「都說抱孫不抱子，男孩子以後是要摔打著長大的，哪裡能嬌慣。再說了，臭小子哪裡有咱們乖女香，爹爹抱了就不想放下。」

四娘無奈，跟何思遠講了今日讓貓兒認了呂大嫂為乾娘的事。

「這話我小時也聽過，是有這麼個說法。就這麼著吧，我瞧呂大嫂也是個實在人，更難得的是能幹索利，只要咱們貓兒以後能好好的，這乾娘就有功。」

只要女兒好，便是要摘天上的星星估計何思遠也會想法子去辦，何況是認個乾娘這樣的小事。

何思遠抱了一會兒，貓兒打了個秀氣的哈欠，在何思遠懷裡慢慢閉上了眼睛。輕輕的把女兒放在四娘身邊，蓋好了被子，何思遠問：「今日前面亂糟糟的，我也沒顧得上後面，妳這裡可好？」

「我娘陪著我呢，婆婆時不時的也來看看，我都好，倒是你，喝了這麼多酒，定是沒好好吃飯呢。我叫廚下留了火，燉了雞湯，下一把細細的銀絲麵，熱熱的喝了才舒服。」四娘讓鶯歌去廚下安排了。

第二場滿月酒，何思遠軍中同袍只要在昆明的都來了，比起第一日更加熱鬧。別的不說，光酒就滿滿當當的擺了一院子。

軍中漢子豪氣萬丈，都擺開了不醉不歸的架勢，擼起袖子對著酒罈子就是灌。

「侯爺，今日大喜的日子，陪兄弟們多喝幾杯，咱們不醉不歸！」張虎拍開酒罈的封泥，轉手就要把酒罈子遞給何思遠。

何思遠可不敢這樣喝，還等著晚上清醒地抱女兒呢。如今貓兒每晚睡覺都要他抱一抱才睡得安穩，他可不想喝得爛醉如泥的薰到乖女。

「你們放開了喝，我還有許多事呢，張虎你陪大夥兒，今日酒管夠！」倒了一碗酒一飲而盡，何思遠便去招呼下一桌了。

此時黃府大門口卻來了個抱著孩子的老農，門房見到那老農徘徊了半日，就是不走，便上前來問有何事。

那老農面露難色，開口道：「小哥可能幫我通傳一聲，我想見一見府上的主子。」

門房道：「今日是我家小少爺和小姐的滿月宴，主子們都忙著呢。你有何事要找我家主子，可能說來聽聽？」

屋裡，四娘剛剛餵完了奶，哄睡了貓兒，亦安和亦行兩個小哥倆還精神著，各自吃手玩。鶯歌過來附在四娘耳邊說了幾句話，四娘聽了後面色嚴肅起來。

「去前面看看侯爺可能抽身，讓他來一趟。此事得讓侯爺知道，到底是個什麼情況咱們也不清楚。」

何思遠匆匆趕到，還以為孩子們有什麼事情，到了一看三個孩子都好好的，四娘和王氏、涂婆婆也安穩坐著，只面色不太好。

「這是怎麼了？為何匆匆把我叫來？」

四娘道：「門口來了個抱著孩子的老農，說那孩子跟你有關，如今養不起了，要把孩子還回來。究竟是怎麼回事，你還有別的孩子不成？」

何思遠聽到這話急得臉色都變了。「我哪有什麼別的孩子，到了西南就是打仗，哪裡有什麼孩子？」

「那怎麼偏偏找到了你，說這孩子跟在羅平打仗的副帥有關，是你親手把孩子託付給人家的？」王氏一拍桌子問。

何思遠腦子快速轉動，瞬時便想起當日在五姑娘山追擊泗王時救下的那個孩子。可是那孩子不是已經託付給一戶農家了嗎，怎麼今日又有人抱著找上門來？

何思遠和四娘說了那孩子的由來，四娘聽了後倒罷了，想何思遠的為人也不會做出有私生子這種事情來。「那就叫進來，你在外間見一見，看看究竟是怎麼回事。」

門房領著那老農來到後院，何思遠在外間見了。

老農一見何思遠便跪下來。「大人，這孩子咱們實在是養不了了。當日大人把這孩子送來時我那兒媳婦還無身孕，想著成婚幾載都沒動靜，是不是不能生了，便收養了這孩子。誰料到一月前兒媳婦突然身子不適，大夫診出說有了身孕，我家也不是什麼富裕人家，養一個孩子都費勁，等我那兒媳婦生了也沒有精力再帶這個孩子。所以、所以便想給大人送回來，大人您家大業大，想來也不缺這孩子一口吃的。」

何思遠面色微沈。「當時孩子給你們送去時我明明還留了銀子的，怎麼就不能養活這孩子了？」

那老農訥訥。「都怪我那不成器的兒子，說是要和人合夥做生意，卻是被人給騙了，那騙子捲了銀子就跑走，下落全無，小人家裡如今都快揭不開鍋了，這孩子實在養不起了！」

此時那孩子應是醒了，在老農懷裡不安的動了動身子，發出一陣哭聲，哭得撕心裂肺。

四娘在屋裡聽著於心不忍，剛做了母親一個月，見不得孩子受罪，跟鶯歌交代了一聲，想著那孩子是不是餓了，叫鶯歌抱進來讓奶娘餵一餵。

鶯歌把孩子抱進來，四娘就著鶯歌的手一看，這孩子瘦得皮包骨頭，面色發青。按何思遠的說法，這孩子應該已經半歲多了，瞧著竟然沒有比亦安、亦行大多少。

想來孩子確實是餓了，一到奶娘懷裡便大口大口的吮吸著乳汁，直吃得滿頭是汗。

奶娘也心疼的說：「農家養孩子哪裡能那麼精心，多是餵一些米湯稀飯，瞧這孩子瘦的，可憐人。」

涂婆婆和王氏也湊上前去看了，孩子小小一個，瘦得下巴都是尖尖的，這會兒吃飽了還咂巴著嘴，一雙眼睛四處打量著。

「這老農也是可恨，既然拿了銀子，怎麼就連個孩子都養不起了。我瞧著這孩子也是個可憐的，按思遠的說法，一出生便死了爹，娘也不在了，如今養父母又嫌他不是親的不想養，怎麼這麼命苦！」王氏不由得有些心疼。

四娘對著鶯歌說了幾句話，鶯歌掀開簾子去了外間對那老農道：「侯夫人說了，既然你家人不想養活這孩子也罷，侯爺當日從山裡將他帶出來，咱們侯府一個孩子還是養得起的，孩子便留下，你走吧。」

老農千恩萬謝的退下了，何思遠氣得一拍椅子扶手，這叫什麼事！當日給這孩子尋能養活他的人家時，這家人千好萬好的保證一定會對孩子好，如今才多久，說不養就不養了。

屋裡，四娘讓奶娘把這孩子抱下去洗個澡。也不知那家人怎麼養的，孩子連件衣服都沒有，只用條破舊的被單包著，孩子脖頸、指縫裡，全是黑色的泥垢，好好的孩子，給養成了個小叫花子模樣。

奶娘抱著孩子下去了，何思遠摸著鼻子心虛的進來在床邊坐下，四娘瞥了眼何思遠。「你呀你，就是給孩子找人家也不能這麼馬虎，這家人一看便是衝著銀子去的，哪能真心對這孩子好？咱們這是沒有回京城，若是回去了，那農戶找不到咱們，這孩子豈不是要被他們隨意扔到山野地裡去？」

何思遠點頭。「是我沒有考慮周全，才有今日的事出現，以後再不會了。這孩子，咱們就留下？」

「這麼小的孩子，被折騰了一趟瘦成這樣，再貿然送人，怕是要小命不保。先養著吧，如今府裡也不缺奶娘，等孩子大一些再做打算便是，好歹是一條命，就當作給咱們貓兒積福了。」四娘說。

王氏和涂婆婆也點頭。「是這個道理，畢竟是條性命，要我說這孩子跟棵野草似的，幾次三番都死裡逃生，可見命不該絕。」

那孩子便在黃府住下了，四娘單撥了個奶娘照顧著，又找了大夫來看。大夫說這孩子只是有些餓得久了，營養跟不上而已，別的倒沒大問題。

既然這樣，四娘就讓這孩子和亦安、亦行一起養著，反正都是幾個月的孩子，放在一起照顧倒也方便。

第四十章

轉眼又一個月過去，四娘雙月子也坐滿了。這日四娘叫鶯歌打來滿滿兩浴桶的熱水，好好的洗了個澡。擦乾頭髮，換上衣服，兩個月來頭一次邁出房門。

看著久違的陽光，呼吸著清新的空氣，四娘覺得如沐新生，這兩個月月子坐得她渾身上下都要生鏽了。

先是在花園裡溜達了一圈，春日已經到了，滿園的植物都開了花，那棵藍花楹如今不是花季，枝葉卻是蓊鬱繁茂。四娘叫奶娘抱著孩子們也出來曬曬太陽，補鈣呢。

樹下鋪了厚厚的毛毯，脫掉鞋子坐上去，陽光從樹蔭裡灑下來，四娘忍不住閉上眼睛，真舒服！

孩子們很快便到了，兩個月的孩子，不像月子裡除了吃便是睡，清醒的時間漸漸多了。亦安、亦行成了兩個不折不扣的小胖子，臉頰上的肉把小鼻子擠得緊緊的，嘴角還掛著亮晶晶的口水。貓兒也白胖了，雖沒有兩個哥哥這麼胖，但瞧著也是個正常發育的寶寶。

遠遠見到娘親坐在大樹下衝著他們拍手，幾個孩子瞬間激動起來，小身子不住的往外傾，像是在催促奶娘快點。

到了樹下，孩子們都並排放在毛毯上，四娘拿起撥浪鼓逗三個孩子，從左邊搖到右邊，又從右邊晃到左邊，三個孩子小腦袋隨著撥浪鼓的移動不停的左右搖擺，四娘快被萌化了，太可愛了！

亦安還好，只看著撥浪鼓表示好奇，亦行倒是有些探索精神，就在四娘把撥浪鼓晃到他面前時，一把伸出小手抓住了撥浪鼓上面的流蘇。四娘不敢使勁拉，怕弄傷了他，只好把撥浪鼓給了亦行。

亦行費力的抱著撥浪鼓左右打量，好奇的想知道娘親是怎麼晃出來奇怪的聲音的。亦安扭臉看著弟弟玩，無聊的吐了個泡泡。貓兒或許覺得沒意思了，娘親今日怎麼不抱自己呀，於是衝著四娘皺了皺眉，伸出小手要抱。四娘拒絕不了小女兒的要求，便伸手把貓兒抱起來放在懷裡。

「那個孩子怎麼樣了？可還好？」四娘想起那個被收養的孩子，問了一句。

奶娘答道：「倒是個皮實的孩子，這一個月吃得好了些，沒有再挨餓，雖然看著沒有那麼胖，倒是個子長大了，那胳膊腿，長長的一截，以後定是個大個子。」

「孩子們都出來了，把那孩子也抱出來一起玩吧，我倒是還沒好好看過。」四娘吩咐了一聲，奶娘便下去抱孩子去了。

孩子很快便被抱了來，奶娘抱著他坐在毛毯的邊緣，不敢離三個小主子太近。好好的養了一個月，這孩子果然比剛來時好了許多，臉上也長肉了，不再是當時面黃肌瘦的樣子。從眉眼能夠看出，這孩子是夷族血統，深深的眼窩，高挺的鼻梁，倒是跟奶娘說的一樣，這孩子胳膊腿都修長，以後定是個高大的。

看著這孩子應該有七、八個月了，總不好一直「那孩子、那孩子」的叫著，四娘想了想。「給這孩子起個小名兒，就叫小石頭吧。眼看著這孩子半歲多了，光吃奶也不夠他長身子的，讓廚下做些雞蛋羹牛乳羹的，搭配著吃些。小石頭長牙了沒？」

奶娘回道：「倒是長了四顆牙了，這孩子也乖巧不鬧人，吃飽了就自己玩，省心極了。」

四娘讓奶娘把小石頭放在毛毯上，讓他自己爬著玩。小石頭先是迷惑了一瞬間，不知道自己怎麼就到了這軟軟的毯子上了。愣了一會兒，便自己翻了個身，手腳用力往前爬。

小石頭爬到亦安、亦行哥倆身邊，亦安依舊是那副沈著冷靜的表情，打量了小石頭一眼便不感興趣了，繼續盯著上方嘩啦啦作響的樹葉。亦行手裡還抱著撥浪鼓呢，只是怎麼晃都無法像娘親那樣晃出聲音，見到小石頭爬過來，還以為小石頭要搶自己的玩具，威脅似的「啊」了一聲。

小石頭圍著亦安、亦行爬了一圈，覺得這兩娃娃沒意思，一抬頭看到了不遠處坐著的四娘和懷裡那個好奇的看著自己的小娃娃。那小娃娃可真好看，圓圓的臉蛋，尖尖的下巴，還有一雙水靈靈的眼睛，眨巴眨巴著盯著自己瞧。

小石頭想了想，趁著亦行不注意，一把奪過亦行手裡的撥浪鼓，後腿一個用力，快速的爬到四娘身邊，把手中的撥浪鼓遞給貓兒。

貓兒也不接，小下巴一抬，像是在示意小石頭玩給她看。小石頭不愧比亦安、亦行大了幾個月，手裡拿著撥浪鼓左右便晃出了聲音。

亦行終於反應過來手中玩具沒了，張嘴就嚎，那嗓門大得把園子裡的鳥都驚飛了。

四娘哭笑不得，這小石頭身手真是索利。

奶娘見亦行少爺哭了，趕緊就要抱起來哄，又惶恐的看著四娘，怕侯夫人生氣。

四娘擺擺手。「無事，都是小孩子玩鬧，再給他拿一個就是。」

小石頭聽到亦行哭了，彷彿知道是自己做錯了事情，撓撓頭，有些不安的看了看四娘。

四娘心裡一動，這孩子這麼大點就會看眼色？難道平日裡因為這孩子是抱養的，在侯府沒有個身分，奶娘苛待他了不成？

四娘伸出一隻手。「來，小石頭給我抱抱。」

小石頭扭頭看了眼平日裡照看他的奶娘，見奶娘衝他點頭，這才朝四娘爬過去。倒也不是奶娘平日會苛待他，這府裡上下都知道他是侯爺收養的，也沒有個名分，誰知道是要當主子養還是怎地？所以平日裡孩子一旦有什麼事情，奶娘總是習慣性的教小石頭退讓。

小石頭爬到四娘身邊，朝著四娘露出一個笑，四顆小白牙露出來，倒是讓四娘想起了小奶狗。

把小石頭和貓兒並排攬到懷裡，靠在自己身上。小石頭用腦袋在四娘身上蹭了蹭，四娘身上有股好聞的味道，叫人心安。還有一旁那個軟軟嫩嫩的小娃娃，對著小石頭眼睛眨巴眨巴，小石頭開心極了。

悄咪咪的尋到貓兒的小手，小石頭試探的握住貓兒細細的手指，見貓兒沒有掙開，於是又大著膽子搖了搖。四娘看得有趣，貓兒倒是見到誰都喜歡，連小石頭都不例外。貓兒好像很喜歡這個哥哥，對著小石頭咧嘴一笑，一串亮晶晶的口水蜿蜒而下。

四娘心裡一軟，奶娘拿出帕子幫貓兒輕輕擦掉口水。四娘摸摸小石頭腦門上軟軟的頭髮道：「我打算把這孩子收做養子，以後便和府裡小少爺一樣對待，若是以後讓我察覺誰對小石頭不敬，或背後有什麼議論的話，家法處置！」

園子裡下人和奶娘聞言紛紛跪下稱是，四娘看著跪倒一片的下人，在心裡嘆了口氣。到了這個時代快二十年了，終於習慣了這個時代的權力至上，自己也能安穩的坐在那裡看著下人跪上一地。

正在這時有丫鬟來稟報，小呂莊的呂大嫂來了。四娘趕緊叫人請進來，想來呂威婆娘又來看貓兒了。

呂威婆娘一進花園一雙眼便黏到貓兒身上摘不下來了。「哎喲喲，咱們貓兒一個月沒見長大了不少，瞧這小臉瑩潤的，愛死個人！」

「呂大嫂快來坐下，抱一抱妳這乾閨女，重了不少呢！」四娘笑著招呼呂大嫂。

「我這趕了一路，風塵僕僕的，還是先洗漱一番再抱貓兒，免得把咱們乖女給弄髒了。」

呂威婆娘叫丫鬟帶著去一旁的屋子換了身衣服，又淨了手和臉，收拾好了，這才提著個包袱過來。

她打開包袱對四娘說：「上次回家我便挨家討百家布去了，小呂莊沒討夠，我又去了附近莊子上，終於湊足了一百塊。回家又用開水煮過，曬了三天，我們莊子上有個年紀最大的婆婆，雖然頭髮花白，牙齒都掉光了，眼睛卻利著，我央求她給貓兒把這百家布縫成了衣裳，線頭都藏得嚴嚴實實的。快給貓兒試試，穿了這百家衣，以後便百病不侵！」

四娘接過百家衣仔細打量，這衣服是用碎布一塊一塊拼成的。難得的是不大的衣服，用這麼多布拼起來，針腳十分細密，連線頭都藏得看不出來，不知道花費了呂大嫂多少心血。

「真是太感謝呂大嫂了，挨家挨戶的討布，又洗又煮，費了不少事吧？」四娘由衷的說。

呂威婆娘一拍大腿。「這有什麼的，我回家跟鄉親們一說侯府的小姐認了我做乾娘了，大傢伙紛紛誇我有福氣，又說咱們這貧門小戶的，可不能失了禮數，問我準備給貓兒什麼禮物。我把這百家衣的事一說，鄉親們紛紛幫我回家尋布去了，沒有費多大力氣，也就是洗洗煮煮的麻煩些罷了。只要咱們貓兒能好好的，叫我做什麼都甘願呢！」

說完呂大嫂朝著貓兒拍拍手，貓兒咯咯的笑出聲來，四娘把貓兒遞給呂大嫂讓她抱著親香親香，自己摟著小石頭坐著跟呂大嫂聊天。

中午留呂大嫂在府裡吃飯，只要是貓兒醒著的時候，呂大嫂那是從不離手，一直抱著貓兒哄著。說來也奇怪，貓兒在呂大嫂懷裡一點都不鬧騰，乖乖的讓她抱著瞧這瞧那，連何思遠都有些嫉妒了，私下跟四娘說：「怎的我乖女見了她乾娘，連爹爹都不要了，這個小沒良心的，虧得我幾個月來天天哄著抱著。」

四娘笑。「女兒這才多大呢，你就吃醋了？呂大嫂才見貓兒幾回，平日裡不都是你抱著？再說了，你這樣等到咱們女兒長大，到了出嫁的年紀，豈不是要把女婿都嚇走？」

何思遠聞得此言，一雙粗眉一皺，眼睛都氣紅了。「我乖女哪裡就能輕易便宜了那些臭小子！想把我們貓兒娶走，要先問問她爹和三個哥哥同意不同意！」

四娘見何思遠氣得不輕，心裡默默為未來女婿點了根蠟燭。侯府唯一的小姐，掌上明珠一般的存在，以後可要怎麼辦喲！

日子轉眼過去，三胞胎半歲了。

亦安、亦行都長得很好，肥肥壯壯，連貓兒除了生過一次小病拉了幾天肚子外，也很健康。京城那裡來了十幾封信，都是催何思遠回去的，睿侯更是在信中打趣。「莫不是雲南景美人美，讓定南侯樂不思蜀了？」

四娘也收到了二娘寫來的書信，裡面說芳華生意一如既往的好，這些日子也沒出什麼事，就是這都快一年了，四娘也該回去盤盤帳視察一遍了。又問三個外甥可好，都半歲了她還沒見過呢，讓四娘若是無事，趕緊啟程回京。

一家人坐在一起商量了一番，也是時候回京了。雲南雖待著舒服，但畢竟不能久留，何思遠回京之後聖上定要再給派遣差事，四娘那邊也有許多生意要過問，這邊香料茶葉玉石生意已經都走上了正軌，派得用的人看著就是，手下的人也已經都培養出來了，此時走並沒有什麼可擔心的。

孫小青和張虎已經訂親了，說是等回京再辦婚事，此次回京路上正好張虎可以拐回家一趟把爹娘都接到京城去。還有那五十個老兵，定是也十分掛念家人，都離家這麼久，是時候該回去了。

商量好，何思遠便先派了一批人提前啟程，回京把京裡聖上賞下的宅子先打理好，回去後這一大家子人就要搬到侯府去住了。至於如今昆明的這座宅子，四娘的意思是留兩房人看著便是，什麼時候有時間了，孩子們大一些，每年還可以來住一住。

何思遠當然沒有意見，畢竟是孩子們出生的地方，加上四娘在這裡住得很舒服，一套宅子而已。

說起來要回去容易，可是光這走之前的準備便千頭萬緒。別的不說，來昆明這麼久，結交了不少朋友，光呂大嫂那裡，知道四娘要帶著孩子們回京，就狠狠的摟著貓兒哭了一場。

眼瞅著小小的娃娃，長到半歲了，跟個雪團子似的，呂大嫂雖不能日日在眼前瞧著，但心裡最是寶貝這個乾女兒，想到以後要再見一面都千難萬難，呂大嫂便挖心掏肺的疼。

貓兒見平日裡總是笑呵呵的乾娘哭得那叫一個慘，小嘴一撇，淚珠子便滾下來了。

小石頭已經一歲多了，這孩子打小便是個身手索利的，見妹妹哭了，正在玩玩具的他一骨碌爬起來，走到貓兒面前伸出手給貓兒擦淚，嘴裡還含糊不清的說：「貓兒，不哭，哥幫打！」

四娘噗嗤一聲笑出聲來。「跟誰學的，定是侯爺那幫子兄弟們教的。才一歲多的孩子，竟然知道打架了！」

小石頭畢竟是侯爺和張虎從山裡救出來的孩子，亦安、亦行兄弟兩個還不會走路，那些士兵們也不好對兩個侯府小公子玩笑太過，然而對小石頭，他們有一種自然的親切感，加上這孩子皮實，十個月便自己扶著椅子搖搖晃晃的要走路。一歲的時候，便滿院子跟奶娘躲貓貓，身手那叫一個索利，不愧爹娘都是大山裡的人。

有次小石頭無意間跑到了前院的練武場，張虎閒來無事帶著一幫兄弟正切磋呢，小石頭咬著手指頭歪著頭竟看了小半個時辰，大家發現的時候，這孩子在太陽下曬得滿頭是汗，後脖頸都脫皮了。因為此事，四娘還狠狠罰了小石頭身邊的奶娘和下人，一個孩子自己跑到前院這麼久，竟然沒人稟報，到底是沒把這孩子當侯府的孩子看，若不好好立一立規矩，以後更是不得了！

何思遠倒是發現這孩子對他們練武十分有興趣，便交代了下人，若是小石頭想到前院去，只管帶他去便是，只是要好好照看著，不要磕了碰了。所以一幫軍中漢子對小石頭很是親熱，跟著他們，小石頭竟然學會了許多詞語。

呂大嫂也怕嚇著了貓兒，於是收了聲，擦了眼淚。只是抱著貓兒，貼著她嫩嫩的臉龐，聞著貓兒身上的奶香味兒。

四娘見呂威婆娘真是傷心，於是開口勸道：「咱們又不是以後都見不著了，我們走了，香料這一攤子事情便交給了妳家呂山。以後每年呂山都要到京城去交帳，只要他去，大嫂妳就能跟著，到時候住到侯府裡，想住多久住多久，還不是一樣？就只怕到時候呂威大哥整日在家盼著大嫂回去，心裡埋怨我們貓兒把妳搶走了！」

呂威婆娘邊擦淚邊笑。「管他個臭男人做什麼，我日日看著咱們貓兒便夠了，老娘如今可不靠著他過日子。我大兒子如今也算有出息，小女兒再過兩年也要出嫁了，家裡家外的我操持了幾十年，也操持夠了，就是不捨得貓兒，這麼個小人兒，還怪讓人剜心的……」

「說不定再過兩年，孩子們大些好帶了，每年我們還要到昆明來小住呢，還怕見不到不成？這樣，今日大嫂就別回去了，在府裡住幾天，好好跟貓兒親香親香，到我們走那日，也好送送我們，如何？」

聽到四娘這樣說，呂威婆娘想想也是，於是說：「煩勞鶯歌姑娘跟我家呂山說一聲，叫他跟他爹傳個話，我就在府裡住幾日，叫我家那口子這兩日趕緊把前些日子我曬的菌子野菜收攏收攏給我送過來，趁著走之前，我還能給侯夫人和貓兒做幾頓好吃的。若是等回了京城，也吃不到這麼道地的雲南菜了。」

鶯歌應了便叫人下去傳話了，四娘見呂大嫂不再掉眼淚，這才鬆了口氣。貓兒雖還不會說話，但能敏銳的感覺到乾娘的心情，伸出小手輕輕在呂大嫂臉上拍了拍，喜得呂威婆娘心肝肉喊個不停。

小石頭見妹妹不哭了，於是放下心來，只一會兒在屋裡便待不住了，扭頭對四娘說：「娘，去前院！」

四娘扶額，一歲多的孩子，竟然這麼喜歡跟那一群糙漢子一起玩，也不知道有什麼好玩的。

「去吧，下人好好跟著，莫要叫他曬著。備著些蜜水，若是天太熱，一刻鐘就回來。」

下人應了，帶著小石頭去了，那孩子竟然也不讓抱，自己麻溜的翻過門檻出去了。

晚上何思遠回來，四娘跟何思遠絮叨幾個孩子的事。四個孩子裡，小石頭最大，也是最省心的一個，雖然好動，卻很少惹事，還會護著弟弟妹妹。亦安、亦行雖然才半歲，性子卻是南轅北轍。亦安文靜，還稍稍有些潔癖的樣子，若是吃東西弄髒了衣服，定要下人給換下來。亦行外向，活潑好動，對什麼都好奇，但又沒個定性。

貓兒算是被一家人寶愛著長到半歲的，何家往上數幾代，家裡也沒有個女娃娃，加上生下來時體弱，叫人更是心疼。府裡上上下下都對貓兒十分寵愛，是以把貓兒養成了個嬌性子。四娘總是擔心，以後把女兒養得太嬌了，會不會不好。

念念叨叨這些擔心，何思遠認真聽了道：「小石頭那孩子是個根骨奇佳的，等咱們回京，我給找個好老師看看，這孩子以後定是要走武途的。亦安、亦行還小，不論以後是行文或行武，隨他們去便是，只是有一條，我何家的男人，定是要保護好家中女人們的，咱們就貓兒這一個女兒，怎麼嬌養都不為過，作為哥哥們，若是連妹妹都保護不了，還有什麼臉面說是我定南侯的種？」

聽到何思遠如此說，四娘直嘆氣，真是個女兒奴！合著兒子怎麼樣都好，只要能護著妹妹不受欺負，愛怎樣就怎樣……

轉眼間便到了啟程回京的日子，光收拾東西和朋友們告別就用了半個月。別的不說，四個孩子路上要用的東西就整理出來半馬車，還有一些雲南的特產、玉石生意的一部分帳本，這帳回頭還要讓聖上過目一二，不管怎麼說裡面也有他的股份不是？

考慮到回程途中有四個孩子，還是先坐車到西南與湖南交界處再換船，這樣路上也安穩。李昭、孫小青這幾日收拾東西、交接帳目，又緊急培訓了幾日新提拔起來的掌櫃，累得腿肚子直打轉。

一早有下人來說可以啟程了，一家人便都起身往門外走，四娘帶著貓兒和小石頭、涂婆婆一輛馬車，王氏帶著亦安、亦行和奶娘一輛馬車，男人們都騎馬。

孫小青騎馬騎習慣了，不想窩在馬車裡嫌悶得慌，張虎倒是無所謂，騎馬正好，自己也能和沒過門的媳婦兒一起看看沿途風光。於是鞍前馬後，圍著孫小青打轉，收穫了一眾兄弟們善意的打趣。

出了昆明城門，遠遠看到路邊以榮夢龍為首的一幫人正等在路邊送行。出發的日子是定好的，他們定是一大早便出門在此處等著了。

何思遠揮手叫停了馬車，四娘掀起車簾看過去，把孩子給乾娘看著，讓鶯歌扶著自己下車。

「侯爺，此次一別，山高水遠，還望保重！」榮夢龍一身玄色便服，對著何思遠行了一禮。

「榮兄弟快快請起，三年一次的述職，咱們京城再見。」何思遠豪氣萬千。

榮夢龍又看向四娘。「四娘妹妹，如今也是四個孩子的娘親了，望妳和孩子們以後都平安順遂，無憂無慮！」

四娘笑著對榮夢龍回了一禮。「夢龍哥哥保重，若是回京述職，一定要到侯府去做客，我和夫君、孩子們都盼著你去。」

看著長長的車隊漸漸遠去，連影子都看不到了，榮夢龍轉身往城裡走去。前幾日收到娘親寫來的家書，說是自己如今也算是有功名在身，年紀輕輕已做到四品知府，官場往來，不僅是男人們的天下，後宅有個女人打點也很重要，說是給自己說了一門好親事，頂能幹的大戶人家姑娘，端莊賢淑。若是他沒有意見，姑娘家人說了，體諒他如今在昆明做官，不好特地回去迎娶，自己便做主換了庚帖，親自帶著姑娘和嫁妝隊伍來昆明。

如今四娘已為人母，同何思遠琴瑟和鳴，日子過得順遂，自己也沒了什麼不甘，既然如此，也該過自己的人生了。於是榮夢龍給榮婆婆回了信，說但憑母親做主。算著日子，再過幾個月，自己的新娘子也要到昆明了，還要趕緊回去找個經紀，把府衙後面的院子好好收拾整理，別委屈了人家姑娘。

另一頭，何思遠一行人浩浩蕩蕩的上了船，依舊是李氏商貿的商船，專門調來了一艘大的，專供一行人使用。

四個孩子對大船都很好奇，奶娘抱著站在甲板上，四雙眼睛瞅著波光粼粼的水面，眼睛嘴巴都張大，那小模樣別提多逗人了。

頭頂一群水鳥飛過，小石頭發出「哇！」的驚嘆聲，仰著頭等鳥飛得找不到了，在奶娘懷裡換了個姿勢衝著四娘說：「娘，飛！」

四娘點點小石頭的鼻子。「娘可飛不了，等你爹有空帶你飛。這孩子當真是個性子野膽子大的，上次張虎揹著他就上了房頂，小石頭從那以後便整日叫喚著飛、飛，也不知道怎麼這麼膽大。」

一旁的孫小青聞言道：「這個沒成算的，小少爺才多大，就敢帶著他上房，看我回頭怎麼收拾他！」

鶯歌把腦袋湊到孫小青旁邊說：「孫掌櫃，張副將這是眼饞我家孩子多呢，趕緊的，回京後成了婚，生他幾個孩子，保管妳家張副將是個疼孩子的！」

孫小青早被打趣習慣了，臉都不帶紅的說：「鶯歌姑娘年紀也到了，不知道妳是喜歡武夫還是喜歡文人，或者是經商的更好辦，我和東家幫妳留意著，一定給妳找個好夫君，怎麼樣？」

鶯歌被孫小青給臊得捂著臉跑了，四娘搖搖頭。「鶯歌還跟個小姑娘似的，眼看著也到了要成家的年紀，到了京裡，我瞅瞅有沒有合適的，也該給她準備起來了。」

一路上有說有笑，不算無聊，加上到了大的城鎮港口，還會停船一天，讓大夥都下船逛逛，孩子們也都適應良好，沒有出現什麼不適，就這樣船行了一個多月，終於到了天津港口。

船還沒停穩，岸上的喧譁聲便傳來了。

「是不是李氏商貿的商船？是不是又一批普洱到了？」

「還有玉石，芳瓊的玉石可是供不應求，咱們都守了幾日，也不知道這次能不能要來一點貨。」

碼頭上來接何思遠一行人的侯府管事急得不行，一個勁的往前擠。「讓一讓、讓一讓！」

旁邊一個中年人不樂意了。「擠什麼玩意？沒看到咱們都守了幾天，好不容易見到李氏商貿的船了，都排隊等著拿貨呢，你後面排隊去！」

管事擦擦汗。「拿什麼貨，這是我家侯爺侯夫人的船，我接人呢！」

那中年人瞪大眼。「侯爺怎麼會坐商船回來，哄誰呢！你是哪家商號的，竟然如此狡詐，還想編瞎話騙我們。」

何思遠站在甲板上看著不像樣，照這樣下去，不知什麼時候才能下船。叫過張虎，叫他把人清一清。

張虎一揮手，幾百親兵立刻從船上一躍而下，紛紛分開人群，空出一條路來。

張虎站在碼頭揚聲喊道：「恭請侯爺下船！」

何思遠和四娘先扶著爹娘下了船，後面還有奶娘抱著幾個孩子，管事趕緊的過來請安。「見過侯爺、侯夫人還有各位主子，小的是睿侯夫人安排來接侯爺回京的。馬車都準備好了，咱們是在天津住上一日還是直接回京？」

「日頭還早，直接回京吧。」何思遠想著還是趕緊回到家裡歇一歇，雖說路上不累，但也在外面飄了許久，還是直接回家的好。

上了馬車，不過半日，便見到了熟悉的城門。京城依舊繁華喧鬧，四娘掀起簾子往街上瞧去，懷裡的貓兒也探出小腦袋，使勁的往外看。

小石頭見妹妹半個身子都趴在窗子上，急得去扯貓兒的袖子。「妹妹，妹妹。」

四娘知道小石頭是擔心貓兒掉出去，笑著捏捏小石頭的臉。「娘看著呢，妹妹沒事。你要不要一起來看？」

小石頭蹭蹭的爬到四娘身邊，從腋下一鑽，便也在馬車窗口露出頭來。四娘看著懷裡兩個小腦袋，不禁失笑。

車行到京城最熱鬧的街道，路邊都是賣小吃的攤子，貓兒和小石頭看得津津有味，四娘吩咐外面跟著的下人。「去揀幾個乾淨的鋪子買些孩子們愛吃的點心來。」

下人領命下去買了，不一會兒便遞進來一個食盒道：「這是給石頭少爺和小姐的，亦安、亦行少爺那裡也有了。」

四娘打開食盒，拿出一包牛乳糖，挑出一顆遞給小石頭，又拿了一塊桂花糕放到貓兒嘴邊。小石頭嘴巴裡含了糖，舌尖一轉，又香又甜，愜意得眼睛都瞇了起來。貓兒就著四娘的手，小口小口的抿著桂花糕，她才長了四顆牙齒呢，只能慢慢吃。

馬車進城走了一頓飯功夫，便到了定南侯府大門口。管事的拆了門檻，直接把馬車牽到二門處，四娘抱著貓兒下了車。

小石頭倒是不要人抱，涂婆婆稍稍扶著便自己麻溜的爬了下來，站定後先是打量了一圈，便對著四娘說：「好大，比家大！」

小石頭嘴裡的家指的是昆明的黃府，四娘笑。「這裡就是咱們以後的家了，小石頭喜不喜歡？聽說前院還有個極大的練武場，兵器齊全，還能跑馬，以後讓你爹給你尋個師傅，好好教你！」

小石頭歡呼著往裡跑，奶娘下人一溜煙的跟上去。

到了侯府，自有下人把行李安置好，四娘只管看著孩子們。何思遠待了一會兒便要進宮去覆命了，涂婆婆又接過府裡的管事權，上上下下的安排院子、分配下人。

午飯隨便吃了幾口，四娘摟著貓兒睡了一覺何思遠才回來。

「這趟進宮見了聖上，說了說如今西南的情況，聖上還算滿意，讓我回來歇息兩日。聽皇上話裡的意思，有意讓我管禁衛軍。」何思遠接過貓兒抱在懷裡掂了掂。

四娘攏了攏被貓兒抓亂的頭髮。「去哪兒都好，只要不打仗，咱們一家人安安穩穩的待在一處就行。」

貓兒趴在何思遠懷裡，玩弄著何思遠衣襟上的玉扣，不停的想啃上一口嚐嚐味道。

把女兒調整了個姿勢，何思遠又說：「聖上說了，太后聽說咱們回來，讓岳母和妳閒了帶著孩子們進宮去坐坐。太后娘娘和皇后聽說妳一胎三生，都好奇著呢。」

四娘笑。「怎麼傳得這麼快，連宮中主子們都知道了。是要進宮一趟，我讓小青把玉石生意的帳本理一理，這個季度的帳目銀子也該奉上了，皇上見到這筆銀子不知道該有多開心，這生意做得划算。」

「我娘子哪裡會做賠本生意，不賺銀子才不正常。妳若是歇好了，便往宮裡遞個帖子，如今妳也是侯夫人的身分，進宮比以往要方便許多。」

「行，我跟娘說一聲，也讓她準備準備，還有給宮裡主子們帶的禮物，一同收拾好了帶上。」

第二日一早遞了帖子，不多時便有太后娘娘身邊的內侍來侯府傳話。「太后娘娘一接到帖子，便讓奴才趕緊來告訴侯夫人，下午便可進宮，大半年沒見，太后娘娘十分掛念侯夫人和涂女官，還讓侯夫人把三個孩子帶上。」

四娘問：「孩子們還小，會不會吵到太后娘娘？」

內侍臉上堆滿了笑說：「哪裡，太后娘娘說她年紀大了，就愛看著孩子們熱熱鬧鬧的，侯夫人只管帶著小主子們去，太后她老人家高興著呢！」

既然如此，四娘也不再推辭，送走了內侍，便讓下人準備進宮穿的禮服。

侯夫人這一身禮服還是第一次穿，光頭飾便繁瑣無比，穿衣服之前，四娘先餵飽了貓兒，如今貓兒漸漸大了，加了輔食，一天按著次數餵個三次就夠了。

換好衣服，又抱著小石頭親了親道：「娘有事要出趟門，叫你張虎叔叔帶著你去前院練武場飛飛好不好？」宮裡主子們還不知道他們收養了個養子，不好貿然帶著小石頭進宮，又怕他們走了小石頭鬧騰，於是四娘便想哄著小石頭先去前院玩一玩。

好在小石頭是個好哄的孩子，歪著頭想了想道：「娘去吧，我去飛，晚上見。」又拉了拉貓兒的小手晃了晃，跟妹妹告了別，便歡天喜地的跟著奶娘去前院了。

皇宮一如既往的端莊輝煌，只是這次進宮的四娘不再是以往的商戶女，而是正經的一品定南侯府侯夫人。

太后娘娘體恤，念著四娘帶著三個孩子，從宮門口走到壽康宮太過遙遠，便特許乘軟轎，直到壽康宮再下轎。

四娘抱著貓兒，涂婆婆抱著亦行，亦安則乖乖的待在奶娘懷裡，一行人到了壽康宮沒有等待便直接被引了進去。

行過禮後便被賜座，皇后娘娘也在，見到四娘身邊三個糯米糰子一般的娃娃，皇后娘娘眼光就再也挪不開了。

「快來讓本宮看看，孩子們養得可真好，瞧這一個個精神的樣子，定南侯夫人可真有本事！」

宮人接過亦安、亦行抱到皇后面前，貓兒有些認生，四娘自己抱著走到皇后面前。亦安依舊是一副波瀾不驚的模樣，亦行倒是被皇后鳳袍上亮晶晶的東珠給吸引了注意，伸出小手不停的想要摸一摸。

皇后摘掉護甲，接過亦行抱在懷裡道：「倒是叫本宮想起太子小時候了，剛抱到本宮面前時比他還小，瞧著就是個機靈孩子，後來不知怎麼地，倒是越長越穩重了，跟個小老頭似的。」

明王已經被立為太子，如今皇上年事已高，漸漸的把朝中政務交給太子。

四娘道：「亦行是弟弟，活潑得很，見到什麼都好奇。亦安倒是有個哥哥樣子，才這麼大一點，被弟弟搶了東西也不哭，不像亦行，若是一點不依，嗓門大得要把屋頂嚎破。」

太后倒是喜歡女娃娃，看到乖乖待在四娘懷裡的貓兒就笑了。「這女娃娃長得真好看，這雙眼睛長得最好，瞧著靈氣著呢。」

正說著，貓兒轉過頭對著太后娘娘露出個害羞的笑，兩顆米粒似的小白牙露出來。

一旁的尚嬤嬤笑著說：「這娃娃跟太后娘娘投緣呢，多少小孩子一見到娘娘天威便嚇得不敢吭氣了，倒是她瞧著對娘娘十分孺慕。」

涂婆婆說：「才半歲的孩子，知道什麼呢，咱們貓兒生下來最是體弱，四娘貼著肉養到如今，這才慢慢好起來。」

正說著，貓兒卻是從四娘懷裡探出身，衝著太后伸出小手，一副要抱抱的嬌糯模樣。四娘都驚呆了，貓兒平日是最認生，再不肯讓不熟悉的人抱的。

太后笑了起來。「這是要哀家抱呢，尚嬤嬤說得有道理，這孩子跟哀家有緣。後宮這麼多公主，哪個到了哀家這裡都是大氣不敢喘的模樣。快來，叫哀家抱抱咱們貓兒。」

閨女給力，四娘也不能扯後腿，把貓兒遞給太后娘娘，太后倒是抱得熟練，把貓兒放在腿上，一隻手臂扶著貓兒的後背。

「叫貓兒是嗎？長得比妳娘還好看，可得看緊了，以後不知道便宜了哪家臭小子去！」

四娘說：「這才多大，我們家侯爺就看得緊實了，說我們家閨女是寶，兒子都是草，以後若是想娶我家貓兒，得先過了侯府男人們這關再說！」

一席話逗得殿中眾人都笑了，貓兒見到大家都笑，雖不知道為什麼，也露出個笑臉。太后瞧見覺得有趣，便離近了貓兒的小臉問：「妳個小人家在笑什麼呀？」

誰料到貓兒一雙小手臂順勢摟住了太后的脖子，啪唧在太后臉上親了一口。貓兒知道，平日只要自己親爹爹一口，爹爹就會高興得讓廚下給自己做好吃的，這個婆婆看起來這麼有錢的樣子，連娘和外婆都得下跪行禮，好吃的定比家裡多。

一屋子的人都愣住了，涂婆婆更是跪下道：「小孩子不懂事，冒犯了太后娘娘，請太后娘娘恕罪。」

太后擺擺手。「這是做什麼，別嚇著了孩子。難得我這老婆子這麼得孩子喜歡，哀家心裡高興著呢，快起來。」

尚嬤嬤在一旁說：「小孩子眼睛乾淨，定是看到了太后身上的無上福氣，覺得太后身邊待得舒服。奴婢看呀，貓兒跟太后娘娘真的是有緣，這話一點都不摻假！」

貓兒還不知道自己幹了件大事，只是用一雙銀丸似的眼睛看著太后，心裡想，我都親了，婆婆怎麼還不給好吃的呀？

太后越看貓兒這小模樣越愛，問四娘。「孩子半歲多了，能吃點軟乎的糕點嗎？」

四娘點頭。「能吃了，都長牙了，平日在家也要添幾頓輔食呢。」

太后吩咐宮人去廚房做一些孩子能吃的點心來，不一會兒便有宮人端上來幾樣小點。

四娘接過貓兒道：「別把太后娘娘鳳袍給汙了，臣妾來餵她。」

三個孩子口味倒是不同，貓兒一個女孩子喜歡雞蛋羹，亦安、亦行則是喜歡吃牛乳糕。看著三個孩子吃得香噴噴的，皇后和太后竟然不覺得無聊。

一小碗雞蛋羹下肚，貓兒滿足的打了個嗝，在四娘懷裡對著太后團起一雙小手，作了個揖。太后喜得不行，笑得眼淚都要出來了。

孩子們吃完就犯睏，不一會兒便瞌睡得要睡過去了。太后叫宮人把孩子們抱到後面去睡，繼續跟涂婆婆和四娘閒話。

四娘跟太后、皇后講了許多西南的風情，還有在昆明遇到的趣事。宮裡的女人，從進宮那日起，就難再有機會踏出宮門，外面的世界對她們而言，是新鮮的。

最後，四娘從袖子裡取出一本帳冊遞給宮人道：「這是玉石生意這個季度的收成，正好我今日進宮，便一起帶來了，還請轉交給皇上，讓皇上心裡有個數。因為數目不小，我不好帶著這麼多銀票進宮，皇上可以派個人來侯府取，所幸不負所望，沒有讓皇上賠本。」

宮人接過帳本，遞給皇后，皇后打開看了一眼。「這樣賺錢的生意，定南侯夫人真是能幹。上一次分紅送到宮裡來那日，皇上高興得小醉了一場，跟我說明年可以再修一修水利了。這筆銀子一到，皇上還不定怎麼開心呢。」

四娘十分謙遜。「幸好皇上信我，敢讓我去做這件事，四娘想著絕不能給皇上臉上抹黑，加上我大越朝大軍得用，沒有多久便平定叛賊，這玉礦才能這麼順利的被咱們接收。」

「你們夫妻兩個都有功，聖上既然剛給妳夫君升了官，妳如今也是一品誥命夫人，本宮沒有別的好賞妳的了，看著幾個孩子都叫人喜歡，男孩子就罷了，以後自去建功立業，女孩子倒是可以多疼一疼的。貓兒今日跟太后十分投緣，本宮倒是許久沒見過母后如此高興了，便賞個郡主之位，以後多來宮裡看望母后便是。」

皇后娘娘一席話說出來，四娘都有些沒有反應過來。他們家貓兒這是開了金手指不成，小小年紀，人見人愛！

涂婆婆拉著四娘一起跪下謝恩，眼看著天色不早了，孩子們也都睡醒，該出宮了。漫天的晚霞像是天空被燒起來了一樣，四娘懷裡抱著貓兒，到了宮門口，從軟轎上下來，整個人還是暈乎乎的。

何思遠下了值，早就等在宮門外，見到岳母、媳婦兒抱著兒子、閨女出來，忙上前迎接。

「如何？今日進宮怎麼去了這麼久？」

四娘愣愣的回答道：「無事，都順利，就是咱們貓兒……」

「乖女怎麼了？」何思遠急忙問。

「貓兒被皇后娘娘賜了郡主之位，還投了太后娘娘眼緣，讓以後多帶著貓兒進宮呢。」

何思遠長吁一口氣，接過閨女在懷裡掂了掂。「嚇我一跳，還以為怎麼了，這不是好事嗎？咱們乖女就是厲害，這麼大一點便能自己賺爵位了。」

貓兒在爹爹懷裡笑得咯咯響，四娘扶額。她就知道，在何思遠心裡，自家閨女就是天下獨一無二的好，什麼好事發生在閨女身上都是應該的。

何思遠抱了閨女，四娘便接過亦安、亦行，如今她也習慣了，一邊抱一個也不嫌累。一家人親親熱熱的上了馬車，往侯府駛去。

秋日的京城夜晚十分涼爽，吃過晚飯，何思遠和四娘帶著四個孩子去侯府花園裡賞月亮。

今日是上弦月，掛在夜幕中微微閃耀著柔和的光芒，亦安、亦行破天荒的被爹爹摟在懷裡，躲在寬厚的披風中，露出兩顆毛茸茸的腦袋，貓兒坐在娘親腿上，小石頭坐在四娘身旁，也靠在四娘身上，抬起腦袋看向天空中的星星。

「娘，星星，閃呢！」小石頭依舊還是只能兩個字三個字的往外蹦，四娘摸摸他的頭，跟他講起了星星的故事。

夜風微微拂過，四娘溫柔的聲音緩緩傳來，孩子們聽得入神，何思遠含笑看向四娘。

這是他的妻，身邊圍繞著他的孩子們，他的骨和她的血一起創造出來的小人兒，多麼神奇。

多麼感謝蒼天，感謝爹娘，給他尋到了這麼個完美的娘子，柔美而堅韌，嬌弱而偉大。所幸，當初沒有錯過她；所幸，他堅持著把她娶到身邊來。如今每日回到家後撲面而來的孩子們的歡笑聲、飯菜的香氣、娘子溫柔的雙手，這一切都讓何思遠無比感激。

孩子們都睡了，被奶娘抱回房裡，何思遠拉過四娘的手，附在四娘耳邊輕輕道：「娘子，多謝有妳。」

四娘握住何思遠溫暖乾燥的手。「願執子之手，與子偕老……」

——全書完

2020年9月出版

文創風 878~879

野蠻娘子求生記

顏末原本只想在這個陌生的世界好好活下去，
不料這個從不近女色的男人，卻願與她一生一世一雙人……

面對愛情，鋼鐵也成繞指柔／垂天之木

大難不死的顏末，意外穿越到了大瀚朝，
在這男尊女卑的古代，為了活下去，只好先混進國子監浣衣舍，
卻因緣際會，幫了大理寺卿邢陌言的忙，得以晉身當個小跟班，
這對前世是警界霸王花、蟬聯三屆全國散打冠軍的她來說，
還真是適得其所呀！不就是換個地方打擊罪惡嘛！
但是顏末想錯了，掌管司法的大理寺可不是好混的，
尤其那個大理寺卿邢陌言更是冷酷狡詐，不但強迫她每天練字練到手痠，
還老是揪住她的小辮子，似乎等著要拆穿她的底細……
紙包不住火，顏末的身分終於曝光了，
正憂心被踢出大理寺後該何去何從時，只聽到邢陌言淡淡的說——
「妳是特別的，所以讓妳留下來。」
這句話曖昧又撩人，顏末捂著怦然跳動的心，
不禁憧憬著與邢陌言一生一世一雙人的承諾……
在隨後追查失蹤人口的事件中，意外牽扯出十多年前的巫蠱之禍，
揭開了邢陌言的驚人祕密，而這個祕密竟關係著他與顏末的未來……

文創風 903

何家好媳婦 4 完

國家圖書館出版品預行編目資料

何家好媳婦 / 不歸客著. --
初版. -- 臺北市 : 狗屋, 2020.11
冊 ; 公分. --（文創風）
ISBN 978-986-509-160-6（第4冊：平裝）. --

857.7　　109015072

著作者　不歸客
編輯　黃淑珍　李佩倫
校對　周貝桂
發行所　狗屋出版社有限公司
地址　台北市104中山區龍江路71巷15號1樓
電話　02-2776-5889～0
發行字號　局版台業字845號
法律顧問　蕭雄淋律師
總經銷　知遠文化事業有限公司
電話　02-2664-8800
初版　2020年11月
國際書碼　ISBN-13　978-986-509-160-6

本著作物由北京晉江原創網絡科技有限公司授權出版

定價260元
狗屋劃撥帳號：19001626
網址：love.doghouse.com.tw　E-mail：love@doghouse.com.tw